龍鳳呈祥

4

文創風 375

慕童 著

謝家 人物關係表

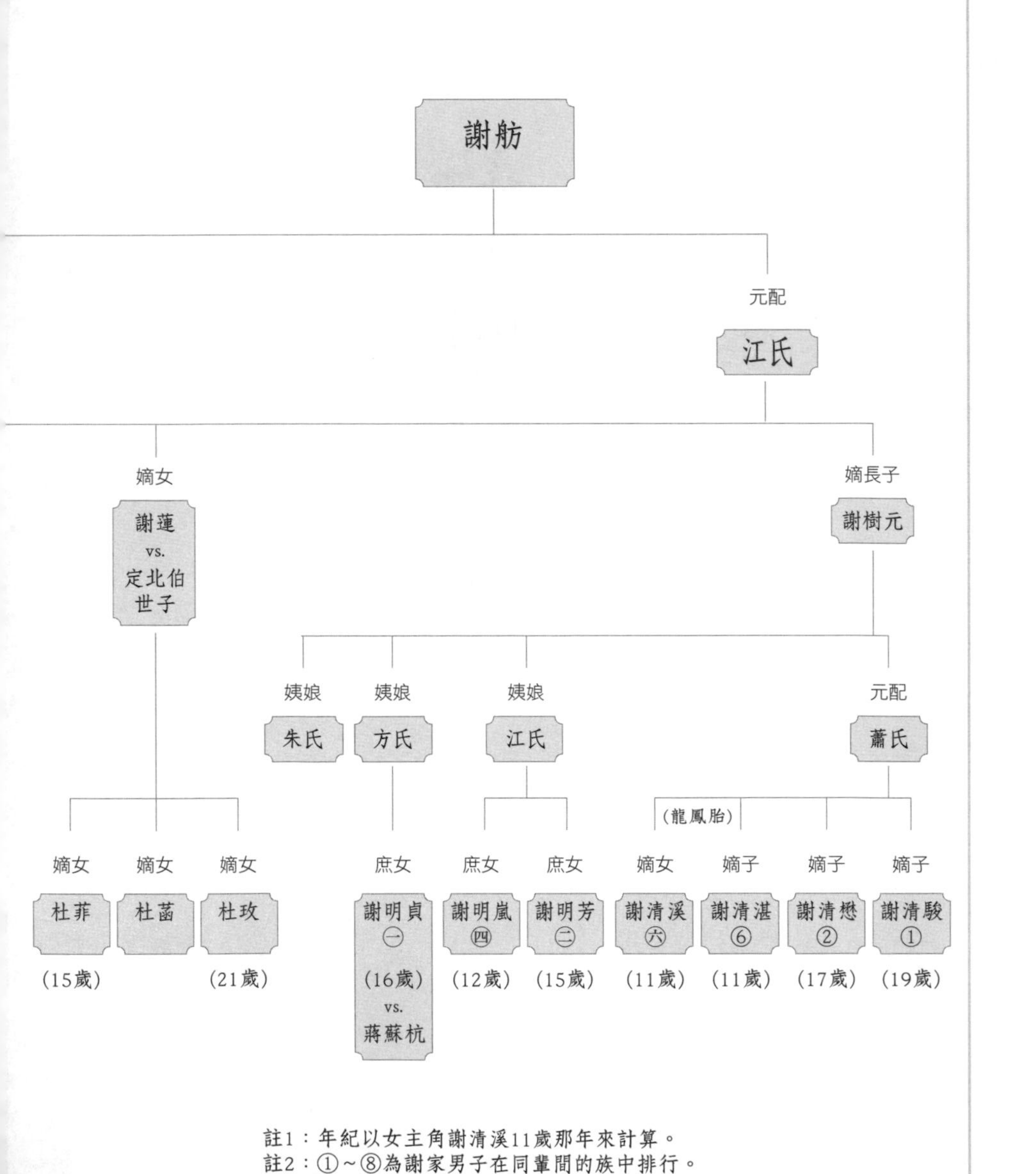

註1：年紀以女主角謝清溪11歲那年來計算。
註2：①～⑧為謝家男子在同輩間的族中排行。
註3：㈠～㈨為謝家女子在同輩間的族中排行。

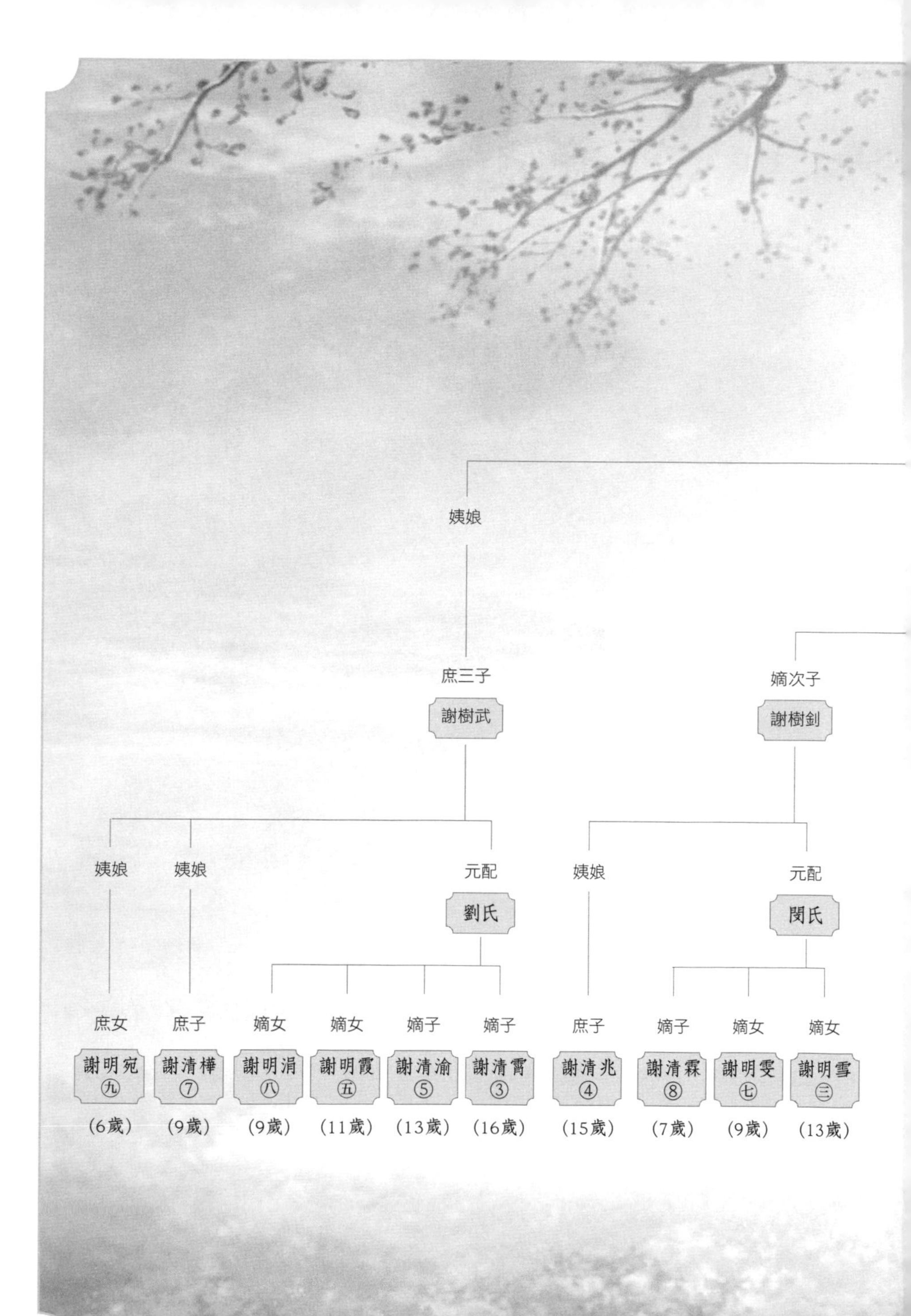
姨娘
庶三子
謝樹武
嫡次子
謝樹釗
姨娘
姨娘
元配
劉氏
姨娘
元配
閔氏
庶女
謝明宛
㈨
(6歲)
庶子
謝清樺
⑦
(9歲)
嫡女
謝明涓
㈧
(9歲)
嫡女
謝明霞
㈤
(11歲)
嫡子
謝清渝
⑤
(13歲)
嫡子
謝清霄
③
(16歲)
庶子
謝清兆
④
(15歲)
嫡子
謝清霖
⑧
(7歲)
嫡女
謝明雯
㈦
(9歲)
嫡女
謝明雪
㈢
(13歲)

蕭家 人物關係表

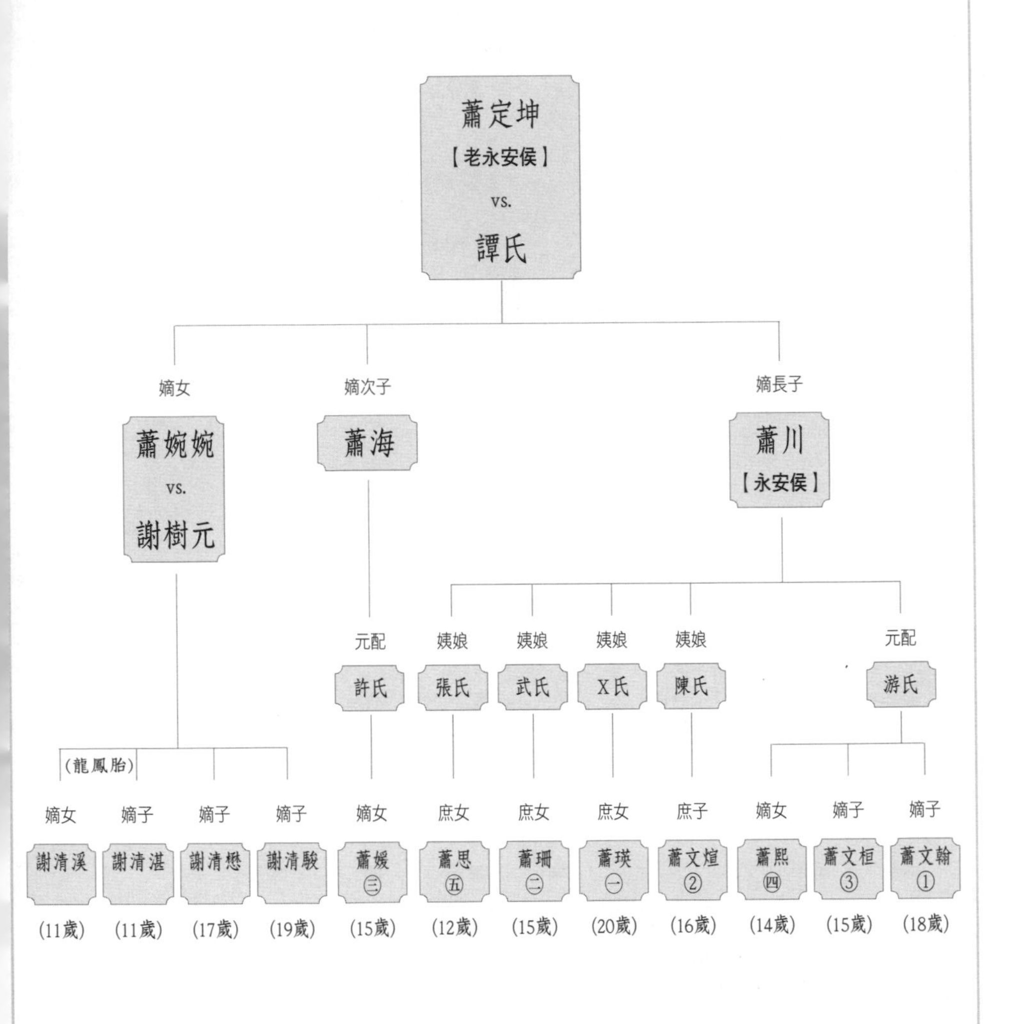

註1：年紀以女主角謝清溪11歲那年來計算。
註2：①~③為蕭家男子在同輩間的族中排行。
註3：㊀~㊄為蕭家女子在同輩間的族中排行。

大齊朝皇室人物關係表

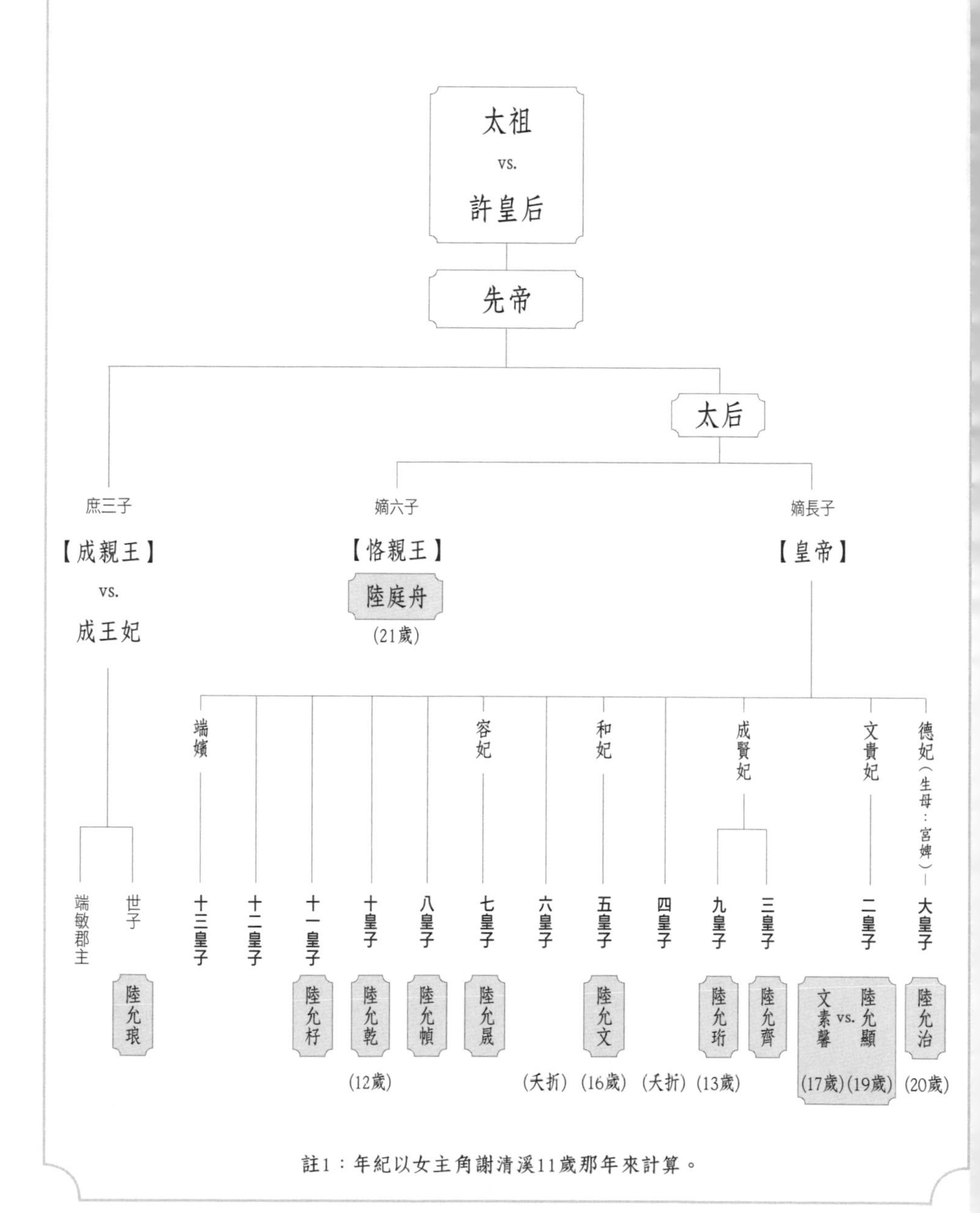

太祖
vs.
許皇后
先帝
太后
庶三子
【成親王】
vs.
成王妃
嫡六子
【恪親王】
陸庭舟
(21歲)
嫡長子
【皇帝】
端嬪
容妃
和妃
成賢妃
文貴妃
德妃（生母：宮婢）
端敏郡主
世子
陸允琅
十三皇子
十二皇子
十一皇子
陸允杍
十皇子
陸允乾
(12歲)
八皇子
陸允幀
七皇子
陸允晟
六皇子
(夭折)
五皇子
陸允文
(16歲)
四皇子
(夭折)
九皇子
陸允珩
(13歲)
三皇子
陸允齊
二皇子
文素馨 vs. 陸允顯
(17歲)(19歲)
大皇子
陸允治
(20歲)
註1：年紀以女主角謝清溪11歲那年來計算。

目錄

第三十一章 007
第三十二章 039
第三十三章 075
第三十四章 103
第三十五章 133
第三十六章 165
第三十七章 195
第三十八章 227
第三十九章 259
第四十章 295

第三十一章

結果，蔣蘇杭花了兩個銅板，謝清溪就喜孜孜地轉到了大鳳凰。

「你要嗎？要不我也給你轉一個？」謝清溪笑著說道。

蔣蘇杭還真不信她手氣這麼好，結果兩個銅板花下去，她照舊一個大鳳凰到手！

這會兒蔣蘇杭是真的服氣了，拿著大鳳凰在後頭走著。

謝清駿提溜著她就離開了，人家畫糖人這麼冷的天出來做買賣也不容易啊！

直到進了那賣羊肉爐子的店裡坐下，謝清溪都在嚼糖，她把那糖塊咬得嘎嘣嘎嘣響。

蔣蘇杭聽得牙口都疼，開口對她說：「六姑娘，妳想吃什麼只管點，今日我請客！」

「那我要吃這個、這個、這個……喔，還有這個！」謝清溪指著室內牆壁上懸掛著的布條，上面寫滿了小店的菜餚。

這家楊記羊肉湯店，聽說是傳承了三代下來的，做羊肉爐子的手藝那是京城一絕，生意算紅火。不過這家店鋪實在是太小了些，有時候來了人還要等上許久才有位子。因此時是中午，店家開始營業不久，所以謝清駿他們這才到店就有了位子。

蔣蘇杭怔住了。

待羊肉爐子被端上來後，謝清溪盯著裡面白白的湯汁，口水險些都要流下來了。就在她正要拿筷子的時候，突然，她左手邊的空位坐下一個人。

「乍然聞見此處的香味，便進來瞧瞧，只是我是一個人，所以想同三位併個桌。」那坐下的男子輕聲說道。

蔣蘇杭目瞪口呆地看著這個猶如謫仙般的男人，他還是頭一回見到容貌這等舉世無雙的人，皎潔得猶如雲中明月，讓人有種只看一眼便羞愧不已的感覺。他本以為自己這位未來大舅哥的相貌已是人中龍鳳，可如今見著這人，他竟是連言語都描繪不出其風姿。只是，這等高貴潔雅之人，為何會出現在這街角的小店中？

謝清駿只靜靜地看著他，並未說話。

謝清溪則脫口說道：「好呀！」

「我在家中行六，如果不介意，你們可以叫我六爺。」這男子一點也不客氣地說道。

蔣蘇杭有些傻眼地看著這個不請自來的男子，這就是所謂的厚臉皮吧？

誰知，旁邊的謝清溪笑嘻嘻地說道：「這麼巧？我在家也行六呢，那你叫我六公子吧！」

陸庭舟看著她，突然無聲地笑了下。

那俊美至極的面容、毫無瑕疵的眉眼，這一刻彷佛照亮了這間小店。

這是間原本就不大的店面，只擺著四、五張木頭桌子，上頭刷著的紅漆都已經掉得差不多了，此刻店裡頭一共就兩張桌子有客人。

「老闆娘，麻煩給咱們弄四碗熱茶來。」謝清駿只淡淡看了眼對面坐著的人，便朝後堂喊了一聲。

這家小店沒請幫傭，都是家人在裡面幫手。老闆娘是個四十來歲的中年女人，一聽客人叫喚便立刻過來。她笑看著各人，在看見陸庭舟的時候，嘴巴卻是一下子張大，眼睛直愣愣地盯著他看。

這樣芝蘭玉樹的人物，他們這些小老百姓便是八輩子都見不著一回。原本看這先來三人的打扮，便覺得他們是達官貴人，誰知後來的這位竟跟天上的仙人一般。

謝清溪原本正要拿著筷子吃飯，但謝清駿堅持要讓老闆娘拿了茶水過來燙一下再用，這會兒她看老闆娘直盯著陸庭舟看，雖然知道人家這是詫異著怎麼會有這麼俊的後生，但是鑑於「這個後生已經被我預定下來了」的想法，所以旁人看他一眼，謝清溪都覺得這是在「覬覦我的東西」，於是她拿著筷子咣噹地就敲了一下碗邊，高聲喊道：「老闆娘，麻煩給咱們倒四碗熱茶！」

老闆娘被她這麼一叫，有些嚇住，回過神後尷尬地笑道：「這位小公子可真是中氣十足呢，這樣大的聲音。」

「請給我們倒茶！」謝清溪又強調了一遍，直到老闆娘離開後，她還忿忿地盯著人家的背影看呢！

謝清駿目光幽深地看了一眼謝清溪，這會兒這姑娘正盯著人家陸庭舟笑呢！謝清駿輕咳了一聲，旁邊的蔣蘇杭和謝清溪皆轉頭看著他，而坐在他對面的陸庭舟則是悠悠地笑了一下，不慌不忙地抬頭看他。

「我記得《太祖本紀》中曾記載，太祖稱帝後，雖居於紫禁城內，卻格外想念宮外的悠閒生活，因此時常同皇后兩人扮作百姓，在上京城內遊玩，以示與民同樂。」謝清駿不緊不慢地說道。

他聲音本就清雅，說起話來猶如珠落玉盤的聲音，謝清溪聽得都忍不住沈醉了。她的大哥哥就連說話都這麼好聽！

陸庭舟本來表情淡然，可是當他看見旁邊這姑娘轉頭過去光顧著盯著謝清駿笑，原本那份雲淡風輕的心情瞬間灰飛煙滅。

誰知謝清駿此時卻又道了一句。「看來六爺倒是頗有先祖遺風。」

謝清溪安靜地點了下頭，表示了對他的贊同。

陸庭舟微微一怔，嘴角微微翹起，露出好看的弧度，這會兒謝清溪又轉頭看著他了。

「素聞謝家大公子之名，一直耳聞卻無緣得見，今日一見，果真是不負謝氏恒雅盛名。」

謝清溪看著他，認真地點頭，小船哥哥簡直是說的太對了！

……等一下！謝清溪在頻繁地轉頭朝著兩人看的時候，終於想起一件更重要的事情了！剛才大哥哥說的是「看來六爺倒是頗有先祖遺風」，但前面提的可是太祖啊！

謝清溪突然有點不敢看她大哥哥了，為啥他要這麼聰明？這已經不是什麼觀察入微了啊！

這時老闆娘正好提了一壺熱茶並拿了四個茶碗過來，逐次給四人倒茶。

謝清溪趕緊將第一碗遞給了謝清駿，討好地說道：「大哥哥，你涮一下。要我幫你嗎？」

「我自己會。」謝清駿不鹹不淡地回了句。

待老闆娘倒了第二碗茶的時候，謝清溪立即給另一邊的陸庭舟端過去，客氣地說了聲。「要我幫你涮一下筷子嗎？」

誰知，陸庭舟突然抬頭，露出完美而矜貴的笑容，輕聲道：「那麻煩六公子了。」

噗！正坐在一邊假裝喝茶的蔣蘇杭險些被水嗆到，好在他及時忍住了。可不能在大舅子和小姨子面前丟人啊！蔣蘇杭，你要堅強！

謝清溪都不敢往謝清駿那邊看了，誰知陸庭舟還特別紆尊降貴地用指尖將茶碗往她這邊推了下。她抬著頭，可憐巴巴地望著他，可是陸庭舟此時的笑完美又無瑕，就如同一個帶著微笑的玉面人兒。難怪京城的人，都要叫他玉面王爺。

謝清溪正要拿起筷子時，突然聽見從另一邊傳來微不可聞的咳嗽聲，她的手倏地抖了一下，身子也慢慢僵硬，拿起的筷子猶如千斤重一般。

結果，就在謝清溪陷入兩難之時，突然，自己手中的筷子被對面的蔣蘇杭奪了過去。

蔣蘇杭笑呵呵地說道：「怎麼能讓妳涮筷子呢？我來！」

他起身走到這邊，將陸庭舟和謝清溪連同他自己的筷子都重新涮了一遍，分給了眾人之後，這才回了自己的座位。

謝清溪簡直是用一種感恩戴德的眼神看著蔣蘇杭。姊夫，你就是我的親姊夫啊！

「聽說六爺近日領了吏部的缺，竟不知居然還有空同咱們這些小民一般在這處吃飯。」

謝清駿只覺得心頭有一團火在燒，有個念頭在心裡頭升起，可是思來想去，又覺得這念頭太過不可思議。

陸庭舟手上握著筷子，這是尋常百姓家裡最常用的筷子，可是在他白玉般的指尖中，這雙筷子彷彿都變得不一般了。

謝清溪從來不是善於隱藏心事的人，更何況，今日陸庭舟不請自來，登堂入室一般地殺至，竟是有一種「我真的不怕你們知道」的姿態。

她垂著頭，連筷子都不敢往羊肉爐子裡頭伸，只聽見裡面咚咚咚地冒著泡，紅紅白白的羊肉被燙熟了。

這時，兩片肉同時而至，謝清溪看著這兩雙從不同方向而來的筷子，直覺得整個後背都是涼的。

小船哥哥，咱們不是說好了等等我的嗎？

謝清溪登時有一種早戀的學生被家長當場抓到的尷尬。就算心中認定這個人就是自己喜歡的，可是如今她在世人眼中到底還是個未長成的孩子，君不見連皇上給皇子選妃定的最小年限都是十三歲呢！

如果這會兒要是大清朝，她再過兩年就能出嫁了。不過這是大齊朝，貴族女子誰人不是待及笄之後方討論婚事呢？

謝清溪真是尷尬至極，左思右想，最後竟是天外飛來一句——

「其實我也不是那麼愛吃羊肉啦！」

「哼！」

這次的冷笑，清清楚楚的是從她大哥哥那邊發來的！雖然她不明白這冷笑是對準自己呢，還是對準誰？

不一會兒，謝清駿便諒解地說道：「既是不愛吃羊肉，妳早該和哥哥說的，以後便再也不帶妳來就是。」

謝清溪聽到「再也」兩字，生怕謝清駿從此將自己打入死牢，堅決不帶自己出門，所以她立即正色道：「其實我不是不愛吃羊肉啦，只是、只是……」她真覺得自己編不下去了。

她眼巴巴地看著謝清駿，可人家只用筷子撥了一下面前燙得正好的羊肉，又重新給她挾了一筷子。

謝清駿不疾不徐地說：「好了，吃飯便好生吃飯。」

那口氣溫和熟稔，活脫脫便是一家人，直接就將旁邊之人比了下去。

陸庭舟這一世吃過不知多少次飯，便是皇家盛宴，都未曾像今天這般愉悅。他就坐在她身邊，看著她呼哧呼哧地吃著東西，因為燙嘴，手掌還在臉頰旁微微搧動。

她生得是真好看，此時雖做小公子打扮，可依舊俊美得讓人迷惑。此時她吃著東西，有些沒規矩地吐舌頭，顯然是被辣醬給辣的，這一舉一動都是那般好看，絲毫不會折損她的容顏。

自打她回京之後，陸庭舟便時時關注著謝府，所以她一出府他便能立即得知，不過有好幾回卻也是巧遇。

「這家的羊肉鍋子確實是好吃！姊夫，你可真厲害，這種老店都能找到！」謝清溪抬頭衝著蔣蘇杭笑道。

蔣蘇杭聽她脫口叫出的姊夫，真是又甜蜜又感動，立即說：「也是我京城的同窗帶我來的，這家的羊肉都是現殺的，而且一點都不摻假，真是地道了！」

「唉，也不知道日後還有沒有機會來吃了……」謝清溪似真似假地嘆了一口氣，眼睛卻是朝著謝清駿的方向瞄去。如今大哥哥是她的大腿，她得果斷抱住才行。

謝清駿一抬頭，卻看見對面之人的視線微微偏移，嘴角帶著的淺笑竟是彎出了溫柔的弧線，他不由得有些頭疼。

不是說這位恪王爺是京城有名的男女色都不近的嗎？

不是還有傳聞，說他一心向佛，有出家之志向嗎？

可如今看來，這些市井傳聞還真的只是市井傳聞。就在這會兒，謝清駿清楚地看見謝清溪一抬頭，衝著旁邊微微一笑，臉上有一瞬而過的羞澀！

「咱們該回去了吧？」謝清駿見眾人放下筷子，便忍不住說道。如今他頭有些疼，想回去歇息會兒了。

蔣蘇杭倒是沒意見，便點頭稱是。

謝清溪卻有些不願意了，嘟嘟囔囔地說道：「不是才剛出門嗎？就吃了一頓飯而已，咱們再逛逛吧？」

「妳成日出來閒逛，怎麼就還沒逛夠！」謝清駿終究是忍不住輕斥了她一聲。

謝清溪從見著他以來，都沒被他這麼訓斥，一瞬間眼淚便在眼眶裡打轉了。不過連她自己都覺得，這委屈來得也未免太快了些。可一想到居然是大哥哥訓自己，又覺得自己肯定是把他惹得很生氣、很生氣了。

蔣蘇杭簡直就是點燃的蠟燭兩頭燒，他正要開口哄謝清溪，就聽旁邊的男子開口勸說了。

「既然吃完了，就聽妳哥哥的話，回去便是了。」說完，他就伸手去摸荷包，不過片刻之後，臉上卻閃現一絲尷尬。

蔣蘇杭見狀，立即笑道：「剛才都說好了，這頓是我請的。這位兄臺，你不用客氣的。」

其實他也挺好奇的，這一頓飯都吃下來了，謝清駿卻也沒跟他介紹這人是誰。後來蔣蘇杭掂量了謝清駿先前說的話，先是大吃一驚，後又覺得年紀對不上，這才慢慢緩下心來。

「那好，下次我作東，再請你便是。」陸庭舟也不客氣。

蔣蘇杭立即笑道：「好說、好說！還不知兄臺尊姓大名呢？」

「我字乃君玄，你喚我君玄便是。」陸庭舟笑著說道。

「原來是君玄兄！在下姓蔣，名喚蘇杭，草字少賢。」蔣蘇杭立即也自報姓名，倒是沒追問陸庭舟的姓氏。

可是謝清駿在聽到陸庭舟的字時，卻突然臉色一變。他緩緩說道：「林、君、玄。」

「謝清溪。」

直呼姓名的叫聲，讓謝清溪僵硬的身子忍不住抖動了一下。

謝清駿看她垂著頭，一言不發的模樣，心頭猶如打翻了五味瓶一般，什麼滋味都嚐了一遍，最後混合在一處，卻是不知要如何說了。

「妳一早便知道林君玄是恪王殿下？」謝清駿一手扶著額頭，似乎有些難以置信，自己這個天真爛漫的妹妹居然將全家人都瞞了過去。

謝清溪有些慌張地看著他，立即說道：「並不是我不願意告訴大哥哥，只是他當年乃是私自出京才易了容，若是讓旁人知道，萬一傳到皇上耳中，豈不是徒引是非？」

謝清駿見她一心維護陸庭舟，竟是一下子怔住，不知要如何說下去了。

「大哥哥，你還記不記得我小時候差點被人拐賣之事？」謝清溪抬起頭，期待地看著他，輕聲說道：「是他救了我。他以王爺之尊救了我，我自然要替他遮掩一番。」

謝清駿脫口便想說：妳替他遮掩，這本不是大事，但問題是，人家如今是要等著生吃了妳啊！

一想到自己尚且在場，恪王已毫不掩飾，可見他並不在意自己知道他的想法。對於這種赤裸裸的挑釁，謝清駿只覺得一股熱血霍地衝上了腦。

自他懂事以來，這種無力的感覺還從未出現在他心中。

「清溪，妳可知道他的身分嗎？他可是太后的嫡子，是今上的親弟弟。」謝清駿說著，可是有些話卻無法說出口。

陸庭舟遲早是要就藩離開的，而他的藩地乃是葉城，那是一個邊關之地，百姓生活困頓貧窮，且在那座城池的不遠處，還有大批覬覦著大齊江山的異族人。

當年太祖平定天下之後，曾率軍打退過瓦剌人，讓其幾十年內都未恢復元氣。

陸庭舟如今所在的藩地葉城，便是當年太祖大破瓦剌人的城池。

先皇在世時，就曾言要將此地作為陸庭舟的封地。可先皇還未能等到他成年，便駕鶴西去。今上繼位之後，便將此處封作陸庭舟的藩地。

雖然他如今尚未離開，可誰都知道，這位恪王爺遲早會離開京城的。

「我知道啊。」謝清溪垂著頭，軟軟地說道。

謝清駿霍地盯著她，幾乎是咬牙地說：「妳不知道！妳不知道他遲早是要離開京城的，妳若是……」對著還是小姑娘的妹妹，他實在說不出「妳若是嫁給他」這種話，可是他的妹妹如果真的成為恪王妃的話，就將踏上遠離家人之途！

他捨不得。

「清溪，妳如今還小……」謝清駿覺得他連話都不能說得清楚明白了，生怕唐突了面前的小姑娘。

先前皇上旨意下來時，同窗還笑說竟是連十三歲的姑娘都在參選之列，可他突然發現，自己的妹妹慢慢地也要長成一個大姑娘了，再過不久，她就又要長大一歲了。歲月的腳步是誰都阻擋不住的，她終究是要一步步慢慢長大的。

「哥哥，都說如人飲水，冷暖自知，別人認為正確的事情，就未必是適合我的事情。如果事事都能順心，這世間哪還有這樣多的淒苦？」謝清溪忍不住說道。

謝清駿突然抬起頭看著她，堅定地說：「妳不一樣，妳就應該是事事順心如意的。」

元宵節本該是最熱鬧的節日，這一晚全城老老小小都要上街觀燈，就連平日裡大門不出的小姐們都能在這一日同大家一起出門。

這一日，京城鬧市內設有燈會，各種造型獨特、製作精緻的花燈都會擺出來。至於猜燈謎這等又有趣、又有獎品拿的消遣，自然是少不得的。所以這一日，街市上可謂是人流湧動、摩肩擦踵。

可就在這一日，五城兵馬司的人卻抓到一夥意圖在元宵當夜縱火，以製造京城恐慌的凶徒。

後來這幾個人被刑部和大理寺共同拷問，卻招出了一個人——德妃的親哥哥，如今擔任京衛指揮使的莊輔，說此事乃是他所指使的。

可經過調查，卻發現這些人乃是跟著外地流民到京城附近，與唐國公文天權又有了牽連，這唐國公可是二皇子的親舅舅。一樁意圖縱火案，竟牽連到了兩位皇子身上。

皇帝看著面前的陸庭舟，揉著額際問道：「就不能讓朕安生兩天嗎？」

他頭有些疼，昨兒個實在是鬧得太晚了，今日又要處理這元宵縱火案。有時候，皇帝覺得這幫大臣就喜歡小題大做，五城兵馬司不是已經將人捉住了嗎？只管處置了便是啊，結果這會兒又牽扯出兩個皇子，使得朝中大臣紛紛要求徹查到底。

「皇兄若是身子不適，便召太醫過來瞧瞧吧？」陸庭舟抬頭看了眼，建議道。

皇帝臉上浮現一抹尷尬的笑，要是太醫來了，發現他只是縱慾過度，只怕傳出去又有御史要上摺子勸諫了。

他趕緊擺手，轉移話題。「你覺得此事如何處置才算妥當？」

「臣弟覺得，既然此事牽扯到了莊輔和文天權二人，若是貿然掀過，只怕朝中大臣會有異議。」陸庭舟神情尋常地說道。

皇帝立即點頭。「就是這樣！這幫大臣簡直是閒來無事，抓住一丁點兒小事便要小題大做，這幾日朕的頭都被他們吵暈了！」

「臣弟倒是覺得，不如讓兩人各自回去閉門思過，畢竟無風不起浪。特別是莊輔此人，若是此案真同他有關，那他這個京衛指揮使可就是監守自盜了。」陸庭舟端起旁邊的茶盞，左手拇指上戴著一個通透如水的扳指。

沒等出了正月，莊輔這個京衛指揮使就當不下去了；而唐國公也被皇上訓斥，讓他在家中閉門思過。皇帝這種各打五十大板的做法，卻讓大皇子和二皇子更加生氣，兩人在馬球場上險些動起手來。

這些朝堂的事情，自然有人去煩心。

如今謝家全家上下最重要的任務，就是謝清駿參加會試的事情。謝清懋在中了解元沒多久，便私底下同謝樹元說過，明年並不想下場。

其實就算他不說，謝樹元也有意讓他下一科再參加。畢竟謝家一門兩個解元本就夠顯眼的，若是兩人會試都考得好了，只怕這謝家的門檻要被踏平了。

謝樹元也知道盛極必衰的道理，謝家的未來是長長久久的，他不急在一時，他的兒子自然也不急在一時。

就連蕭氏這樣平日對拜佛之事不是極為熱衷的人，這會兒都在院子裡設了個佛堂，每日早晚都要上香唸經。聽說方姨娘那邊就更加離譜了，光是經書都抄了好幾本了，都是在祈禱蔣蘇杭能中進士的。

謝明貞的婚事已經定了下來，就在六月分，到時候不管蔣蘇杭中不中進士，她都將出嫁，所以方姨娘自然是日也求、夜也求，畢竟一個進士女婿和一個舉人女婿，這中間可是天差地別。

而姑娘這頭，明雪依舊隨著嬤嬤學規矩，準備六月入宮選妃。倒是謝明芳這邊，蕭氏讓身邊的沈嬤嬤去教她規矩了，畢竟沈嬤嬤也是侯府出身的老嬤嬤了。

等三月初九，三年一度的會試終於是開場了。謝樹元親自將謝清駿送至貢院門口，負責監考的翰林看見他父子兩人，還親自過來問候。待進考場時，負責檢查考生的人一聽謝清駿的名字，只草草地看了兩眼就放人進去了。

會試一共要考三場，每場三天，吃喝住都要在監舍之中，因此對於考生的毅力是極大的考驗。好在謝清駿自小便練習騎射，身體較一般的書生自然是好多了，所以考完試出來時，他只臉色有些蒼白，而蔣蘇杭則是被謝家家丁扶上馬車的。待他送完蔣蘇杭後再回謝府時，老太爺連著老太太都同大家一起等著呢！

老太太一瞧孫子這臉色，便立即心疼地讓他趕緊回去歇息，又讓人去廚房熬些滋補的燕窩粥，等他睡醒再端給他喝。

蕭氏也想問，不過看見兒子的模樣，還是忍下沒問，只讓人扶他回去歇息。

待到了第二日，謝清駿神色已恢復如常，便將自己在考場寫的文章默寫出來給謝舫和謝樹元看。

這會兒就連謝樹元看了，都挑不出毛病。畢竟自家兒子能以十六歲之弱齡考中解元，那就不是浪得虛名之輩。

不過，這考試也並非全憑實力，有時候運氣和主考官的偏好，也會影響最後的結果。

四月中旬放榜時，謝家早早便派了家丁去等著放榜。謝清駿本人倒還是一貫的淡定，可謝樹元卻在書房之中踱來踱去，恨不能自己親自去看看榜單。

雖說謝舫是內閣老臣，可是因自己的親孫子也參加這科的考試，所以他一早便迴避掉任何關於科舉的事情，這會兒謝家的消息也不比旁人多。

「回來了、回來了！」

聽見外面有吵嚷的聲音，謝樹元霍地頓住，眼睛直勾勾地盯著窗子外頭看。

此時，謝清駿正在拿紙給謝清溪疊千紙鶴，他手指修長，關節勻稱，極是好看。那紅色的紙張在他手中被一折一疊，沒一會兒，一隻漂亮的紙鶴便出現在他手中。

「喜歡嗎？」謝清駿遞到謝清溪的面前。

謝清溪輕輕點頭，可此時心裡頭卻也猶如擂鼓一般，又激動、又緊張。

待那看榜的人終於跑到門口時，只聽他在外頭便激動地大喊——

「恭喜老爺、賀喜老爺，咱們大少爺是此次會試的頭名！」

那就是會元了！

謝清溪一下子就從椅子上跳了起來，大聲喊道：「大哥哥是第一名，是第一名欸！」

謝樹元也霍地鬆了一口氣。

唯有謝清駿，從始至終都面帶微笑。

這一年的春天似乎特別暖和，即便剛到四月頭，花園裡各色錦繡花卉早已經在春風中一團團地綻放了。池子裡的水是從府外河水引來的活水，微風拂過，吹皺一池碧波。

謝家的府邸並不像尋常的北方風格，倒是有些江南小橋流水的溫柔小意。

此時湖邊亭中，謝清駿正在看書，雖然已用輕紗將亭子的四周圍住。不過輕風一吹，桌上擺著的書還是嘩嘩作響。

謝清湛正坐在一旁冥思苦想，說實話，謝清溪這兩年棋力大有進步，而他多忙於讀書和蹴鞠，反倒是被這個小丫頭比了下去。這會兒到了關鍵時候，他有些舉棋不定。

謝清溪坐在他旁邊，捧著一張臉看著他笑。她剛下棋那會兒是家裡頭有名的臭棋簍子，加上又喜歡反悔，就連她爹同她下了兩回之後，都再不願同她下棋了。

唯有這個六哥哥，怎麼都不嫌棄她……

謝清溪凶巴巴地說道：「快點，我都等了快一刻鐘了！」

「偏妳話多！」謝清湛微皺著眉頭，斥了她一句。

好吧，他們倆之前的相處方式，壓根兒和溫馨沒關係。

一直在旁邊看書的謝清駿，突然開口說：「左手邊。」

謝清湛往自己的左手邊看去，眉眼瞬間舒展開，方才的糾結一掃而空。

謝清溪看著他輕鬆地落子，隨後輕輕鬆鬆地將自己幹掉。

「大哥哥……」謝清溪看著自己的棋面大勢已去之後，忍不住喊了一聲，聲音又撒嬌、又埋怨。

「拿來！」謝清湛立即不客氣地伸手，笑呵呵地朝她要銀子。

謝清溪看著旁邊的銀子，給得那是一臉的不情願。

她轉頭問謝清駿。「大哥哥，你這次要殿試，緊張嗎？」

謝清湛也忍不住望著旁邊的大哥，自從大哥是會試頭名的消息傳出後，謝家的門檻險些要被人踩爛了。

不過謝樹元到底是見過大世面的，知道如今雖是會試頭名，但最後的狀元人選卻還未定，所以他謝絕各路人馬的拜訪，只說道「如今小兒要專心準備殿試，待殿試過後，再辦杏林宴招待大家」。

殿試是在五月舉行，所以謝清駿如今在家看書。不過他每日悠然自得的模樣，倒是讓謝清溪佩服至極，這種捨我其誰的自信，還真只有她的大哥哥有。

「清溪兒，妳還不知道，如今咱們家都成了京城說書先生的新段子了！」謝清湛一副饒有興趣的模樣。

謝清溪一聽，立即來勁了。之前她也去聽過號稱京城最好的說書先生黃三聲講的段子，這個黃三聲本名並非三聲，只是因他說書極富畫面感，讓聽眾能身歷其境，只要開口說二聲，眾人便再不會分心，所以這才得名黃三聲。

就連覺得自己見過各種世面的謝清溪，都忍不住覺得這個黃三聲說書確實是不錯。畢竟相較於京城其他的說書先生，他特別善於將近期京城發生的段子攙在志怪故事之中。

「都說什麼啊？說大哥哥是天上的神仙，九天仙人下凡？還是說我是九天仙女啊？」謝清溪前頭還說得好好的，結果非要加上一句逗謝清湛。

謝清湛瞥眼看著她，立即鄙視地說道：「當然只有說大哥和二哥的！我那日聽了一回，真真是嘆為觀止。」

若是謝清湛沒說這事，謝清溪倒是不會想著出門，可是他這麼一說，連謝清溪都忍不住想聽了。

「我只聽過一回黃三聲說書，六哥哥，你再帶我去一回吧？」謝清溪立即撒嬌說道。

她是個姑娘，尋常不易出門，就算要出門也是要哥哥們帶著，所以這會兒連謝清湛都求上了。實在是因為謝清駿如今正處於最緊要的時刻，她也不敢打擾。

誰知謝清駿聽了，反而主動問她。「清溪，可是真的想聽說書？」謝清溪都還沒說話呢，謝清駿已合上書本，隨手扔在桌子上，站起身霸氣地說道：「大哥帶妳去聽便是！」

結果到了黃三聲說書的酒樓之後，就見已有不少人。這酒樓專門給黃三聲擺了桌子，上頭放著一塊巴掌長的紅色醒木。

一樓早就沒了位子，店小二一見他們三人穿得富貴，身後又帶了好幾個小廝，立即將人引到了樓上。這樓上包廂都是有門有窗戶的，若是光想聽說書，不想被人打擾，只管開了窗子就是。

結果他們一上到二樓，就見一個穿著絳紫色袍子的男人走了過來，他約三十五、六歲的模樣，可是卻面白無鬚。

男人走到三人跟前，立即客氣地說道：「大公子，我家主人見到三位公子過來，請你們過去一塊兒坐呢！」

「喲，竟是熟人，那小的便安排你們在一處雅間坐著。」店小二一聽這話，便機靈道。

謝清湛看著面前這個中年男人，神色有些怪異。

謝清駿邁步往那邊走，一進門就看見一個穿著雨過天青色錦袍的男子正坐在當中的桌邊，面朝大街的窗子都被關上了，而朝著裡面的窗子卻是打開了。

此時黃三聲剛坐下，底下響起一片拍手稱好的聲音。

「你們也來了？最近這處倒是熱鬧得很。」陸庭舟做了個「請」的手勢。

謝清駿面色平淡，似乎完全忘記他之前曾面色鐵青地當著人家的面把謝清溪拉走一事。

謝清溪看見齊心的時候就已經頭皮發麻，結果這會兒見著人，變成了又麻又酥。陸庭舟膚色白皙，穿著這身雨過天青的衣裳，真真如那九天仙人下凡一般。

好吧，她就是這麼惡俗的一個人。

待三人坐下之後，謝清湛偷偷瞄了一下陸庭舟，覺得這人可真真是好看。結果一轉頭，就看見對面的謝清溪盯著人家傻笑了一下。

就在謝清湛覺得這個傻妹妹太丟人時，竟聽見這人溫柔地問——

「想喝點什麼？」

雖然謝清湛竭力不去聯想，可是人家確確實實是轉頭，然後朝著謝清溪微笑著問的！

「茶。」謝清溪羞羞澀澀地一笑，又小心地覷了謝清駿一眼。說實話，大哥哥上回那般的態度，她沒想到這回他還能這麼輕易地接受陸庭舟的邀請，過來喝茶。

所以說，有時候男人的心思，你也真的不要猜啊！

此時，黃三聲洪亮的聲音從樓下傳了上來——

「感謝各位前來捧場，我今兒個就講一講咱們京城的奇聞異事。要是有聽過的，就給黃老兒捧個場，若是有頭一回來聽的，也給咱叫個好。」

他話音一落，底下又是一片叫好之聲。

謝清溪聽著下面這熟悉的市井之聲，心中別提有多親切了。這樣鮮活的人氣，真真是到哪兒都讓人歡喜啊！

「想來大家也知道，今年可是三年一考的會試年，咱們今兒個就說說學子們都信奉的文曲星的事。」說著，黃三聲手中的醒木便啪地一聲拍了下去。「要說黃老兒在京城說書也有些年頭了，但凡有奇人異事的，就沒我不知道的，今兒我便說一說我二十年前的一個見聞吧！」黃三聲故意賣關子，停了下來。

下面有人聽得心癢，立即喊道：「黃先生，你便趕緊說吧，咱們都等著聽呢！」

「話說二十年前，黃老兒我剛到京城說書，日日在這市井轉悠，沒想到有一日，竟是被我看見漫天紅霞，我一見便只覺是仙人要下凡，就在我四處張望之時，一道青色光芒從我頭上一劃而過，我急急追了過去，結果到了一處時，發現這青光竟是不見了。」

此時店小二將甜點瓜果端了上來，謝清溪用齊心遞過來的銀叉子，給自己叉了個桃子，一邊吃一邊豎著耳朵聽下頭的聲音。

「那青光怎麼就不見了？」

「我覺得那定是仙人下凡了！」

眾人驚訝譁然，在下面七嘴八舌地討論著。

黃三聲又說道：「結果，我再仔細一瞧，竟看見那青光早已化作一個青色身影，腳底下踩著雲團，周身是一片金光。就在黃老兒想給仙人磕頭的時候，就見仙人一揮手中的拂塵，一道光便穿透雲層，朝著底下的一戶人家而去。我心中一急，趕緊跑過去一瞧，就見那戶人家的牌匾上寫著謝府，而我隔日便聽聞，這戶人家的兒媳婦於當日生下一個男嬰。」

「莫非這男嬰便是仙人轉世？」有個人急急地喊著問道。

此時，黃三聲摸著下巴上長長的鬍鬚，一副高深莫測地說道：「我方才不是說了，那戶人家姓謝，而咱們京城近日便有一個謝姓少年，是一出手就驚豔四方啊！」

「莫非你說的便是今科的會元謝清駿?!」下面覺得自己有見識的人，立即喊道。

雖說這科舉是讀書人的事情，但是這錄取的榜單一出來，圍觀的人那可是人山人海。當時會元的名字便傳遍了整個京城，而之所以能這麼轟動，全因謝家去年剛出了一個解元，結果今年又出了一個會元。

「小老兒當時所見的，正是這位謝家的長子嫡孫！他十六歲中解元，隔年會試沒下場，蟄伏四年一直到今年會試，一舉奪得這會元之名。如今更是有人猜測，他會連中三元。」

「我就說嘛，這等人物，豈是尋常人？可不就是文曲星下凡啊！」聽書的人也不甘示弱，喊的聲音不比說書的小。

謝清溪一張臉早已經憋成醬紫色的，這會兒聽到什麼文曲星下凡，終究是忍不住，噗哧一聲笑了出來。

坐在她對面，原本同她一樣憋著的謝清湛，這會兒見她笑了出聲，也終究是遲遲地笑了起來。

兩人捂著嘴，清楚地看見謝清駿臉上微微泛紅。

就算是當日中了會元的喜信，都沒能讓她的大哥哥變了臉色，這會兒這些市井之人的話，卻讓謝清駿的顏色甚為精彩。

「不過是市井之言罷了，恒雅無須放在心中。這些百姓無非也是覺得恒雅之風姿實非凡人，所有才會說出這般話的。」陸庭舟開口說道。

謝清駿眉尾一挑，恒雅？這位王爺還真是不客氣，所以他也應該回敬地叫他一聲「君玄」嗎？

謝清溪顯然是沒注意到兩人的異樣，捂著嘴笑著說道：「我要回去問問娘親，看看她當日有沒有覺得有仙人下凡？」

「謝清溪！」謝清駿眼角跳了跳，終是忍不住地叫了聲。

即便皇上如今少問政務，可是殿試這等重要之事，終究還是不敢假借他人之手。所有今科錄取的學子都早早在宮門外集合，只等著今日在保和殿之中的殿試。

殿試只有一日的時間，日暮交卷，經受卷、掌卷、彌封等官收存。等到了閱卷日，共有九名閱卷官，依次傳閱考卷，在考卷上用紅筆劃出記號，而最後得紅圈最多的前十名者，將會呈遞給皇上閱覽。

皇帝看卷子的時候，喜歡拉著人一起，除了翰林的學士之外，就連陸庭舟都被拉了過來。他笑指著陸庭舟說道：「朕記得當初黃大學士當你講經師傅的時候曾說過，你若是一心讀書，也是有狀元之才的。」

陸庭舟微微一笑，如玉般的面容讓這敞亮的大殿越發生輝。

皇上既然誇了，旁邊翰林裡曾經和陸庭舟有過師徒之誼的黃大學士，便也立即說道：「王爺少年讀書便是極聰慧，在諸多皇子中實屬翹楚。」

「眾位愛卿想必都看過這些卷子了，朕也大略翻了一下，發現這紅圈最多的是這份。」說著，他就拿起一份考卷，此時考生的姓名依舊是被封存起來的。

因本朝官宦子弟參加科舉的眾多，為了防止殿試閱卷營私舞弊，所以這些卷子一直到呈遞到皇上跟前時，都還封存著名字。

皇帝看了一眼，便點頭稱讚道：「朕也看了下，能寫出這等文章，心中確實有錦繡。」說著，他便讓旁邊的太監總管懷濟將封印考生姓名的地方拆除。

懷濟小心拆掉後，便將卷子又置於皇上的案桌之上。

皇上看了一眼，微瞇了下眼睛，慢慢唸道：「謝清駿。朕記得今科的會元也是他吧？」坐在皇帝右手邊第一個的禮部尚書，也就是今科會試的主考官，立即說道：「回皇上，正是。」

「朕記得他乃是謝閣老的嫡長孫吧？」皇帝又不緊不慢地問了一句。

在座之人都面面相覷，不知皇上問這是何意？若皇上覺得主考官是看在謝閣老的面子上，才給謝清駿最多紅圈，那可真真就是太冤枉了。

還是禮部尚書回話了。「回皇上，考試皆以考生的文章定名次，臣等深受皇恩，而會試又關係到天下學子，因此臣等戰戰兢兢，並不敢有一絲懈怠。」

「好了，張愛卿，你不要著急，朕不過是隨口提一句罷了。謝閣老乃是國之棟樑，朝之重臣，他能教養出這等兒孫，朕自然也是欣喜。」皇帝擺手，示意張尚書坐下。接著他又環視了在座的眾人，說道：「朕知你們都是學富五車之人，是以朕才會將會試這等關係著國家民生之事交於眾卿。從這諸多試卷看來，三甲已然定下。」

他又依次抽出兩份試卷，上面的紅圈都是僅次於謝清駿的試卷。

因今日乃是確定最後名次之日，因此眾多學子已在大殿前的廣場上等候多時。皇上又輕笑了一聲，讓懷濟將這三甲叫進來先見一見。

陸庭舟雖一直未開口，但是卻微微蹙了下眉。

三人依次進來之後，紛紛給皇帝下跪行禮，其中只有謝清駿之動作最是行雲流水。

皇帝掃視了下頭的三人，只見三人都穿著儒衫，只是謝清駿無論是氣度風華還是樣貌，都遠勝於旁邊兩人。

「你是楊鶴？」皇上看著最右邊那個樣貌黝黑、身材矮小的人問道。

「回皇上，學生正是。」這楊鶴一見皇上問話，險些就要暈倒，整個人跪著都是哆哆嗦嗦的。

這會試考試為的是替朝廷選拔棟樑之才，如今皇上見他這般形容，便更加不喜了。而偏偏更要命的是，這個楊鶴乃是第三名，若真是定下來的話，他可就是探花郎了。

歷朝歷代皆有取三甲中最貌美的人為探花郎之慣例，想當年謝樹元一路以解元、會元錄中，眼看著就要被定為狀元了，結果先帝也是嫌棄那探花郎太醜，直接將第二名定為狀元，而原本的第三則被定為榜眼，謝樹元就成了探花。

雖說探花也是人人豔羨的，可到底沒有連中三元，成為本朝第一人，他也實在是意難平。

皇帝問了幾句話後，越發對謝清駿滿意，光顧著誇他一人。待讓三人退下後，皇上坐在殿上，突然輕嘆了一口氣。「這第三名的容貌未免醜陋了些，實在是與探花郎之名不符合啊！」

陸庭舟沒有抬頭，可是心裡卻還是往下陷了一些，他擔心的到底還是來了。

寬闊的廣場之中，眾多學子穿著儒衫袍，依次在廣場上站好。先前被太監宣進殿中的三人回來了，高高的白玉階上，三人依次走下來，只是走在最後的青衫少年，卻讓誰都無法忽視他的風姿。

他比前面兩人都要高，即便走在最後，旁人一眼看見的都只是他。

謝清駿，這屆會試的會元。

每科會試舉行，天下學子都匯聚於京城。而其中心高氣傲之人並不少，畢竟才子古來便是極高傲的。即便文無第一，武無第二，可是會試卻還是得分出個高低排名。

要說這科若是別人會元吧，只怕有些人私底下還是不服氣，不過這會元是謝清駿的話……

曾有人將謝清駿在應天書院讀書時所做的文章拿了出來，但凡看過的無不交口稱讚，即便是最心高氣傲之人都不得不說出「做此文章者實在是人傑也」。

眾人不無嫉妒地看著這三人，若是沒猜錯的話，只怕這三人便是今科的三甲了。

可是沒過一會兒，皇上身邊的太監又過來，宣了七人覲見。當時紅圈最多的十人卷子被呈遞到皇上的面前，而這七人便是餘下的人。

皇上見了，只不過問了幾人問題之後，便讓人又退下了。

「各位愛卿，朕觀那三甲中有一人言行實在是委頓，實難堪任三甲之列。所以眾卿覺得這些人當中，誰更適合補入三甲？」

三甲易人古來便是有的，前朝就有狀元曾經因形容醜陋，丟了狀元之位。可眾人一見皇上提換人的事，卻也面面相覷，畢竟在座都是飽讀詩書，也都是從科舉中闖過來的，誰不知道這科舉之事乃是牽繫著一生之命運？然而，誰都不好說這話。

但皇帝不覺得，他環視了眾人一眼後，突然問起坐在左手邊的陸庭舟。「六弟，你覺得誰更適合？」

陸庭舟今日並未著王爺朝服，而是一身淺青色錦袍，臉頰越發如那玉般剔透，此時眾人望向他，只見他微偏著頭看向皇上，側臉的輪廓猶如畫出的水墨線條般優雅秀致。

即便在座皆是男人，都忍不住感慨，果真是上京城中人人交口稱讚的玉面王爺啊！

「臣弟並未看過這些考生所答試卷，故不敢在如此多的當朝大儒面前隨意點評。」陸庭舟清冷的聲音緩緩說道。

「朕倒是覺得，這科除了謝清駿之外，誰都擔不了這探花郎的名號。」皇上悠然說道。

座下的大臣都有些忍不住了，這些都是在翰林院當官的，雖說官職不高，但各個都堪稱是當朝的飽學之士，若不然評卷官一職也不會由他們擔任，如今他們辛辛苦苦地看卷子，可皇上卻不以學識選定三甲之人，偏偏在意起相貌。

若說將那行為委頓的楊鶴剔除三甲，在座之人倒也可以接受，畢竟他只是第三名，頂多讓第四名補上便是了。可偏偏皇上卻因為謝清駿貌美，而要讓他當探花，真真是讓人忍不住想問一句：貌美也是一種錯誤嗎？

不過陸庭舟卻隱隱猜測到了皇帝的意思，畢竟謝清駿家世顯貴，有個入了內閣的祖父，皇上只怕若是選定了謝清駿後，會引得天下寒門學子不滿，以為朝廷是偏袒官宦子弟的。

此時，翰林院的侍讀學士陳複唐突然出言說道：「皇上，臣以為科舉考試應以學子考卷上的真才學識為錄取的準則，至於這相貌倒是在其次。若是因為相貌而讓原本有狀元之才的人屈居於探花之位，豈不是本末倒置了？」

這個陳複唐在翰林院待了十幾年，如今還是個從五品的侍讀學士，便與他這敢於直言的性格不無關係。若他是在唐宗宋祖的年代，說不定還能被委以重用，可是今上這性子，可不是能採納諫言的。所以陳複唐此話一出，皇上的面色便陰沈下來，原本掛在嘴角的笑也消失不見了。

旁邊的禮部尚書是個機敏之人，一見皇上這般，便立即開口說道：「老臣倒是覺得這狀元和探花都位列三甲，倒也並無不妥。況且謝清駿的父親，也就是右都御史謝樹元大人，當年不也是被點為探花？如今謝大人乃是國之棟樑，而當年的狀元卻是遠遠不如他的。」

他這話一說，旁邊幾位學士立即有人在心中鄙視了他一番。

居然還好意思提人家親爹當年的事情，先皇當年就是用這原因把謝樹元的狀元弄沒了，讓居於他之後的榜眼當了狀元，又讓第三名的當了榜眼，謝樹元最後成了探花。

先皇當年坑害了人家的爹，得了，皇上現在又要坑害人家的兒子了，這還真是一代人坑害一代人啊！

陸庭舟聽了禮部尚書的話，立即抬頭，一雙眸子盯著皇上看，只見他面無表情，嘴巴緊閉，似乎只是在為方才陳複唐頂撞他一事而生氣。

「皇兄，謝清駿在京中素有早慧之美名，當年他以十六歲之齡考取解元，現又直取會元之位，如今也是名正言順的第一名，倒不如依舊將他欽定為狀元，至於探花郎便從後面的七人之中再選也可。」陸庭舟淡淡地說。

坐在他對面之人，顯然是沒想到這位王爺方才還在推託，此時竟會突然出聲。

皇帝在聽完他的話後，也點了點頭說道：「小六說的確實對，就在後面七人之中再挑選一個探花吧！你們看著誰比較合適？」

一聽皇上不動謝清駿的狀元之位了，一時間真是有人歡喜有人愁。

不過那個叫楊鶴的確實是有些搬不上檯面，所以立即便有人說道：「臣觀其中有一個叫鄭明的倒是不錯，回答皇上問題時進退有度，頗為難得。」

皇上想了一下，便點了下頭。「他也確實是這十人之中除了謝清駿之外，長相最英俊之人，年紀倒也不大。」

有人一聽皇上還沒忘記惦記著謝清駿呢，一顆心又提了上來，生怕皇上再反悔。畢竟你說說這都叫個什麼事？明明是科舉考試，可最後卻靠樣貌取勝了，說出去，別人還以為他們這些評卷官都是看臉的人呢！

陸庭舟再不說話，一隻手搭在座椅上的金雕扶手，手指隨意地敲打著。

無心之人都沒注意到，他敲打的是六下。

就在眾人爭論不休時，一直沒說話的翰林院學士楊英開口了。「皇上，臣觀那名叫蔣蘇杭的學子回答問題時引經論點，頗有章法。如此短時間內能作出這等回答，可見此人真真是學富五車。」

「蔣蘇杭……」皇上隨意看了一下案桌上的卷子，竟是一眼就看見他的名字。「蘇杭兩地可謂是人傑地靈，這名字倒是不錯。」

於是，最終這三甲之位定下。除了皇帝欽定的幾個之外，其餘之人則是按照當日殿試考試的排名圈定。

這會兒，皇帝身邊的懷濟出去宣布，讓眾學子出外等候，明日將於太和殿中舉行傳臚大典。

第三十二章

傳臚大典乃是宣布登第進士名次的隆重典禮，不僅皇上會親自出席，勛貴王公、文武大臣也都會位列其中。

因此一早，謝家便忙碌不已。蕭氏早早地帶著人去往謝清駿的院子，結果一進正房就看見他已著貢士公服，頭上戴著三枝九葉的頂冠，如玉的臉龐越發的皎潔。

蕭氏突然眼中一熱，竟是險些落下淚來。

她上前兩步，走到謝清駿面前，如今謝清駿已比她高出許多，她甚至要抬起頭來看著面前的青年。她的兒子，在他出生時便給她帶來了無限的快樂和期望。

從他還是個小嬰兒時就乖巧得很，從不像別的孩子那般哇哇大哭。他一天天長大，慢慢變成一個沈穩聰慧的小小少年。

蕭氏永遠都沒有辦法忘記，她在前往江南之時，清駿突然從書院之中回來，抱著她便大哭著問道，他們是不是要去江南？可為什麼沒有人告訴他？他們是不是不要帶他去？是不是不要他了？

這是蕭氏第一次看到清駿這樣失態地大哭，她的兒子第一次這樣哀求她不要留下他。

可是，清駿並不僅是她的兒子，還是謝家的嫡長孫，不僅僅是老太太不會讓她帶走他，就連老太爺都堅決不同意他們將清駿帶到江南。

她的兒子第一次也是唯一一次那麼求她，可她居然還是將他留了下來……蕭氏的眼淚再也止不住地落下。

謝清駿一下子怔住了，過了好久，他才輕聲問。「娘，妳怎麼了？」

「娘親對不起你……」蕭氏捂著嘴，再也說不下去了。

謝清駿只安靜地看著她，過了許久，才眉眼舒展，扶著她的肩膀柔聲說道：「好了，不要哭了，要不然這傳臚大典我都不去參加，只留在家中哄妳開心了。」

蕭氏被他這麼一說，突然就止住淚了，急急用帕子擦了眼淚，這才說道：「娘不能耽誤你進宮的時辰。」她又替謝清駿整理了貢士的公服，這才同他一道出門。

兩人走出院子後不久，就看見穿著一身朝服的謝樹元。

謝樹元是同蕭氏一塊兒起身的，原以為夫人是要替自己穿衣裳，誰知她自己梳妝打扮好了之後，就匆匆出門，只讓丫鬟替他穿了朝服。

他一過來，就猜到她定是過來看兒子了。

謝樹元看著穿著公服的謝清駿，此時神色有些恍惚。一樣的身高，一樣的貢士公服，他一眼看過去，竟彷彿看見了二十年前的自己，同樣穿著這身衣裳，懷著忐忑的心情等待著自己的命運。

「好。」謝樹元看著兒子，再不說出教訓的話，只領著人出了府門。

謝舫和謝樹元也都要參加此次傳臚大典，但是為了不讓旁人詬病，謝清駿並未同謝樹元同坐一車，反而是獨自坐了馬車前往。

此次大典乃是在太和殿舉行，太和門內兩旁早早就設置了丹陛大樂，入八分公（注一）以上是在丹陛上，文武百官則在丹墀內，按著品級排位。而此次二百九十二名貢士則是按著名次排列在文武百官之後。

待一切都準備就緒，便有人到乾清宮中去請皇上到太和殿升座。

這些學子當中不少是寒門出身，何曾見過這般壯闊嚴肅的場景？此時連抬頭都是不敢的。前面黑壓壓站著的都是朝中的文武百官，而站在最前面的王爺們更是連影子都見不著了。

蔣蘇杭就站在謝清駿右後方幾位，他也一樣不敢抬頭，生怕被旁邊的皇宮太監瞧見。

三跪九叩行禮之後，禮部的鴻臚寺官開始宣制（注二），而人人都知，這宣制結束之後，鴻臚寺官就會唱讀此次金榜名次。

此時鴻臚寺官已經宣制完畢，幾乎所有貢士都已經大氣不出一口，生怕會錯過自己的名字，因為只有一甲三人的名字是唱三遍的，而二甲及三甲之人都只宣讀一遍而已。

鴻臚寺官已將金榜拿在手中，站在百官之列的謝樹元忍不住抬頭看了一眼，可是陽光有

注一：入八分公，簡言之，乃宗室貴族的等級，自親王以下、輔國公以上，共八個等級的貴族統稱之。

注二：宣制，即宣布帝王的詔命。

些刺眼，照在金榜上，將榜文背後繡製的金龍照得金光閃爍，竟是不能直視。

「第一甲第一名，謝清駿。」

「第一甲第一名，謝清駿。」

「第一甲第一名，謝清駿。」

謝清溪覺得，如果這要是擱現代，她是不是可以出一本書，就叫做《作為狀元妹妹的幸福生活》？

「謝妹妹，妳來吃這水果，這可是江南那邊運過來的，要用冰塊儲存才能使其不壞。」主人家的姑娘熱情地拿出據說只有江南才有的瓜果。

旁邊一個姑娘立即冷笑一聲，挽著謝清溪的手臂就格格一陣「嬌笑」。「咱們謝妹妹自幼生活在江南，什麼好東西沒見過？妹妹，不如妳便講講狀元郎的事蹟給咱們聽聽？」

「呵呵呵……」謝清溪笑。

「我聽聞前日三甲遊街的時候，幾乎所有姑娘手裡頭的花都扔給狀元郎了！我家規矩大，我娘親尋常不讓我出門，要不然我也想瞧瞧三甲的風采呢！」另一個姑娘嬌滴滴地說道，不過說這話的時候，眼睛卻是冷不丁地看著旁邊的幾人。

「呵呵呵呵……」謝清溪還是笑。

待蕭熙拉著她的手上馬車的時候，謝清溪只是雙眸放空地盯著馬車上的簾子看。

旁邊的蕭熙長嘆了一口氣，絮絮叨叨地說道：「這幫人一個個平日裝得多清高，如今還不都露餡了？清溪兒，我可跟妳說啊，不管她們怎麼哄妳，妳可都不要請她們到府裡去做客啊！」結果她說了一大堆，旁邊的人愣是沒給個話。

後來還是蕭熙身邊的丫鬟說：「小姐，表小姐這會兒正累著呢，妳就讓她歇息會兒吧。」

朱砂用力點頭。她身為小姐的丫鬟，可剛才都沒能在小姐的身邊伺候著。這些姑娘將自己擠到了一邊去，拚命跟小姐說個不停。

「清溪兒？」蕭熙又叫了她一遍。

謝清溪轉頭看著她，眼神裡頭全是迷瞪，氣得蕭熙在她胳膊上就掐了一把。

「表姊！」謝清溪被她捏了一把，激靈了一下，立即喊道。

「我看妳真是傻了！我剛才說的話，妳都聽到了沒有？」蕭熙問道。

謝清溪眨了眨眼，濃密的睫毛恍如蝶翼揮動般。

蕭熙看得險些都失了魂魄，都說女大十八變，這個表妹如今越長越大，原本就動人的容貌，變成了攝人心魄的美。

「表姊，妳說什麼了啊？」謝清溪無辜地問道。

蕭熙險些被她氣昏，不過一想到方才那些人圍著她又是問話又是套話的，便少不得教導她說：「我是說，若是這些姑娘讓妳請她們到妳家中做客，妳可千萬別答應。」

「妳以為我傻啊？」謝清溪過了半晌才冷不丁地來了一句。

如今的謝家就跟烤爐裡頭即將出爐的鴨子一樣，上京城內但凡有適婚少女的人家，誰家不盯著？謝清駿一趟遊街走完，臉上被鮮花砸得都快破皮了！

老百姓最是好看熱鬧，這可是大齊朝出的第一個連中三元的狀元郎，所以這遊街一開始，整個京城幾乎是萬人空巷了。京兆尹的捕快、衙役全派上都不夠，後來還是從五城兵馬司調了人。

可就這樣，一趟遊街下來，狀元郎的臉都險些破相了。

謝清駿少有慧名，那時候還只是在京城的貴族圈裡頭流傳；後來得了解元，就變成在京城裡頭小有名氣；如今狀元的頭銜戴實了，這恒雅公子的名諱簡直就是傳遍了天下。

所以像謝清溪這樣的，謝家還真不止她一人。聽說她爹就更誇張了，自從兒子成了狀元後，上班連個玉珮都不敢掛了，生怕哪天應酬喝酒醉了，就被人哄得把兒子的終身大事給定下了。至於今日的宴會，要不是她早就答應了，也是不會來的。

待謝清溪回去時，蕭氏正在看冊子，旁邊站了好幾個管事僕婦，而平常蕭氏管家時一直都在的謝明貞，今日卻是不在的。

「這五十頭豬一定要趁早殺好，還有，如今天氣也漸熱了，可不能讓豬肉壞了。」

蕭氏是看著一個莊子上的僕婦說的，那人立即應了下來。

「大小姐的嫁妝是九十八抬，東西我早已經備好了，張全家的和田福家的一定要對著單子好生核實了，到時候蔣家的人來清點嫁妝，要是有一樣東西對不上，我就拿妳們是問，到時妳們也別給我找理由，只等丟了這管事的位置！」蕭氏有些急躁，連說話的口吻都不是平日的和風細雨。

不過謝清溪也知道，她娘這陣子確實是忙瘋了。

大哥哥中了狀元，這可是光宗耀祖的事情，所以祖父要開祠堂祭祖，將這事跟祖宗報告一下。但是祠堂可不是隨便就能開的，祭祖所用的器具要清點出來，而祭祖的祭品也要精心準備。

最重要的是，還得請親朋好友到家中吃飯。可是謝舫和謝樹元都是身居高位的，要是真請客的話，只怕大半個朝廷的人都能請來，可是不請吧，又怕會得罪人。還有，蕭氏是出身永安侯府的，這頭是連著勛貴的，沾親帶故的親戚在京城也是不少。所以這算一算，要請的人還真是太多了。

況且依著老太太的意思是——我大孫子給我們謝家爭了這麼大一口氣，咱們要風風光光地大辦！

還有，明芳和明雪兩人進宮選妃的事情，雖說是在六月分，可是五月中旬就要開始初選了，如今也要準備起來。好在這事尚有閔氏，蕭氏乾脆全權交給她了。

至於明貞的婚期，這會兒是定得準準的了，就是六月初六，這一天是六月頭裡最好的日子了，謝樹元請了三個風水先生測的，說是這天成親有助於夫妻生活美滿。

於是，這件事也積攢到一起來了。

雖說前期也有準備，但是成婚擱哪裡都是大事，更別提謝明貞還是謝家這輩孩子中第一個成婚的。

而且蔣家在京城根本沒有房子，所以他們成婚後住的乃是謝明貞陪嫁的宅子。

這院子也是蕭氏派人去買的，剛讓人整理出來。等蔣家那頭來清點過嫁妝之後，像拔步床之類的大型家具就要先送到家裡去了。

所以這會兒蕭氏簡直是恨不能生出三頭六臂來。

待吩咐好事情之後，她便讓這些管事嬤嬤都下去了。旁邊的秋水趕緊端了杯茶水過來，蕭氏端起，一口喝下去半杯。

「娘……」謝清溪有些心疼地喊了一聲，她娘親可真是夠累的。

「妳表姊回去了？」蕭氏知道她是跟著蕭熙一塊兒出門的，所以這會兒才問她。

謝清溪點頭，說道：「表姊本來想進來給妳請安的，不過我和她說，妳這幾日忙亂得很，只怕沒空同她說話，便讓她回去了。」

蕭氏點了點頭，又說道：「妳大姊姊馬上就要出門子了，所以妳也不要再出門，在家多陪陪她說說話吧。」

謝清溪點頭。

方姨娘這些日子感覺自己走路都是踩在雲朵裡頭，整個人都輕飄飄的，臉上的喜色是藏都藏不住。不過她也不想藏，只覺得這天空怎麼這麼藍，這白雲怎麼這麼白，這人生怎麼這麼美好。

「妳們姑娘在嗎？」她剛到謝明貞的院子裡頭，就看見明貞的丫鬟慧心提著個籃子，正準備出去的模樣。

慧心立即說道：「姑娘正在裡頭做繡活呢，奴婢去廚房裡頭給姑娘拿兩樣糕點過來。正巧姨娘也來了，奴婢順便給姨娘端一碟子蓮花糕吧？」

方姨娘立即笑著說：「妳只管去忙妳自己的，別管我了。」

慧心抿嘴笑了下，就告退出門去了。

方姨娘也沒要人通報，便自顧自地進了裡間。這會兒謝明貞正坐在榻上做繡活，她上前一看，笑道：「我瞧著這顏色倒是成熟了些，是給太太繡的嗎？」

明貞趕緊起身，讓方姨娘坐了下來。她見方姨娘又拿著荷包看了看，這才垂著頭，支吾地說道：「並不是給太太的，是給他姊姊繡的。」

「誰？」方姨娘沒聽清楚，又問了一句。

謝明貞以為是方姨娘有意逗弄自己，便羞臊地叫了一聲。「姨娘！」

方姨娘一轉頭就看見她這模樣，心裡哪還有不明白的？她立即笑著說道：「傻孩子，這有啥不好說的？如今妳這婚期都定下來了，馬上就要嫁人，還有啥不好意思的？」

謝明貞也不說話，只低頭拿著荷包。

方姨娘突然嘆了一口氣，輕聲說道：「姨娘出身低賤，一輩子都只知道伺候人，眼皮子淺，以前姨娘說的話，妳千萬別往心裡頭去啊！」

謝明貞聽了她的話，便立即抬頭，正色道：「姨娘何必這般自輕？我是姨娘生的，雖不能叫妳一聲娘，可依舊不能否認我是從妳肚子裡頭爬出來的事實，姨娘說我也是應該的。」

「我知道妳是個好孩子，姨娘只盼著妳以後能和姑爺和和美美地過日子，姨娘這輩子就再沒遺憾了。」方姨娘拉著她的手說道。

「我走了以後，姨娘在家裡頭也要好好的。」謝明貞突然眼睛一澀，輕聲唸叨。

「妳別擔心我，妳日子過好了，便是比什麼都重要。」方姨娘說道。

因著趕上五月初五的端午節，所以謝家連端午都沒怎麼準備，往年給下人們發的兩斤粽子，全折現成了銀子。不過這銀子自然是比粽子討人喜歡，所以不僅沒人說閒話，反而感恩的話頻傳。

五月初八的時候，謝家的流水宴擺開了。

真不是謝家想要鋪張，可閣老家裡頭出了個狀元孫子，內閣的人都得請吧？畢竟大家平日一個處所坐著當值。而謝舫的門生有好些都在京城當官，這個也得請，畢竟清駿日後入朝為官也要這些人提攜啊！

至於謝樹元自是不用說了，都察院的人從左都御史開始，到他的直系下屬都得請。

而蕭氏自己也是有舅家的，所以蕭家這邊那也是必須到的。

謝清駿是在應天書院讀書的，書院裡頭出了這麼一塊活招牌，就算是應天書院這種清流的學院，都恨不能在大門牌匾上加一句「此乃新科狀元母校」，所以謝清駿的恩師也得請。謝樹元怕漏請了誰都不好，所以但凡在書院裡頭教過謝清駿的，一律都請了。而謝清駿的同窗以及這科一起參加會試的也要請。

所以饒是蕭氏這等長袖善舞的，都生怕出現一星半點的錯誤。

蕭氏這幾天正忙著，謝清湛又剛好放假在家，非要拉著謝清溪出門，說是要買禮物給謝明貞。謝清溪倒是早就準備好了，一對上好的白玉龍鳳玉珮。

所以兩人等到瓊林宴的時候，連自家馬車都不坐，就偷偷溜出去了。人實在是太多了，而且老太爺特別讓人將正門開了，讓客人從謝家正門進去的。

不過謝清湛豈會讓謝清溪走著去街上？早早就有人在外面等著接應他呢！

一上車，裡頭的錦袍少年便笑著問道：「清湛，這是誰啊？」

「我表弟。」謝清湛隨意地說道。

謝清溪微微垂著頭，反倒是惹得那少年又看了好幾眼，只覺得清湛這表弟長得未免也太好看了些吧？

「南潯，咱們這次去哪兒啊？」謝清湛問道。向南潯是謝清湛在東川書院的同窗，兩人又都喜歡蹴鞠，所以關係最是要好。

向南潯笑著說道：「幸好我爹也來你家參加宴會了，要不然我還真出不來。不過等我爹回去，估計我哥又要倒楣了。」

「你哥又怎麼了？」謝清湛好奇地問。

「這你還不知道啊？」向南潯立即說道：「你大哥現在那就是咱們官宦子弟的一面旗幟，我爹現在天天在家唸叨，說『人家謝清駿怎麼就能考個狀元，你卻連個舉人都要考三年』，反正我哥是快煩死了。」

謝清湛和謝清溪面面相覷，真不知道怎麼安慰。

待到了街上，向南潯就帶著謝清湛去了城中最好的首飾鋪子珍寶閣。

謝清溪下車的時候，拉了一下謝清湛的手臂問道：「這種地方的首飾可是貴得很，你帶足銀子了嗎？」

謝清湛朝她眨了下眼睛。「誰現在還帶銀子啊？」謝清溪剛要說話，他又說：「我帶足銀票了！哈哈哈……」

謝清溪正要朝他翻白眼的時候，突然聽見一聲悅耳的鳴哨之聲。

謝清湛也聽到了，兩人都往對面酒樓的二樓看去，但窗戶口什麼人都沒有。

待謝清溪要進珍寶閣的時候，又回頭看了一眼，結果陸庭舟正在二樓上看著她輕笑！

這是自上次聽書之後，她又一次見到陸庭舟。

那次之後，謝清溪再也沒機會出門，只除了那回蕭熙帶她去赴宴。她正要笑，旁邊的謝清湛剛好轉頭要跟她說話，見她回頭，便也要往後看去，她趕緊拉著他進去了。

待挑選首飾的時候，但凡掌櫃拿出來的，她都說好，謝清湛還特別憂愁地看了她一眼，顯然是對於她眼光的不認同。

等三人再出門的時候，向南潯非要拉著謝清湛去買蹴鞠古書，聽說這可是宋朝流傳下來的孤本，很是珍貴，就是價格貴了些。向南潯這回能來接謝清湛，也完全就是想夥同他一塊兒買這本書。

可謝清溪卻皺著眉頭說道：「我覺得好累啊！」

向南潯先前在珍寶閣一聽她的聲音，便知她是個姑娘，不過他年紀也還小，沒到情竇初開之際，就算對著漂亮的姑娘，都不覺得有比他的古書重要。

「清湛，要不我讓我家馬車送她先回去？」向南潯說道。

謝清溪立即說不要。

最後謝清湛妥協地給她在珍寶閣對面的酒樓開了個雅間，還千叮嚀、萬囑咐，讓她不要亂跑，並讓向南潯家的小廝站在門口守著。

不過就算是這樣，都沒阻擋陸庭舟的登門入室。

「門口的小廝呢？」謝清溪輕笑著問道。
陸庭舟也笑著看她。「好像是去方便了。」
謝清溪有些失望地看著他身後，說道：「怎麼這次沒帶湯圓過來？尋常你不是都帶著牠的嗎？」
「因為來見妳，所以才沒帶啊！」陸庭舟專注地看著她，眸子烏黑晶瑩，猶如夜空之中最明亮的星子，輕抿的唇角勾勒出一抹溫柔的線條，平日平靜如玉的容顏，在這一瞬間鮮活了起來，一笑一語間都帶著溫柔。
謝清溪眨了眨眼睛，因他突如其來的甜言蜜語怔住。
兩人四目相接，她看著他深不見底的眸光，覺得這目光猶如劈開她的身體，直直地撞進她心底的最深處，本來平緩跳動的心臟，此時一分一分地加速。
「聽說當時在殿試，是你力保大哥哥的狀元不失的？」謝清溪輕聲問他。
皇上當日的言論還是傳了些許出來，謝樹元同蕭氏說的話被謝清溪聽到了，她這才知道，一向事不關己的他，在皇上面前為大哥哥直言。
「恒雅本就有狀元之才，況且他本就是第一，理該是狀元。」陸庭舟靠近她輕聲說道，他微微低頭看著她的眸子，她的睫羽又濃又密，從上方看下去，險些要遮住她的眼睛了。
「可是妳姊夫的探花之位，卻是我幫他爭取的。」
謝清溪一下子就呆住了，此事她並不知曉，只知道原本的第三名因面聖時太過緊張，被皇上不喜，蔣蘇杭才被點為探花的。

「是我讓人舉薦他的。」

陸庭舟的身子微微傾過來，兩人之間的距離近得讓謝清溪都能感受到他的呼吸。

就在陸庭舟剛想問她「妳要怎麼謝我」時，突然，嘴唇被一片柔軟觸碰到，可這觸感卻在一瞬間就離開，又輕又軟，還帶著淡淡的香味。

太過快速的過程，讓陸庭舟一下子就呆立在當場。

謝清溪看著他呆立的模樣，突然想著，是不是嚇著他了？

可就在下一秒鐘，她的脖頸被輕輕扣住。

他垂眸，帶著無限笑意地看著她。「笨蛋，這種事情應該讓我來。」說著，他的唇落在她的臉頰。

謝清溪的耳畔還迴盪著他溫柔又霸氣的那句話——笨蛋，這種事應該讓我來。

所以，她是不是太主動了？

謝清溪一下子捂住臉，唉，她真的覺得自己是有點主動了。她直接親了他的唇，可人家卻只是親她的臉頰唉。

我可是大家閨秀！我可是大家閨秀！我可是大家閨秀！謝清溪在心裡頭默唸了三遍，可是臉頰卻還是火辣辣的，這種熱漸漸延伸到耳朵。

從陸庭舟的角度看過去，她本就小巧玲瓏的耳朵慢慢染上一層淺紅，然後又漸漸地變成殷紅，原本白皙柔嫩的小耳朵，此時變成了兔耳朵。

「真可愛。」陸庭舟伸手撚住她的耳垂。

就在他的指尖剛碰到她柔軟的耳垂時，她整個脊背一下子僵住，捂住臉的手更是僵硬。

謝清溪的雙手依舊捂著臉蛋，可是指間卻微微露出一點，透過指縫，她看向對面的陸庭舟，窗外日光正盛，他白玉般溫潤的臉頰上籠罩著滿天陽光，身體周圍被染上一圈金色，而身上的暗銀繡此時熠熠發光，修長的手臂正伸到自己的身側，嘴角的微笑那樣的溫柔繾綣。

她突然希望時光能永遠停在這一刻，可是世上最留不住的便是光陰。

「在想什麼？」陸庭舟依舊用手指捏了下她的耳垂，那樣細膩綿軟，連耳洞都沒有。

謝清溪自小便不願打耳洞，因為太疼，所以她所有的耳墜都是夾戴式的。

「我在想……」謝清溪說到此處，突然停頓了一下，再不說下去。

陸庭舟輕聲一笑，又問。「怎麼連我都不願說？」

「不是，只是我突然在想，如果這一刻能停駐該有多好？」謝清溪看著他，認真地說道。

陸庭舟沒想到她會說出這樣的話，只淡淡看著她，最後輕輕說道：「這又何難？待我娶妳過門之後，這世間便只有妳我二人，再不會有人打擾我們了。」

此時謝清溪的雙手已經安靜地放在腿上，卻突然笑道：「兩個人的世界會不會太寂寞？」

「只有沒有妳的時候，才會讓我感受到無盡的寂寞。」陸庭舟安靜地看著她。

他說的話猶如瞬間化為羽毛，一點點撫弄著她的心臟。

突然，陸庭舟猶如變戲法般地拿出一個精緻的木盒，謝清溪微微訝異了下。此木盒乃是用最上等的紫檀木所雕刻，盒面刻著大團百合花，雕工細緻到每一瓣花瓣的紋路都精細地刻出。

「這是什麼？」謝清溪好奇地問道。

陸庭舟看了一眼，卻故作矜持地說：「妳覺得呢？」

「是要我猜嗎？」謝清溪問，突然又笑了下，狡黠地說道：「那是不是我沒猜中的話，就不給我了？」

結果，陸庭舟居然沒說話，好像認真在思考這句話的可行性。

謝清溪有一種搬石頭砸到了自己腳的痛苦，果然有些話應該先經過腦子再說的嘛！她忍不住後悔。

她臉上的後悔剛露出一點點，就聽陸庭舟嚴肅地說：「也不是，就算沒猜中，也讓妳帶走。」

謝清溪剛要笑著說「小船哥哥你真好」，結果人家又接著說——

「反正我留著也用不著。」

剛才的感動，真是被狗吃了！

當她打開盒子後，看見裡面是一只溫潤細膩的羊脂玉手鐲，此時窗外陽光正好，透過窗櫺穿透而來，籠罩著整個紫檀木盒子，而裡面那只羊脂白玉如同自帶一層微光。

陸庭舟將此鐲子遞給她，謝清溪拿在手中時，才發現這鐲子竟是能在不同的角度之下變幻顏色，而鐲子表面雕刻著的圖案，也因此幻變流轉。

「還記得那串玉葫蘆嗎？我一直帶在身邊。」陸庭舟抬頭看著她。

謝清溪點頭，過了半晌才說：「這太貴重了。」

那串玉葫蘆不過是普通白玉而已，而這只手鐲卻是真正的稀世珍寶。她說不出接受的話，可是也說不出拒絕的言語。

「清溪，妳要知道，再貴重的東西，都只是死物而已。」

他莞爾一笑，那笑容直射人心，讓謝清溪都忍不住恍惚了會兒。

「妳值得這世間最好的。」陸庭舟鄭重地說道。

謝清溪知道，他的話並非妄言，若是她想要這世間最好的東西，他真的會給自己，所以她相信他所言。

「快點，我妹妹還等著我呢！」

突然，外面傳來了謝清湛的聲音。

她微微詫異，示意他趕緊離開，結果陸庭舟卻是坐在桌邊，並不說話。

謝清湛一推門進來，就詫異地喊了聲。「林君玄?!」

他見林君玄看過來，大概也覺得直呼別人的名諱實在是有些不禮貌，便笑著說道：「林大哥。」

跟在他身後進來的向南潯聞言，詫異地喊了一聲。「咦？是誰啊？」

「我大哥的朋友。」謝清湛有些不好意思地說道。其實自己只不過是上次聽書的時候見過他一面而已，不過見他邀請大哥進雅間，而大哥又同意，所以便認定他是大哥的朋友。

結果，向南潯一見對方便有些怔住。本以為謝家兄妹已算是美貌無雙，結果又見到這麼一個人，他的長相真正是將俊美無儔這四個字表現到了極致。只怕見過他的人，會覺得這世間再無旁人能擔得上這四個字了。

陸庭舟看著相較於謝家其他兩個兄弟而言，性子更加跳脫的謝清湛，反而是有些不適應。要知道，謝清溪是謝家大房最小的孩子，雖同謝清湛是雙胞胎，但也比謝清湛小。

一想到自己未來將有三個年紀比自己小，但是輩分卻比自己大的大舅子，他突然有一種說不出來的無力感。

陸庭舟本身在宗室的輩分是極高的，同他一般年紀的，都要恭敬地叫他一聲六叔，結果，就因為這麼個小丫頭，他竟落得這般田地啊！

謝清湛有些疑惑地問：「林大哥，你為何在此處？」

「林大哥是看見我一人在這邊，所以才會過來打聲招呼的。」謝清溪生怕陸庭舟露餡，便搶先說道。

陸庭舟抬頭看了謝清湛一眼，略蹙了眉後，才不緊不慢地說道：「清湛，你與同伴去買東西，卻將妹妹獨自丟在此處，實在是不應該。」

謝清溪微微睜大雙眼盯著他。六哥哥離開去買東西，不是正中你下懷嗎？如今為了樹立你自己光輝的形象，居然這麼黑我六哥哥！

結果謝清湛不好意思地說道：「林大哥教訓的是。只是我同窗的小廝應該在門口守著的，卻不知他去了何處？」

「我也不知道，我來的時候，此處便沒有人守著。我畢竟同清駿是朋友一場，見清溪一人在這裡，實在擔心她的安危，這才進來陪她等你。」陸庭舟面不紅、心不跳地說道。

謝清溪臉上的驚愕快要藏不住了。誰快來救我！這男人也太腹黑了吧？我以後一定不是他的對手！

謝清湛被林君玄教訓後不僅沒生氣，反而格外愧疚地說：「林大哥說的極是，我日後再不會如此。」

「那就好。」陸庭舟臉上露出欣慰的表情，一副孺子可教的模樣。

謝清湛坐下後，有些奇怪地看了他一眼。不是說陪妹妹等我的？我已經回來了，你是不是該走了啊？

不過陸庭舟對他這種過河就想拆橋的行為，予以堅決的無視。

「趕緊掏出來看看！」好在向南潯一坐下，立即衝著謝清湛說道。

謝清湛小心翼翼地掏出剛買的書本，兩人立即頭靠著頭，湊在一處看書了。結果謝清湛剛要翻頁，向南溽偏不讓翻。

兩人誰都不讓誰，結果謝清湛有些不耐煩地說道：「你先讓我看一遍吧，我看完了，這本書便借你帶回去看。」

向南溽有些不相信地看著他，嗤笑一聲。「你可別告訴我，你看一遍就能記住了。」

謝清溪聽了這話，但笑不語。

而謝清湛則是一把奪過書，也是嗤笑地回了一句。「到時候你考考不就知道了？」

這本書倒也不厚，其中還有不少的插圖，不過只算文字的話，只怕也有數萬字。

對面的謝清溪托著腮，問道：「六哥哥，你這本書花了多少銀子啊？」

「八十兩。怎麼，妳也想買嗎？這本是孤本，我們同老闆還價才買來的。」謝清湛頭也不抬地說道。

誰知旁邊的向南溽卻突然笑了出聲，謝清溪一臉好奇地看著他。

結果向南溽說道：「是妳哥哥亮出了他的身分，還答應讓妳大哥去書鋪一趟，替老闆吸引吸引顧客。」

噗！謝清湛，你這麼坑大哥哥真的好嗎？

「這家書鋪可是京城裡頭最大的，而且種類繁多，就是這種孤本，他家也是全京城最多的，讓我大哥去一趟又不會掉塊肉！」謝清湛滿不在乎地說道。

謝清溪立即痛心疾首，她爹爹如今被嚇得，出門時身上連塊值錢的東西都不敢放，生怕被當成什麼訂親信物，被人哄了去，結果他居然還敢讓大哥哥出現在書鋪這種公眾場合，真是對百姓的狂熱太不瞭解了！

謝清湛終於在一刻鐘之後，將這本書翻完。他直接遞給旁邊的向南潯，而向南潯則有些不可思議地看了他一眼。

「你真的記住了？」

「我不是都看完了？」

謝清湛說得太輕鬆也太理所當然，以至於向南潯都忍不住了，不客氣地問道：「那這第三篇寫的是什麼？」

謝清湛張口便道：「蹴鞠一詞，最早載於《史記・蘇秦列傳》。時蘇秦遊說齊宣王時形容臨淄：臨淄甚富而實，其民無不吹竽、鼓瑟、擊筑、彈琴、鬥雞、走犬、六博、蹋鞠者……」

向南潯盯著書上的字，可是隨著謝清湛越往後背誦，他的臉色便越發精彩。

當謝清湛將整篇第三篇背完後，反倒是看著書的向南潯長吁了一口氣。他問道：「你居然能過目不忘？」

「要不然你以為我同你們每日一起玩蹴鞠，第二日夫子讓背誦時，我獨獨不用被罰的原因是什麼？」謝清湛用一種「你居然才知道」的語氣說道。

向南潯簡直就說不出話了，結果他半晌後才尷尬地說道：「還不是尚明，他說你每日回去，晚上都要誦讀到深夜，要不然你爹不讓你睡覺。」

謝清溪瞪大眼睛，她爹什麼時候變成刻薄兒子的反面人物了？

「那你可以去告訴尚明他們了，就說謝清湛是天生才智，根本不需要什麼頭懸樑、錐刺股。」謝清湛不屑地擺手。

而陸庭舟也是饒有興趣地看著謝清湛，都說謝家會教導家中子弟，如今更有輿論，說謝家當年乃是烏衣謝氏的分支，謝氏子弟的風流才智終於在這一代身上顯露了出來。可陸庭舟看來，若真正不論才只論智的話，這個謝家六郎，卻是勝過他上面的兩個哥哥。

陸庭舟又看了謝清溪一眼，至於這個唯一的女兒，其聰慧在他看來則是不輸其兄。

「清湛、南潯！你們兩人果真是在這裡！」

此間正說話，就見雅間的門被推開，又走進了兩個十二、三歲的少年。

向南潯先開口問道：「你們怎麼找過來了？」

「別提了！在路上遇上應天書院的人，同他們吵了起來，咱們兩個人少，險些吃了虧。」其中一個少年說道。

向南潯一聽，便立即吊起眼角，怒道：「他們居然還敢動手？反了天了！」

「如今應天書院的人可是眼睛都快長到天上去了，不就是出了個狀元嘛！」另外一個少年也不忿地說道。

結果，空氣一下子變得凝滯。別說謝清湛的臉色陰沈了下來，就連謝清溪都一下子怒瞪起旁邊說話的少年郎。

「清湛，你別介意啊，我們絕非是對謝大哥不敬。咱們只是瞧不慣他們仗著謝大哥而瞧不起人的模樣，這狀元是謝大哥得來的，他們卻一個個都跟得了狀元一樣囂張。」先說話的少年王渝西立即開口解圍。

謝清湛瞥了一眼失言的少年尚明，說道：「說應天書院的人可以，不過說我大哥，我可不答應。」

尚明趕緊點頭。

「不過咱們已經跟他們說好了，打架那是莽夫的行為，不如來一場蹴鞠比賽，到時候誰若是輸了，就當眾道歉。」王渝西立即說道。

尚明也連忙點頭。「你們倆可得同咱們一道，畢竟我們可是一個蹴鞠隊的。」

「那是自然。你們定在什麼時候比賽啊？」謝清湛的臉色還是有些不悅，但也開口問道。

「就定在一個時辰之後，咱們雙方各自找人，到時候在東大街的蹴鞠場見。」王渝西說道。

「不過我的蹴鞠服沒帶，我也沒帶小廝出來，不好回去拿。」謝清湛皺了下眉頭，顯然是對這匆忙的安排有些不喜。

王渝西說道：「沒事，正好我家中還有一套未穿過的，咱們倆身材差不多，到時候拿給你便是。」

謝清溪雖想阻止，卻被陸庭舟以眼神止住了。

一直到幾人商議好了之後，各自回去行動，而謝清湛送他們下去時，謝清溪才開口問道：「你為什麼不讓我阻止六哥哥？」

「少年之間的事情，如今不用武鬥了，有什麼好阻止的？」陸庭舟不在意地笑著寬慰她。

可謝清溪還是擔心。

陸庭舟道：「有我在，妳還擔心他受傷不成？」

她立即便不再說話。

京城有四大書院：應天、東川、白鶴、長明。

相傳開國帝后都曾在應天書院就讀過，因此應天書院一直以大齊第一書院自居。但是，這終究只是一個傳說而已，並沒有史實記載過。但應天書院這幾十年來，聲勢卻大不如前了，每次科舉所中的進士人數，已經被東川書院超過不說，就連長明和白鶴都漸漸要趕上。

應天書院這代山長一心想恢復書院當年的榮光，奈何有心無力，就在此時，書院出了一個驚才絕豔的謝清駿，一舉奪得今科狀元之位！

如今應天書院不論是從山長到夫子，還是裡面就讀的學子，都有一種揚眉吐氣之感。而東川書院本覺得自己已超過應天，一心想將大齊第一書院的名頭奪下，奈何時不我予，就在東川書院要全面超過應天時，一個謝清駿又拉出了兩者之間的差距。

「你們書院之間還這麼勾心鬥角啊？」謝清溪在聽完這段「恩怨史」之後，簡直是目瞪口呆，她看了陸庭舟一眼。

陸庭舟只得無奈地說道：「我並不知這些，畢竟我從未在書院讀過書。」

「況且，應天書院如今還有妳二哥在，他可是今科鄉試的解元，且又未參加今科會試，所以人人都在猜測，只怕下一屆會試，還是應天書院拔得頭籌！」旁邊的向南濤痛心疾首地說道。他雖然平日不愛讀書，成績就那麼馬馬虎虎的，可是關係到書院的聲譽，他作為書院的一分子，也是榮辱與共的。

謝清溪點了點頭，有些同情地說道：「那是自然，我二哥哥可不比我大哥哥差，到時候你們書院肯定沒人能比得上我二哥哥的。」她說的是實話。

結果向南濤卻指天長嘆，怒道：「時也，命也，真是天不佑我東川啊！」

「那你就好生讀書，給你們東川書院好好長臉唄！」謝清溪安慰他。

旁邊的陸庭舟先是看了她一眼，接著又意味深長地看了向南濤一眼。

不過向南濤是個沒眼色，立即又笑嘻嘻地說道：「妳讓我去踢蹴鞠，我還能說出個意思來，可妳要是讓我去考狀元，那實在是大材小用了！」

「別和我妹妹嬉皮笑臉的！」謝清湛不客氣地在他後腦拍了一下。

向南濤立即怒道：「你不是說，這是你表弟的嗎？」

謝清湛。「……」

謝清湛等人看著對面應天書院的人，還是向南濤忍不住問道：「不是說找人比賽的嗎？那兩人算是怎麼回事？」他指著對面站著的兩個高大男子。

結果人家嗤笑一聲。「都說了各自回去找人，可沒說具體找誰啊！這是我表哥，如今也在咱們應天書院，不過他是天字班的學生。」

如今書院大概都分為「天地玄黃」四個級別，是按著學生進院的年紀和學識所劃分的，而這天字班，自然就是等級最高的，一般在天字班的學生，那都是準備參加科舉考試的。

謝清溪知道，因為她大哥哥是在應天書院的天字甲班，二哥哥在地字甲班，而六哥哥則是在東川書院的黃字甲班。

謝清湛看了一眼，他們找來的都是平日一塊兒踢蹴鞠的小夥伴，都是黃字班的學生，最大的王渝西也才十三歲，可對面那兩個人一看就超過十八歲了，簡直就是欺負人。

「咱們太老實了，沒想到應天書院這幫人居然耍這種花招！」王渝西立刻唉聲嘆氣地說道。

旁邊的尚明立即便不服氣地說道：「憑什麼讓他們這樣？那兩人若是上場的話，光是身材和力氣咱們都對付不了！不行，咱們也得去找幫手！」

「都這會兒了，咱們去哪兒找幫手？」向南潯沒好氣地反問。

倒是旁邊的王渝西，看了一眼正在場邊看著的兩人，笑著說道：「那裡不就有一個？」

謝清湛聞言，也覺得可行，便前去找了林君玄幫忙。

「讓我上場幫你們踢球？」陸庭舟看著面前比清溪略高些的少年，因著兩人是龍鳳胎，所以這長相確實是有些相似。

他轉頭又看了眼旁邊抬頭望著自己的清溪，就見她一雙霧濛濛的大眼睛水光瀲灩，他笑著問道：「妳也想要我下場幫忙踢球嗎？」

謝清溪轉頭看了眼謝清湛還有他身後的幾個少年，又望著對面一幫少年中突兀地站著的兩個高大男子，冷冷一笑後，便說道：「他們明擺著欺負人！小船哥哥，你別客氣，幫六哥哥教訓他們！」

「妳確定？」陸庭舟輕撫了一下下巴，突然笑著問道。

謝清溪這邊立即點頭，還略帶著討好的語氣說道：「那自然是確定的，我覺得那些人都不是小船哥哥你的對手呢！」

謝清湛有些奇怪地看著這兩人，他怎麼覺得，清溪和大哥這個朋友看起來很熟稔的樣子？一定是我的幻覺吧？

陸庭舟點了點頭，隨意地將腰間繫著的玉珮以及荷包都解了下來，慢慢地伸展手臂，略微做了下舒展的動作。長時間不與人動手了，也不知如今這技藝倒退了沒？

雖說如今馬球是京城內最受歡迎的貴族運動，不過作為有數千年歷史的蹴鞠，依舊是不遑多讓的。京中不少貴族公子，家中還不許騎馬的時候，他們便會聚在一起玩蹴鞠。

「小船哥哥，加油！」謝清溪替他拿著玉珮和荷包，舉起一隻手做了個握拳的動作。

謝清湛站在旁邊，回頭看了她好幾眼。

謝清溪這才不緊不慢地衝他笑了一下。「六哥哥也加油啊！」

東川書院的人一見這邊也下場了一個高大青年，領頭的少年便立即開口問：「他是你們書院的人嗎？」

「那是自然，他也是我們書院天字班的學生！」向南潯立即不甘示弱地說道。

「那我怎麼沒見過？」那少年咄咄逼人地問。

「你是我們書院的人嗎？那我還說沒見過你帶來的那兩人呢！」謝清湛輕嗤了一聲，不冷不淡地駁回

「陳少爺，別怕，咱們這頭有兩個人，難不成還怕他一個？」身後的高大青年對著前面姓陳的少年說道。

陳姓少年立即惡狠狠地說：「你們最好給我好好踢，若是輸了的話，別說銀子拿不到，日後你們也別想在京城混了！」

那兩個高大青年相視看了一眼，這兵部尚書的兒子，豈是他們能得罪得起的？所以兩人

都不約而同地看著對面的人，心中發了狠。

「你踢過蹴鞠嗎？」謝清湛站在林君玄身邊，頭微微仰起看著他，不過心裡卻有些不高興，這人可真是高啊，就算是自己都必須抬頭才能看見他的眼睛。

此時陽光正好，空曠的蹴鞠場上除了己方和對方之外，並無外人在。對面場上留下五個人後，其他人則是退出了場地；而這邊身材略矮小、技術也最差的葛川，也慢慢地走到場外。

蹴鞠場是黃泥地，因這幾日天氣乾燥，又沒下雨，光是腳走在上面都能揚起一臉的灰，更別提待會兒要滿場跑了。

謝清湛見他沒回答，又問了一次。「你踢過蹴鞠嗎？」

「玩過幾回。」陸庭舟懶懶地回答道，眼睛卻是盯著對面的人在看。

旁邊的向南潯耳朵尖，一聽到這話，便立即吃驚地說道：「才踢過幾回？慘了、慘了，咱們這回輸定了！應天書院那幫小子，指不定要怎麼笑話我們呢！」

「好了，南潯，別長他人志氣，滅自己威風。」旁邊的王渝西勸道。

向南潯可不管這些，他指著對面的人就說道：「你看看那兩人，又高又壯的，到時候過來撞咱們，估計我們飛起來的都有。」

「別說了，蹴鞠靠的是技術，又不是蠻力。」謝清湛有點不高興，畢竟人是自己叫來的，又是大哥的朋友，雖然沒踢過蹴鞠，不過能幫他們下場比賽，那已是別人的好心了。

等比賽開始後，雙方搶球，結果陸庭舟仗著身高，完全碾壓了對手，拿到球就直接往對面的球門衝。雙方隊伍是每隊五人，陸庭舟搶球時已經過了一個青年，如今第二個人跟上來補防，就在那人剛衝過來時，陸庭舟便將球輕輕一踢，從他的雙腿之間穿過，而自己則是快速地從他左側繞過。他的速度太快，那人根本就沒防備到。

此時應天書院帶頭的少年立即大吼道：「笨蛋！趕緊回防，回防啊！」

這次比賽，蹴鞠門是無人防守的，所以陸庭舟繞過第二個人後便抬腳射門，在揚起的塵土中，圓圓的蹴鞠球如飛彈一般，嗖地一下穿入門內。

顯然所有人都沒想到，第一分會來得如此之快，以至於場面上安靜了好一會兒後，才爆發出熱烈的歡呼聲。

「小船哥哥好棒！小船哥哥太厲害了！」謝清溪站在場邊，一下子就跳了起來，惹得旁邊的葛川看了她好幾眼。

陸庭舟見她實在是興奮，過了好一會兒後，終究還是抬起了手，剛要揮手時，又覺得有些尷尬，最後手臂擱在胸前，輕微地擺動了一下。

偏偏謝清溪是個眼尖的，一下子就看見了他的動作，因此又是跳起來加油、又是揮手地和他示意。

「你們兩個，趕緊給我幹掉他！」陳淮這會兒走到兩個高大青年身邊，惡狠狠地說道。

「陳公子儘管放心，咱們剛才不過是為了試探一下他們的水準而已，這會兒必是再不會留情面的。」青年甲趕緊表忠心。

而青年乙也是連忙點頭。

兩人對視了一眼，眼裡盡是陰險。

這兩人都是京城中圓社裡頭專門踢蹴鞠的人，平日兩人陪著這些公子哥兒們踢踢蹴鞠，也能賺得不少錢。這會兒這個陳公子答應他們，只要他們倆能贏了這回的比賽，讓對方心服口服，就給他們兩人一人八十兩銀子！這兩人便是辛苦踢一年的蹴鞠，都未必能有八十兩銀子，這會兒自然是竭盡全力地想要幫陳公子贏球了。

而東川書院這邊的人都還在為林君玄的快速進球高興著。

向南潯立刻說道：「林大哥，你剛才真是太謙虛了！就你這水準，只怕京城所有圓社裡頭都找不出你的對手啊！」他倒是完全忘了剛才自己說過的話，這會兒一個勁兒地誇林君玄踢得好。

「好了，趕緊重新開始吧。」王渝西說了一聲。

再次開始之後，兩個青年明顯加強了對陸庭舟的防守，兩人一左一右地跟著他，就是不讓他有射門的機會。不過陸庭舟也並非一心要出風頭之人，他迅速地朝場上掃了一眼，便發現謝清湛目前正處於無人看守的時候，於是他一腳直推，球便順著路線直直地往謝清湛那邊滾了。

謝清湛接過蹴鞠之後，旁邊的陳准剛要堵上來，卻被他一個輕鬆的過人甩開。

東川書院再進一球！

「小船哥哥太棒了！好厲害！」謝清溪作為陸庭舟的腦殘粉，永遠是第一時間予以最充分的支持。

結果謝清湛很錯愕地朝她那邊看了一眼。

謝清溪立即閉嘴。好吧，剛剛好像是六哥進的球。但是那球是小船哥哥助攻的，所以功勞小船哥哥也有一份啊！

陸庭舟此時正好站在場邊，雖然兩人間隔著一段距離，但他還是溫和地問道：「站在太陽底下熱嗎？」

「不熱、不熱！」謝清溪趕緊搖頭。但此時已是五月了，太陽當空照在頭上，對於謝清溪這樣常年大門不出、二門不邁的姑娘來說，其實還是有些曬的。

因先前已說過，誰若是率先踢進五球，便算贏了。

結果在陸庭舟的幫助之下，東川書院又進了一球。

應天書院的人顯然也有些著急了，特別是陳淮，他看著自己找過來的兩人，立即低聲怒道：「不是讓你們阻止他的嗎？要是不行，直接弄斷他的腿！」

兩個青年互相看了一眼，可是眼中卻有隱隱的猶豫。陳淮這邊都是世族子弟，可對方那邊卻絲毫不怕他們，可見也是官宦出身的，說不定裡頭還有勛貴家的少爺。他們兩人就只是圓社裡頭的蹴鞠藝人而已，沒錢沒勢的，若是真弄斷了這些少爺的腿，只怕隔天就能送了自己的命。所以在他們看來，寧願把這場球糊弄過去，那八十兩銀子不要了，也萬不能幹出得罪人的事情。

結果，就在對方又帶球準備射門時，陳淮見這兩個青年遲遲不動手，當即便上前用腳去鏟他的腿，而且是對準脆弱的小腿骨方向而去！

「小心！」謝清溪一看見對方鏟人的動作就叫了出來。

陸庭舟輕輕勾起蹴鞠，整個人騰空而起後，凌空抽射一腳，蹴鞠球帶著凌厲的呼嘯聲，朝著球門徑直而去。

緊接著，就聽見陳淮一聲慘叫！

落下後準確踩在陳淮小腿上的陸庭舟，低頭看了他一眼，突然輕笑一聲。「對不起，沒看見你。」當他離開之後，旁邊的人就迅速地跑過來。

被人扶了起來的陳淮，痛苦地說道：「你……你有本事留下名字！」

「行不更名，坐不改姓，陸庭舟。」陸庭舟淡淡地說道。

「好、好，姓陸的，你給我等著！」陳淮一邊指著他，一邊痛苦地撂狠話。

有個應天書院的人覺得這名字很熟悉，但就是一時沒想起在哪裡聽過，又因陳淮叫得太痛苦了，他們只得趕緊帶著他去找大夫。

「陳淮，你這次可是輸了，下回記得了，看見我們東川書院的人，就繞道走啊！」向南潯還不忘痛打落水狗。

倒是謝清湛有些擔憂地說道：「你要小心些啊，陳淮乃是兵部尚書之子，他爹是出了名的護短，只怕他會尋上你家去告狀的。」

陸庭舟略思索了一下。「我家如今是我大哥在做主，倒也不礙事。」

「那就好，若是有事的話，你只管到謝府來找我，我可以幫你作證，是陳淮先下黑手的！」謝清湛認真地說道。

旁邊的向南潯也嘻嘻哈哈地說：「我也可以作證！就算我爹要打死我，我也會力挺你到底的！」

陸庭舟有些哭笑不得。

待眾人要分別時，謝清溪將手中的玉珮和荷包遞還給了陸庭舟，依依不捨地說道：「小船哥哥，咱們下次什麼時候見面啊？」

「下次帶妳去騎馬如何？妳不是想著騎元寶的嗎？」陸庭舟笑著說道。

謝清溪疑惑地問：「可你不是說元寶氣性很大，除了你之外，都不讓人騎的嗎？」

陸庭舟思索了一下，認真地道：「妳不一樣。」

謝清溪聞言，甜甜地笑了。

第三十三章

十年香樟成木，百年白首相約，千年古風相傳，乃鑄兩廂廝守。

江南有這樣一個民俗，家中若有女兒出生，便在庭院之中栽種香樟樹一棵，待女兒出嫁之時，便將香樟樹砍掉，製成兩個大箱子，並放入絲綢，取作「兩廂廝守」之意。

當謝樹元親自讓人打的箱子送來時，謝清溪站在院子門口看了許久。蕭氏親自將準備好的絲綢放進了箱子裡頭，站在旁邊想上前搭手但又因蕭氏沒吩咐而不敢的方姨娘，此時已是淚眼汪汪。

即便這些日子極為忙碌和喧囂，可這卻是謝清溪第一次真實又真正地感覺到，她的大姊姊，同她生活在一處已經十幾年的姑娘，終於要離開這個家，日後要成立自己的小家庭了。

九十八抬的嫁妝已經弄得妥妥當當，就放在蕭氏的院子裡頭，待到了成親那日，便會有人抬著前往謝家給謝明貞陪嫁的那個小院子裡頭。

謝清溪這才發現，謝樹元對於她這個姊姊是真的盡到最大的心了。蔣蘇杭雖沒有家世傍身，可是上不用伺候公婆，下不用討好小姑子，如今又是探花郎，也算得上是京城裡頭的青年才俊了。蔣蘇杭已經被授予翰林院編修的職位，雖然是個七品芝麻小官，可誰都知道他們這些正經進士出身的，日後可是前途無量的。

至於謝清湛，因日前踢蹴鞠一事，依舊還在自己的院子裡關著禁閉呢！

兵部尚書的小兒子腿骨險些被人踩斷了，結果他回家便告狀了，說踩他的人叫陸庭舟，還叫囂著讓他爹上門去找人算帳。

陳尚書這好好地在家坐著，偏偏禍從天降，一聽完么兒的話，當即就進宮要給皇上請罪去，不過這話頭自然就是：小兒頑劣，不識恪王爺廬山真面目，這才得罪了王爺，我作為他爹，那是罪當萬死的，還請皇上莫要怪罪！

皇帝一聽也覺得有些意思了，說實話，陸庭舟是真不像年輕人的模樣，平日裡他若是不去衙門裡頭，就會待在恪王府裡養養花、種種草。

二十一歲的俊美王爺，既不成婚，身邊也沒有妾室、通房，明明是天潢貴胄，不過活得卻跟個苦行僧沒區別。

所以皇帝還特別叫他進宮，問他怎麼突然有興致去跟一幫小孩踢蹴鞠？

陸庭舟只皺著眉頭說道：「見著以大欺小，不順眼而已。」

兩人又說了會兒話，陸庭舟就又被太后叫去了。

其實太后叫他過去，無非也就是為著一件事情。這壽康宮中處處都花團錦簇的，如今太后年紀大了，就愛這些紅啊綠的，特別是她平日待的梢間裡頭，對面擺著一幅雙面刺繡，是正宗的蜀繡，色彩豔麗，色澤清亮，外面的陽光朝裡頭這麼一照，更是五光十色的。

「過兩日皇上就要給皇子們選妃了，大皇子如今都二十歲了，皇上必是要給他指婚的。你這個做叔叔的，倒也不好落在親姪子的後頭不是？」太后這話說得婉轉。

那日的事情她也聽說了，再一聽那裡頭就有謝家的小兒子在，便更加覺得兒子這是為了給那小兒子出頭的。

她不知自己兒子怎麼就能喜歡上一個比自己小那樣多的女孩，看著他堅決的態度，太后就更覺得這個謝家的小女兒是給他吃了什麼迷藥。

「大皇子早日大婚也好，這樣母后也能早些抱上皇孫了。」陸庭舟不緊不慢地同她拉家常。

太后一聽就氣笑了，她道：「這皇孫我倒是不擔心，左右大皇子他們這幾個一成婚，只怕年底就能有好消息了。倒是你，這次皇上選妃，畫像必是有的，你若是不願去看，我便讓人將畫像送過來，你在我這裡瞧瞧也是一樣的。」

陸庭舟不願提這事情，反正這屆秀女裡頭，並沒有他期待的那個人，所以這會兒他只笑道：「兒臣倒是不敢勞動母后替自己這般操心，若不然日後可不敢來壽康宮叨擾母后了。」

太后見他還是這般推三阻四，心底越發惱火，可是又知道陸庭舟的性子，便還是壓住脾氣好生勸道：「你若是堅持，母后也不攔著你。只是這回選妃便先挑選兩位側妃入府吧，待日後你若有喜歡的，再選正妃也不遲。」

其實按著太后的性子，是想直接替陸庭舟決定了的，可他若是真能聽了自己的，這大婚之事便也不會拖到這般了。

還記得他十九歲那會兒，她想替他選妃，人選都找好了，結果他直接就住進了寺廟之中，說是昨夜驚夢，佛祖點化他，要渡他成佛。

太后一聽這話，嚇得險些昏過去，後來更是要親自出宮，還是皇帝勸阻了她，又帶著人去廟裡同他好生談心了，並且保證若是他不願意，絕不會隨意替他定了婚事，這才帶回了他。

「正妃未娶，何來側妃之說？況且兒臣喜靜，不願家中多些陌生人。」陸庭舟依舊是一副雲淡風輕的模樣，一張玉面越發溫潤，猶如經過長時間溫養的暖玉。

太后聽了他的話，險些要氣絕過去。聽聽這話，什麼叫「不願家中多些陌生人」？皇上後宮這些妃嬪、成王家中那樣多的妾室，這些天潢貴冑家中，誰人不是妻妾成群？

「小六，母后並非要逼迫你，可是你總要成婚啊，要不然母后到了地下見了你的父皇，也不知如何同他交代啊！」太后打算走溫情路線感化陸庭舟。

誰知，陸庭舟卻是霍地抬頭看她，方才的溫雅消失殆盡，深如夜幕的眸子一下子染上寒霜。

也許是他的反應太過激烈，就連太后都被嚇了一跳。

過了好一會兒，陸庭舟才收斂身上的冷冽氣息。「兒臣叨擾母后這麼久，想必母后也累了，兒臣便先告退了，待日後再來給母后請安。」

太后見他要走，也不好攔著，又囑咐了兩句，這才放他離開。

待陸庭舟頭也不回地走到壽康宮的殿門外後，突然頓住腳步，回首看了一眼壽康宮，只見那偌大的殿門，如同張開嘴的怪獸，似乎隨時能吞噬掉人。

五月中旬，這準備了半年多的選妃便要開始了，而早在四月底就從全國各地來到京城的秀女們，也懷著期待和激動在等待這天的到來。

京城的秀女只需在選秀當日出發便可，江姨娘早早地便替明芳打點好了一切。雖然蕭氏也給明芳做了衣裳和首飾，但江姨娘卻還覺得不足，又拿了自己私房的銀子給她到城中珍寶閣買了首飾。

自從蔣蘇杭中了探花之後，別說謝府的下人，就連二房的閔氏都好幾次似笑非笑地說，蕭氏就是有識人的才能，要不然怎麼就能獨獨挑出探花郎呢？

江姨娘如今更覺得蕭氏偏心於大姑娘，因為謝清溪還沒到說親的年紀，她便什麼好的都只想著大姑娘，所以臨行前一晚，她便可著勁地教導明芳，讓她一定要好生表現，要給自己爭個前途，要不然這家裡頭是沒有能為她考慮之人的。

明芳雖不願聽她說這些喪氣的話，但一想到最後還是要讓她失望，也就忍了過去。

倒是謝明嵐也坐在旁邊聽了好一會兒，待江姨娘又進去替明芳檢查明日要帶的包裹時，明嵐才看著明芳笑著說道：「二姊姊明日便要進宮學規矩，妹妹便在此祝二姊姊一飛沖天。」

明芳自小便和這個親妹妹八字不合，兩人說不到兩句就要拌起嘴，她雖不願在入宮前還同她吵嘴，可是聽了明嵐的話，卻還是忍不住皺著眉頭。「四妹何必說這種話？我這樣的身分，在那些貴女中不過是微末罷了，何來一飛沖天之說？」

「宮裡頭這樣多的機遇，也許二姊姊便遇上了。再說了，宮裡可不比別的地方，若是得了寵愛，誰會在意妳的出身？」明嵐似笑非笑地說道。

明芳一下子便白了臉色，這次雖說是替皇子們選妃，可是誰不知道聖上後宮充盈，況且這些年不斷有寵妃冒出來，難保這次的選妃之中，誰就能得了皇上的青眼。可明芳就算心頭有攀高枝的想法，也不願嫁給皇上這樣已年過四十、比自己親爹還大的老男人！

「妳給我出去！」謝明芳一下子便冷了臉，怒目瞪著她說道。

「這是怎麼了？好好的怎麼同妳妹妹這般說話？」江姨娘一出來，就見明芳對謝明嵐橫眉豎目的樣子。

謝明嵐方才那陰陽怪氣的臉色，一下子變得無辜起來，她挽著江姨娘的手臂，忍不住低哀道：「都怪我，說了些二姊姊不愛聽的話。只是二姊姊明日入宮，我難免替她擔憂，便多說了兩句。」

「姨娘知妳一向懂事，妳二姊脾氣素來就不好，妳讓她些便是了。」江姨娘哄了哄明嵐後，就又轉頭對著明芳，有些嘆惋地說道：「不是姨娘說妳，二姑娘，妳這性子也該改些了。」

謝明芳看了對面的兩人一眼後，便別過頭，再不去同她們說話。

明嵐則是看著她，目光閃爍。

這次是為了諸位皇子選秀，皇子們的母妃自然是關心至極。

大皇子生母早逝，自小便被養在德妃膝下，所以德妃自然要替他張羅事情。

而二皇子的母妃乃是文貴妃，她出身唐國公府，乃是皇帝後宮之中出身最尊貴也是位分最高的女子。

此時二皇子正在文貴妃宮中，文貴妃身邊的小宮女給他倒了杯水，二皇子輕輕抬頭，朝她看了一眼，溫柔一笑後便柔聲問道：「先前來母妃宮中倒是未曾見過妳，可是新來的？」

這個小宮女膚色白皙凝滑，一張小臉精緻秀氣，不是一般宮女能比得上的。

小宮女正要開口說話，裡頭的文貴妃便扶著身邊貼身宮女的手出來了，一出來便看見兒子同一個小宮女調笑。她並不言語，只走到旁邊，朝小宮女看了一眼，過了好一會兒才淡淡地說道：「下去吧。」

「是！」這小宮女不知貴妃娘娘看了多久，也不敢辯駁，急急退了下去。

二皇子起身將文貴妃扶著坐了下來，看著她，有些撒嬌地叫道：「母妃。」

「你啊你，房裡已有兩個絕色女子竟是還不夠，竟還盯著母妃宮中的人？過兩日你可就是要賜婚的，到時候可萬不能冷落了正妃，專寵這些狐媚子。」文貴妃素知這個兒子是個多情的性子，瞧著這些貌美的女子都忍不住要體貼兩分。

一想到皇上也是這樣的性子，她便是氣不打一處來。

「母妃，那兒臣這正妃人選，妳可是已經考慮妥當了？」二皇子忍不住問道。

文貴妃白了他一眼，知他著急知道，便哄他。「既然是母妃做主替你選的，你還能不放心嗎？皇上還說了，你也拖到了這樣的年紀才成婚，所以到時候不僅要選一個正妃，還要替你再挑一個側妃。」

「側妃？」二皇子一聽便立即來了精神，笑著說道：「既然正妃人選是母妃和舅舅做主了，那這側妃總該讓兒子來選吧？」

文貴妃斜眼看了他，問道：「看來你心中可是有人選了？」

二皇子抿嘴一笑，說了他心中的人選。

文貴妃一聽，險些要跳起來，她瞪大美目看著二皇子，那眼神像要吃了他一般。

他一見母妃如此反應，便立即問道：「母妃這是怎麼了？可是兒子說的不對？」

文貴妃冷笑一聲，問道：「我只問你，你是願意一輩子當個閒散王爺，還是更進一步？」

二皇子急急地環顧了一下四周，壓低聲音道：「母妃怎麼突然說這話？小心隔牆有耳啊！」

文貴妃一見他這唯唯諾諾的模樣，便有些氣不打一處來，冷哼一聲道：「若是我連這小小的景和宮都收拾不了，那這麼多年也算是白坐了這一宮之主的位置了！」

二皇子被她說得面色微紅，不敢再言語。

「如今德妃那邊已是大張旗鼓地給大皇子選妃了，人家都打上門來了，難不成你還要忍氣吞聲？」要說這宮裡頭，文貴妃最瞧不上的就是德妃，她繼續冷著臉說道：「那個德妃，不過是入宮早罷了，連個蛋都生不出來的女人，仗著養育了皇長子，便也敢同我打擂臺！」

二皇子趕緊勸道：「母妃何必同這起子小人計較？小心傷了身子。」

文貴妃又說：「賢妃養育了三皇子允齊和九皇子允珩，和妃生了五皇子允文，七皇子允晟則是容妃所生，但凡在這妃位之上的，誰不是生育了皇子的？偏偏就這個德妃，抱了別人的兒子養，還做出這等姿態！她以為她四處替皇長子張羅了，這假的就能變成真的不成？」

如今下面的皇子還小，所以二皇子最主要的對手就是皇長子。本來皇長子生母出身低賤，並不足為慮的，可他是德妃的養子，而德妃家中乃是握著兵權的，比起她娘家唐國公這個一品國公府也是不差的。

皇上這兩年越發不問世事，皇長子和二皇子都開始辦差了，可是皇長子就處處受人追捧吹噓，而自己的兒子呢，則是處處被他壓了一頭！

文貴妃一想到這裡，又覺得二皇子實在是不爭氣！她怒道：「側妃之事我已定下，到時候你只管娶了便是，左右咱們也只是為了拉攏她的家族罷了。」

二皇子一聽，竟是連側妃都有些來頭，便覥著臉笑道：「母妃便告訴兒臣吧，別再逗弄兒臣了。」

「告訴你也無妨，是如今這京城最炙手可熱的人家。雖說只是個庶女，但是一個側妃的位置已是讓她高攀了。」文貴妃胸有成竹地說道。

二皇子想了想如今這京城的勛貴人家，過了半晌才有些猶疑地說道：「難不成……是謝家？」

「你這回倒是聰明了一次！」文貴妃恨鐵不成鋼地點了他的腦袋。

明芳第二日起身後，江姨娘又趕過來送她，臨走的時候突然說了句。「姨娘給妳打的那套首飾可是花了大心思的，妳萬不可浪費了，等到見娘娘們的那日再戴上。」

謝明芳早已經聽厭煩了江姨娘口中的這些囑託，隨口應了聲，便趕緊出門去了。

謝家的馬車早已經備好，只等著送她到宮門口。

今日秀女要齊齊入宮，而宮中的嬤嬤第一輪會先根據秀女們的身形以及面相，將過高、過矮、過胖、過瘦的秀女剔除。

在宮中學習三日規矩之後，嬤嬤會進行第二輪的驗身，這一步是需要秀女們脫去所有衣裳。在這一步還未被淘汰的，便可以進入最後一步選秀。

明芳連著說了好幾晚的夢話，就連同屋的秀女都有向嬤嬤反應，可她還是一路被留到了第三輪。

謝明芳此時穿著只是尋常，但戴首飾之時，看見首飾盒中江姨娘特地給自己打的首飾，便拿出來戴在頭上。這簪子雖然精美，可今日是去見娘娘們，秀女們自然是要爭奇鬥豔的，她這樣的簪子也只能算是普通了。

於是明芳放心地戴好了金簪，便出去同秀女們等著一起見娘娘們。

可有些時候，意外總是出現在不經意間，尤其這種意外還是由身邊最珍視的人親自造成的。當謝明芳看著文貴妃的眼睛在自己周圍轉了好幾圈時，心裡總有一種拂不去的詫異。

可當這種詫異轉變成真實之際，她只覺得耳朵聽到的彷彿是從遠方傳來的聲音——

「這謝家姑娘倒是不錯，既然同貴妃妳這般有緣，便賜給二皇子做側妃吧。讓內務府擇個吉日，把人納入府中。」

把人納入府中……是啊，就算是側妃，也不過是妾，用不了「娶」這個字，只能用「納」。

當消息傳回謝府的時候，謝樹元捧著茶盞的手抖了一下，裡頭的茶水潑了好些出來。

謝明芳是到戌時回府的，她給蕭氏請安之後，便急急回了自己院中。

蕭氏看著她失魂落魄的模樣，也沒有多說。

倒是江姨娘一見她回來，便立即歡喜地過來，臉上那是止不住的歡欣。

「我就說姑娘必是能有個好前程的，雖說如今只是個側妃，可保不準這日後……」江姨娘越說越歡喜，恨不能明天二皇子就繼位，封謝明芳當一宮主位！

謝明芳見她還在說話，一下子拔出頭上的簪子，直直地抵在喉嚨上，看著江姨娘，絕望地說道：「姨娘若是真的為我好，便不該這樣害我！」

「姑娘這又是何話？我怎麼就害妳了？有話好好說，妳趕緊將這簪子放下！」江姨娘著急慌忙地說道。

謝明芳冷笑一聲。「姨娘給我的這支金簪與貴妃娘娘頭上戴的很是相似，貴妃說我同她有緣，這才求了皇上。一個妾室的位置而已，姨娘妳就這麼著急要送我去？」

江姨娘又著急又慌張。

謝明芳又道：「到底是誰叫姨娘妳這般行事的？」

江姨娘還想狡辯，左顧右盼，就是不願說話。

半晌之後，謝明芳才冷笑一聲。「我若是將此事告訴父親，只怕姨娘便也不得不說了吧？」

「別別別！是妳舅舅他們！是唐國公找到妳舅父的，他們說二皇子想納妳做側妃，若以後大事得成，一個四妃的位置是跑不掉的。」江姨娘一聽謝明芳要將此事告訴謝樹元，便立即將什麼都說出來了。

謝明芳手中的金簪落地，只捂著臉痛哭失聲，再不開口。

十日後，謝府長女明貞出嫁，十里紅妝，探花新郎，滿目繁華，人人豔羨。

今科狀元領隊攔門，而探花帶著一眾新進士闖門，聽聞光是催妝詩便作了六首之多，狀元郎還當場出了一副據聞是天下絕對的對子給探花郎。當時一眾新科進士冥思苦想都未想出，最後還是長輩出面，這才讓探花郎進了府裡帶了人離開。

不過蔣家在京城並無宅邸，最後這酒席還是擺在了謝府。這一眾新科進士喝酒之時，還在討論那個絕對。

這樣的喧鬧，便是連後院都被感染到了。

蕭氏作為主客，自然要招呼這些貴夫人，謝清溪也得招呼著一起到來的閨秀們。

前頭作催妝詩的時候，府裡的小丫鬟一會兒便會回來報告前面的戰況。

一個個小姑娘一聽到狀元郎如何如何，早已是面紅耳赤的，恨不能立即出門去看看。

謝清溪左邊坐著的是蕭熙，右邊坐著的是王淑慧，兩人跟護法金剛一樣坐在她旁邊。但凡有人試圖跟謝清溪說話，蕭熙便搶先搭話，王淑慧則是開始扯話題。

反倒是坐在另一桌的謝明嵐，巧笑倩兮、顧盼神飛的模樣，讓不少閨秀都樂於結交。

蕭熙冷眼看了許久，這才垂頭對謝清溪說道：「妳看妳家這個四姑娘得意的模樣，不知道的還以為她今天出嫁呢！」

「噗！」謝清溪正端著茶盞在喝，一口茶險些噴出來。她暗暗扯了蕭熙的手臂，輕聲說道：「唉唉，妳小聲些，別讓人聽見了。」

「怕什麼？」不過她雖嘴上這麼說，到底還是小聲了一點。

蕭熙這次也去宮中參選了，不過她就是陪太子讀書，走個過場而已。此次皇上一共給四位皇子選定了正妃，大皇子和二皇子因年紀到了，今年便要大婚；三皇子定在了明年；五皇子則因今年只有十六歲，乾脆定在了後年，而他的正妃也只有十四歲而已。

不過蕭熙沒選上她反而高興，反正永安侯府又不用靠她去聯姻，所以不當這勞什子皇子妃她還樂得逍遙自在呢！但她今年也十五了，母親已是為了她的婚事在發愁。

「妳家二姑娘怎麼沒出來？」王淑慧看了一圈，突然低聲問道。

謝清溪不知她何意，只低聲說道：「我爹說二姊姊不日便要嫁人了，不願再讓她拋頭露面。」

謝明芳的婚事簡直就如一座山般壓在謝樹元的心上，雖然謝樹元如今還在隱忍，但是謝家誰都能看出他這幾日心情實在是不好。便是今日明貞的大婚，他也只是強裝高興。

蕭氏也對於明芳突然被指婚一事感到詫異，畢竟先前沒聽出這樣的風聲。她如今也是有些進退不得，她的四個孩子都還沒訂婚呢，可謝家卻先出了一個要當側妃的姑娘。

側妃、側妃，便是上了玉牒，那也就是個妾而已。

清駿他們是兒子，她並不擔憂，但她的清溪兒可是個姑娘。

「妳家二姊姊……」旁邊的蕭熙剛說了半句，便頓住不再說話了。說到底，這姑娘家誰願意給人去做妾？況且又是這樣出身世家大族的。

這樣的場景方姨娘這等姨娘是不能到前頭去的，就連大姑娘的閨房她都是不能去的。她站在門口張望著那頭的大姑娘被接走，眼淚不自覺地掉了下來，還是旁邊的丫鬟勸了她好幾聲。後來她又怕這大喜的日子掉眼淚實在是不好，便又急急地收了帕子，回了自己的院子。

而江姨娘也知這樣大喜的日子，只怕會對明芳有所觸動，因此前來她的院子。誰知剛到了院子門口，就看見桃紅、柳綠兩人正站在門口說話。

「妳們兩個怎麼不在姑娘跟前伺候著？」江姨娘訓斥道。

桃紅立即回道：「回姨娘的話，並非奴婢不願上前伺候，實在是姑娘不願讓奴婢在跟前，說是想一個人靜靜。」

江姨娘聽了更是生氣，一下子便怒道：「姑娘說讓妳們出來，妳們就真出來了？若是姑娘有個口渴想喝水的，妳們還讓姑娘自個兒去倒水不成？」

「姨娘恕罪，我們這就進去！」桃紅立即垂著頭說道，旁邊的柳綠則是默不作聲。

江姨娘越發覺得這兩個丫鬟擺不上檯面，甩開兩人就往裡頭走，可誰知還沒掀起裡頭的簾子呢，一個白瓷茶盞帶著茶葉沫子便飛了過來！雖然不是朝簾子這邊砸來的，只砸中了旁邊的牆壁，可是那茶水卻一下子噴濺了過來。

「不是讓妳們出去，不要煩我的嗎？」謝明芳絕望的聲音一下子穿透珠簾而出。

江姨娘怔怔地站在門口，半天都沒開口。

過了許久，還是謝明芳抬頭，透過珠簾看見了外面站著的人，一下子愣住，急問道：「可有砸到姨娘？」

這會兒江姨娘見女兒還關心著自己，這腳更是如同灌了鉛般，再也抬不起來了。她自個兒為了榮華富貴嫁給了表哥做妾，好在表哥性子寬容，而太太也不是那等不容人的，日子過得倒也算好。可是這做妾的苦楚，她不是不知道的，卻還是讓自己的女兒去做了妾。

……不是的、不是的！江姨娘立即抬頭，想起在首飾鋪子裡頭嫂子對自己說過的話。明芳是進去做側妃的，二皇子馬上就要封王了，超一品親王的側妃，豈是一般妾室能比的？

況且二皇子的母妃是文貴妃，母族又是唐國公府，他比誰都有機會登上帝位。到時候明芳就是一宮之主，妃、貴妃，有謝家在，便是連皇后的位置也未嘗不可圖謀啊！

江姨娘一想到這裡，眼中便閃過無限的狂熱。她的女兒要是成了貴妃、成了皇后，她倒要看看謝家還能像現在這般對自己，還能這麼對他們江家嗎？

「我沒事。」江姨娘便要掀開簾子進去說話。

誰知謝明芳一聽她說沒事，便又說：「姨娘別再進來了。」

江姨娘被她這話說得有些呆住，她愣了半晌，才突然笑道：「我不進去如何同姑娘說話呢？如今這院子裡頭也就剩我同姑娘了，咱們娘倆好生說會兒話吧！」

她話說得親熱，可謝明芳卻猶如未聽見一般。她耳朵裡面還迴盪著吹吹打打的熱鬧聲音，府中滿目的紅，她只覺得刺眼。大姊姊應該已經被接走了吧？探花夫君、大紅的嫁衣，這樣熱鬧喜慶的場景，這一世她都不會有吧？她出嫁那日，只怕謝家連一桌酒席都不會擺吧？

她只會被一頂粉紅的小轎子從王府的側門抬進去，大哥不會攔在門口，也不會有人為了她作催妝詩……什麼都沒有了，這一切都不存在了。

「姨娘不要進來了，若是姨娘非要進來，我只怕再也保守不住姨娘的秘密了。」謝明芳語氣疏冷地說道。

江姨娘一驚，又想起她那日說要將事情告訴謝樹元，便打心底開始發寒。

因為明芳要去宮中選妃，她這才求了太太，說是想去城中最好的珍寶閣給姑娘打件首飾，也算是她對姑娘的一片心意。蕭氏原先是不同意的，後來還是老太太出面，又有明嵐陪著，她這才出得去。

她娘家哥哥在蘇州待了許久，後頭賺了好大一筆銀子，便回了京城。如今江家再不是靠著一間小鋪面撐著的，哥哥在城中又置辦了兩間鋪面，都是頂頂生財有道的。而這回給二姑娘打首飾的事情，也是娘家嫂子提出來的。不過因著江家人不許再進謝家來，所以這事還是好不容易才遞進來的。

誰知她去了珍寶閣，見了娘家嫂子後，嫂子就將一支早就打好的簪子遞給了自己，又說了二皇子的事情。原來唐國公只同謝樹元接觸了一回，便知他這樣的人定是不願將女兒嫁給皇子做側妃的，所以乾脆從旁的地方想法子，才弄了這麼一齣來。

「我不知文家到底給了姨娘妳什麼樣的好處，我只想說，如果二皇子是想透過我來拉攏父親，那真是大錯特錯了。」謝明芳突然自嘲地笑了一聲，隔著珠簾看著江姨娘。「咱們家的這些兄弟姊妹當中，便數我最不得父親的寵愛，就算我入了王府做了側妃，謝家也不過是多了個棄女罷了。若二皇子今兒個是娶了六妹妹，我看他倒是有些許機會的，不過如今他也不過是空花了心思。」

「姑娘！」江姨娘被她的話說得心驚膽戰，恨不能立即去跪著求她。

明芳又說：「我從前處處和大姊姊爭、和六妹妹爭，可是如今呢？大姊姊嫁了前途大好的探花郎，六妹妹日後也必是正正經經地嫁人，誰人像我這般，一頂軟轎就被抬了過府？」

「姑娘何必這般自輕……」江姨娘被她這話說得心頭難受。

明芳冷笑一聲，只道：「姨娘回去吧，我要歇息了。」

爹爹，女兒不願做側妃，不願做妾，求爹爹救救女兒……

黑暗之中，謝樹元霍地坐了起來。

旁邊躺著的蕭氏被他這般大的動靜驚得也睜開了眼睛，她還有些迷瞪，略抬頭看著黑暗中的人，輕聲問道：「怎麼了？可是作噩夢了？」

「我夢見明芳在跟我哭，說她不想當妾……」謝樹元只覺得整個背都汗濕了，額頭上更是沁出汗水，眨眼間便順著眉峰滾落，滲進眼中。「不行，我要去看看！」謝樹元說著便要掀開被子起身。

這會兒連蕭氏都被他鬧得起了身，她伸手按住謝樹元的手，說道：「雖說你是親父，但是這大半夜的去姑娘院子總是不好，況且這只是你作的夢罷了。我看你是近日為此事憂心太過，所以才會作噩夢的。」

謝樹元長舒了一口氣，卻還是說道：「可是我心裡始終難安。」

此時在外頭守夜的丫鬟也起身了。

蕭氏見他始終不安心，也只得喚了丫鬟進來，讓丫鬟點了蠟燭。她披了件衣裳，對守夜的丫鬟說：「妳去把秋水叫過來，只說我找她有事。」

今晚守夜的是秋晴，她一聽便趕緊過去。

秋水睡得正熟，一聽太太叫自己，趕緊穿了衣裳，只綁了條光溜溜的大辮子就過來了，誰知一過來，太太卻是讓她去二姑娘的院子看。

好在從這裡到二姑娘的院子，並沒有鎖門的地方，所以她很快就過去了。

只是秋水敲門敲了好一會兒，裡頭才有人開門。

開門的是個二等小丫鬟，她打著哈欠，還在想這大半夜的是誰擾人清夢呢？

「二姑娘在嗎？」秋水壓低聲音問道。

小丫鬟一見竟是太太身邊的秋水姊姊，便趕緊將人領了進去。

今晚給姑娘守夜的是柳綠，不過她是睡在內室旁邊的梢間。這兩日謝明芳心情不好，連面都不讓她們見，更不願讓她們睡在內室陪著。所以這會兒秋水進來說要見二姑娘，她還覺得奇怪。結果她推門的時候，發現裡頭竟是被拴住了。

「怎麼回事？」秋水見她幾次都沒推開，便立即問道。

柳綠結結巴巴地說道：「我、我也不知道，這門怎麼就推不開呢？姑娘以前從來不會拴上的啊！」

秋水一把拉開她，便不管不顧地開始去撞門，結果裡面好像有東西抵住了一般，秋水忙又讓柳綠一起撞門，最後連那個小丫鬟都一起上了。

待三人好不容易撞開門，跌跌撞撞地進去時，就看見昏暗的屋子裡頭懸掛著一個人影！

「啊——」小丫鬟被嚇得登時尖叫了起來。

見柳綠也要尖叫，秋水一掌搧在她臉上，怒道：「喊什麼？妳想把所有人都引過來嗎？」

秋水立即上前抱住謝明芳的腿，柳綠見狀也趕緊上前幫忙。

待人放下之後，此時小丫鬟也跌跌撞撞地點了屋內的蠟燭。

秋水哆嗦地伸出手指，待好不容易伸到謝明芳的鼻子下時，竟是還能探到一絲溫熱的氣息。她生怕弄錯了，又連忙趴在胸口聽她的心跳，待確定她還活著後，這才長舒了一口氣。

柳綠終是忍不住哭了出聲。

此時被驚醒的桃紅一過來就看見二姑娘躺在地上，旁邊還圍著三、四個人，也是當場嚇得哭著爬了過來。

待幾人合力將謝明芳弄到床上後，秋水便又趕緊回去太太院子。

這頭蕭氏還在安慰謝樹元，說他只不過是作了個夢罷了。

謝樹元坐在圓凳上頭，伸手要去拿旁邊桌子上的茶水喝，結果剛伸手，秋水便進來了。

蕭氏看著她便問道：「二姑娘那邊可是還好？」

秋水看著兩人，凝重地道：「老爺、太太，二姑娘方才懸樑了。」

謝樹元霍地一下站了起來，可是剛抬腳，腿竟是一下子就軟了，幸虧旁邊的蕭氏扶了他一把，要不然他就能跪倒在地上。

「老爺，別著急，奴婢方才探了二姑娘的氣息，還有氣在！」秋水見謝樹元臉色唰地一下就白了，趕緊開口說道。

即使聽了消息，謝樹元一張臉還是白得一絲血色都沒有。

蕭氏趕緊換了衣裳，披散著頭髮就陪著他過去了，秋水和秋晴也都跟著。

剛到了院子裡，就見謝明芳的丫鬟正在將她弄醒，桃紅、柳綠都哭得跟個淚人兒一樣。

蕭氏一見便斥責道：「姑娘又沒出事，妳們哭什麼？還不趕緊去擦了臉，回來伺候姑娘！」

這會兒，謝明芳已經幽幽地醒了過來。

她一醒來便看見床邊圍著這樣多的人，開口的頭一句話竟是——「看來連閻王都不願收我這樣的人。」

「明芳……」蕭氏見她這副模樣，以往對她的厭惡都煙消雲散了，只覺得心裡頭酸澀得難受。

更別提坐著的謝樹元了，他瞪大著眼睛看明芳，牙關咬得緊緊的，就是沒開口說話。

「爹爹，我不願當妾，不願……」謝明芳的脖子被勒了好一會兒，這會兒連說話的聲音都是嘶啞的，可她卻還是撕扯著嗓子哭道。

過了好一陣，謝樹元才緩緩抬起手摸著她的頭髮，替她擦了擦滑落在臉頰的淚水。

「妳既不願，那爹爹就不讓妳去。」

謝家二姑娘房中夜半的紛擾還是沒瞞過去，不過蕭氏也沒打算瞞著。她連夜派人去請了城中的大夫，只說二姑娘急病。

這頭江姨娘也得了消息，急急地趕過來，只是到了門口就被攔住了。這會兒她也心急如焚，生怕明芳出了什麼意外，於是帶著身邊的丫鬟就要衝進去。

「這大半夜的，妳們這是要幹麼！」蕭氏一出來，看見門口的人，便怒斥道。

自從蕭氏整頓了幾次之後，江姨娘身邊幾乎就沒有可靠的人了，不過回了京城之後，她求到了老太太跟前，說是身邊沒有信任的奴才，老太太見她也是可憐，便賞了兩個人。

如今就是這兩人陪著江姨娘來闖門了，但是蕭氏如今在謝家也是日漸積威，所以她出來後，江姨娘也不敢鬧騰。

「太太，我是二姑娘的親姨娘，這種時候總該讓我進去看看吧？」江姨娘立即跪在地上，哭喊著說道。

蕭氏低頭看了她一眼，只淡淡吩咐。「並不是我不讓妳進去，只是如今老爺也在裡頭，二姑娘身子不適，裡頭人多會吵著她歇息。」

江姨娘不願相信，又繼續跪求道：「太太，您便看在二姑娘病了一場的分上，讓我進去見見她吧？要不我這心裡實在是難安啊！太太，您也是做母親的，怎會不能體諒我的心情？」

蕭氏不願大半夜的同她在這處打嘴仗。「好了，我知道妳心中著急，但是老爺已經吩咐過，不許人進去打擾二姑娘，所以妳趕緊回去吧。」接著蕭氏又凌厲地看了江姨娘身邊的那兩個丫鬟。「妳們兩人還不趕緊扶著江姨娘回去歇息？老太太讓妳們去伺候姨娘，可不是為了讓妳們陪著姨娘半夜在這處瞎胡鬧的！」

於是兩個丫鬟再不敢說別的，一個勁兒地勸江姨娘先回去等等消息。

江姨娘心裡面是又擔心又害怕，她一面擔心明芳的身子，一面又害怕明芳同謝樹元胡亂說些什麼，要是真讓老爺知道那事的話，只怕她在謝家是再待不下的。早知那日，她就不該被明芳一嚇唬便什麼都說出來了，可這會兒就是後悔，也是晚了的。所以江姨娘只說不回去，帶著人就在外頭的當間坐著，直到福善堂的大夫前來，入內看診。

一道屏風隔開了兩人，大夫把脈的時候，只覺得這位姑娘脈息微弱，便又問她可有什麼症狀，誰知這姑娘一開口便是沙啞不已的嗓音。大夫心中雖疑惑，但也不敢繞過屏風查看，最後只得開了些藥。

之後，蕭氏對外只說謝明芳是得了急病。

可謝清溪想要前去看二姑娘的時候卻被攔住了，說是二姑娘如今身子弱，不好見人。

今兒是謝明貞回門的日子，謝家幾個姑娘都免了今日的上課。在老太太處用過早膳之後，便聽前頭的丫鬟說，姑爺已經帶著大姑娘到門口了。

老太太還笑著說了那丫鬟一句，說是如今應該叫大姑奶奶的。不過她提到「大姑奶奶」的時候，臉色突然有些僵，連同心情都有些不悅了。一想到謝家這一代頭一樁大喜的日子，自己的親生女兒居然都沒能來參加，她這心裡真是又酸又澀。她雖也想讓女兒回來，可是這到底是大姑娘的婚事，女兒若是真來了，只怕也是尷尬。

閔氏心裡倒是頗好，雖說明雪在宮裡頭沒選中，不過那日明貞成親的宴席上頭，好幾家夫人明裡暗裡都在打探明雪呢！畢竟也是，謝家一個庶出的女兒都能嫁得這般好，她的明雪沒道理落在後頭去的！她扶了扶鬢角，將一絲不亂的鬢髮又往下壓了一壓。

坐在蕭氏旁邊的謝清溪也張望著外頭，小聲嘀咕道：「怎麼還不來啊？」

「娘，您瞧瞧六姑娘，同大姑娘真真是姊妹情深呢，不過是這麼一點兒工夫就等不得了！」閔氏看了謝清溪一眼，笑著同老太太打趣道。

謝清溪真的有些不大喜歡她這個二嬸……不，是很不喜歡。不過到底是長輩，她也只能垂頭，然後深深地翻個白眼。

沒一會兒，謝明貞便同蔣蘇杭一同過來了。兩人被丫鬟領了進來，屋子裡頭的丫鬟趕緊將早已經準備好的錦墊給他們鋪好。兩人跪下後，規規矩矩地給老太太請安行禮了。

老太太樂呵呵地受了孫女和孫女婿的禮，都說丈母娘瞧女婿是越瞧越有趣，如今老太太瞧著這謝家的頭一個孫女婿，也是不由得點頭。今科探花郎雖說家世是差了些，不過就憑著探花郎的身分，也配得上他們謝府這書香世家的稱號。

「好好好，日後夫妻兩人要和睦相處！我這大孫女最是溫婉可人的，所以蘇杭你可要好生待明貞！」老太太可沒說什麼讓蔣蘇杭「日後多擔待些」的客氣話。

輪到兩人給蕭氏磕頭敬茶的時候，蕭氏遞上早準備好的紅包，對蔣蘇杭笑道：「蘇杭想來方才也聽了老太太的話了，咱們謝家的女兒最是溫柔識大體的了，所以這日後你要同明貞好生過日子。」

蔣蘇杭趕緊回道：「小婿定不敢忘卻祖母和母親教誨。」

待蔣蘇杭和明貞兩人又給閔氏行了禮，得了東西之後，就輪到兩人給底下的妹妹們送禮物了，這禮物是謝明貞備好的。

謝清溪從來都是拿大頭的，她紅包一捏在手中就瞇著眼睛笑了。「我這裡也給姊姊和姊夫備了禮物呢！」謝清溪將特地準備的同心結遞給了謝明貞，說道：「希望大姊姊和姊夫能永結同心，白頭偕老。」

「六妹妹最乖了！」謝明貞趕緊接過同心結，拿在手裡看了好幾眼才遞給旁邊的丫鬟。

蔣蘇杭也趕緊回謝。妻子的這些小姨子當中，他同這位六姑娘認識得最久，接觸得也最多，不過他也是最懼怕這位小姨子的。當初那一場試探，可真真讓他至今還是心有餘悸啊！慶幸的是，同這個古靈精怪的小姨子相比，妻子實在是賢良淑德的典範。

這邊蔣蘇杭給眾多女眷行禮之後，前頭謝樹元便派人來請了。

待蔣蘇杭走後，謝明貞便獨自留在這處，同家人一塊兒說說話。老太太雖對這個大孫女沒什麼感情，不過面子上倒也過得去，況且這個孫女婿也算是才俊，所以她說了好一會兒的話，才讓明貞同蕭氏一塊兒回去。

蕭氏領著大房的人一起回去，明貞見獨獨二姑娘明芳不在，雖有心想問，但到底是沒開口。

「今日既回門了，便在家多住兩日，左右回去也是你們小倆口待著而已。」蕭氏坐下後，便對明貞如是說道。她能這般說，也全然是看在謝明貞上頭沒公婆，下頭也沒什麼小姑子、小叔子要照顧，反正家裡就他們夫妻倆在，所以便是在娘家住上兩日也是可以的。

謝清溪一聽也是點頭，心裡頭不禁升起淡淡的羨慕。其實吧，小船哥哥也很好的，以後他們要是成親了便住在恪王府，她呢，只要十天半個月進宮討好一下婆婆就好。小船哥哥是小兒子，想來一定受太后寵愛，所以對她這個小兒媳婦肯定也不會差的。

這時正好謝明貞叫她，誰知叫了兩遍，她才回過神來，一張白嫩嫩的小臉唰地一下就紅了。她到底在想什麼啊？真是太羞人、太羞人了！

要不是此時旁邊還有人，她恨不能捧著一張臉，滾到角落去了。

不過，她到底什麼時候才能長大，嫁給小船哥哥啊？

第三十四章

明貞回了自己的院子沒一會兒，方姨娘就風風火火地過來了，她一看見一身少婦裝扮的明貞，眼淚一下子就盈滿眼眶。

「好，真好……」方姨娘見她氣色好，神情也放鬆，便開始急急追問。「姑爺待妳好嗎？」

「那自然是好的，若是不好，我回來便跟爹爹告狀去！」謝明貞為了讓方姨娘安心，刻意說道。

「那哪成啊？這小夫妻之間可不能動不動就告狀的！」方姨娘一聽，便趕緊又勸說。

謝明貞挽著她的手臂說道：「我同相公一切都好，況且家裡頭也沒個長輩，他姊姊同咱們住得也遠，只昨日見了一回而已，如今家裡就是我當家做主了。」

方姨娘一聽，就更是滿意了，如今越發覺得這女婿真真是打著燈籠都難找。要說這京城裡頭，嫁出去後不用伺候公婆、不用照顧弟妹的，就算是公主也尚且如此了吧？

母女兩人又說了一會兒的話後，明貞這才問。「我回門怎麼也沒見二妹啊？」

「唉，別提了。」方姨娘一聽她提起明芳，就立即說道：「妳出嫁那晚，妳二妹就突然得了急病，老爺和太太也不讓人去看她，說是怕人吵了她的清靜。」

「竟是這樣嚴重？」明貞自言自語道。

方姨娘突然壓低聲音說道：「不過這府裡頭可都在偷偷傳著，說是二姑娘不願嫁給二皇子當側妃，所以這才病了的。」

「還有這樣的事情？」明貞先前因在準備出嫁的事情，而明芳也在準備入宮選妃之事，所以兩人這半年來是鮮少見面。

「江姨娘先前一心想讓二姑娘去攀高枝，如今二姑娘病成這般模樣，我看她也是後悔得很嘍……」方姨娘儘量讓自己沒那麼幸災樂禍。

「好了，這樣的話姨娘還是少說，畢竟二妹妹是我的親妹妹，她病了我心裡也不好受。」明貞趕緊勸她。

前院裡頭，謝樹元儘管心情不好，可還是強打起精神招呼大女婿。蔣蘇杭同謝樹元還有清駿是熟慣了的，如今雖改了口，不過說起話來也還是熱絡。

正好清懋、清湛也在，謝家三兄弟和蔣蘇杭又突然討論起了那日讓蔣蘇杭難倒的絕對。

不過謝樹元只坐在上首，一言不發。

若是讓明芳不嫁去王府，他自然是有法子的，可是最後只怕明芳也要毀了。

他不願自己的女兒，這一世都落得同青燈古佛為伴的下場。明芳那樣喜歡熱鬧的性子，如何能忍受得了廟中的寂寞？

謝樹元一想到自己竟是連女兒都護不住，心裡更是忍不住難受了起來……

此時謝清溪已回了自己的院子，她讓朱砂出去拿個東西，不過朱砂前腳剛出去，謝清溪後腳便也跟著出去了，結果剛走到門口，就聽見朱砂壓低聲音在說話——

「真的，這事是千真萬確的，我可沒說謊！」

「好了，不管妳有沒有說謊，這事不是咱們能管的，妳只當二姑娘是病了就是。」丹墨又小聲地說了她兩句。

謝清溪見朱砂又轉頭要往屋子這邊走，便趕緊回去了。

「朱砂，這兩日府裡可有什麼事嗎？」謝清溪試探著問道。

朱砂一向是個耳報神，謝清溪但凡想知道府裡頭的什麼事，找她就準沒錯。不過她有一點好，那就是她跟那貔貅差不多只進不出。這什麼消息要是到了她這邊，若非是謝清溪和丹墨問，旁人她是一概不說的。

朱砂有些尷尬地笑了下。「還不都是平日那些事情而已，倒也沒什麼大事。」

「也不知二姊姊身體好些了嗎？」謝清溪這麼說的時候，還故意斜了朱砂一眼，便看見她有些閃爍的眼神。

最終，在謝清溪的逼迫之下，朱砂還是將事情說了出來。

懸樑！

這兩個字猶如一道雷般劈過。她和明芳在一個家中待了十幾年，小時候還一塊兒上學，明芳雖說年紀大，可她是謝家姑娘裡面最沒讀書天分的，就連比她小好幾歲的自己，都能輕而易舉地超過她。不過明芳從來沒有壞心眼，這麼多年來，她除了同姊妹們鬥鬥嘴之外，從來沒有想害過誰，也沒有使過明嵐那種讓人防不勝防的詭計。

朱砂見謝清溪盈著眼淚，便安慰說：「二姑娘如今也好了。」

可是這跟沒好有什麼不同？謝清溪忍不住想到了謝樹元，難怪這幾日他臉色一直不好，想來二姊姊的事情對他打擊也很大吧？若非當晚及時發現，只怕二姊姊就沒了！

蔣蘇杭在老丈人家留宿了一晚，第二日就被六姑娘纏著帶她出門。謝清駿有事被同窗叫了出去，而謝清懋也不在家，最後在謝樹元同意之下，蔣蘇杭就帶著小舅子和小姨子一塊兒出門去了。兩人都說想吃浮仙樓的菜，所以蔣蘇杭只得帶兩人過去。

其實謝清湛沒那麼想出門的，不過清溪難得求他一次，所以他便跟著一塊兒求他爹。好在謝樹元這兩日沒什麼心情管他們，見他們實在想出門，還說什麼要買書，就乾脆讓蔣蘇杭帶他們出來一趟了。

可菜都要吃完了，謝清溪甚至哄著蔣蘇杭和謝清湛都喝了好些酒，卻還是沒見陸庭舟出現。她自嘲地想著，畢竟小船哥哥也是領著庶務的王爺，哪能時時刻刻地關注自己幾時出門？

結果她剛想著，上次那小二就進來了。

小二給蔣蘇杭和謝清湛兩人遞了毛巾，笑道：「二位客倌想來也是熱了，小店特給二位備了帕子，讓客倌擦擦汗。」

結果兩人剛拿了帕子，聞到一股香甜的味道後，一下子就趴了下去。

兩人趴下後，店小二就拿著帕子悠閒地出門了。

謝清溪無奈至極，只差滿頭汗了。小哥，下次你能別這麼正大光明地坑他們嗎？每次都得替你找理由，我也很累的！

這會兒，陸庭舟是正大光明地從雅間的門進來的。

一隻雪白的狐狸從他腳邊一竄而過，就往謝清溪的方向奔去。

「湯圓，好久不見。」謝清溪摸了摸湯圓的腦袋，可卻急急地看向陸庭舟。

陸庭舟見她臉有著急之色，便安慰道：「我方才有事被耽誤了會兒。妳急急出門，是有要事找我嗎？」

謝清溪到嘴的話又有些說不出來了，二姊姊的婚事乃是皇上下旨的，都說金口玉言，若是聖旨那般容易便改變，只怕她爹也不用煩了。

陸庭舟坐在她身邊，含笑看著面前的小人兒，見她久不開口，便輕笑道：「既然妳不開口說，那便讓我猜一下。」陸庭舟語氣溫柔帶笑。「可是為了妳二姊的事？」

謝清溪一下子抬起頭，眸子中的驚喜是如何都掩不住的。她沒說話，可腦袋卻重重地點了兩下。

「此事有些難度呢……」陸庭舟故作困難地說道，不過眼睛卻盯著謝清溪的臉，只等著她的反應，果然就見她一臉的失望，卻還強裝鎮定。

「要是會影響到小船哥哥的話，你便不要嘗試了，我想爹爹定能找到方法的。」

「不過要是我能辦到，妳又要如何謝我？」

謝清溪衝著他看了半天，突然說道：「小船哥哥，我二姊姊以後也是你二姊姊了，你幫她不是應該的嗎？」

陸庭舟原本喝著茶，含情脈脈地看著她，結果一聽這話，險些要噴出茶來。這世間能讓神佛不懼的陸庭舟這麼失態的，只怕也只有這個叫謝清溪的姑娘了吧？

「小丫頭，妳這是占我便宜呢！」陸庭舟伸手就捏了下她的臉頰，忍不住說道。

謝清溪嘟著嘴巴，眼底卻盡是笑意。

兩人無聲地看著對方，可是眼睛裡都是藏不住的笑。

「就算是妳大哥的年紀都比我小，我可真是虧大了。」

一想到自己未來會有一幫比自己年紀都小的大舅子，陸庭舟突然有一種人生也挺艱難的感覺，結果手上不小心一個用勁。

「小船哥哥！」謝清溪的眼淚都險些被他捏出來了，她苦著一張臉，輕輕地喊了一聲。

陸庭舟趕緊鬆手，就看見她白嫩嫩的臉蛋上已有兩個指印。

謝清溪覺得臉頰有些疼，她看見陸庭舟古怪的臉色，問道：「怎麼了？我臉上有髒東西嗎？」

「沒、沒有！」陸庭舟趕緊否認，只呵呵笑了兩下。

謝清溪不疑有他，又開始說她二姊的事情。她張望了四周一下，衝著陸庭舟揮了一下手。「小船哥哥，你過來一點，靠過來一點。」

陸庭舟看著她臉上露出狡黠的表情，可是臉頰一側卻有兩個明顯的指印，還沒等他反應過來，就一把被謝清溪拉了過去。

「我二姊真的挺可憐的，雖然我們小時候總是拌嘴，不過那都是小爭吵而已。我二姊這個人就是心直口快了點，本性一點都不壞，她從來沒像明嵐那樣使陰謀詭計害人的！」

「明嵐？」陸庭舟聽到這個名字，便正視她問道：「那她有在妳身上耍過手段嗎？」

「她哪敢啊？我娘那樣厲害的一個人！再說了，她要是真敢對我怎麼樣，我爹爹第一個就不會放過她的！」謝清溪霸氣地說道。

「有些姑娘雖然年紀小，不過心思卻格外的複雜，即便妳沒有得罪過她，但是妳這麼討人喜歡，總會招人嫉妒的，所以妳在家中也要小心些，儘量少同她們接觸。」陸庭舟囑咐道。說著說著，他真是恨不能立即將她帶回恪王府去。那是他的天地，他可以將她護在羽翼之下，讓她永遠受到保護。

再等等，再等一下，她就是他的了。

「這個玉珮是我的，日後妳若是有事找我，便拿著這個玉珮到浮仙樓來。方才那個小二妳也是見過的，到時他自會幫妳的。」陸庭舟將腰間繫著的玉珮摘下給她。

謝清溪看著手上這枚比嬰兒手掌還略小的玉珮，上面雕刻的不是一般的龍鳳呈祥圖案，而是一隻小舟，舟下面還有波浪紋，似乎是溪水流淌一般。她越看越是愛不釋手，小船、小溪，就像當年那個音樂盒上的圖案一般。「我喜歡這個圖案。」

陸庭舟摸了下她的頭，只輕笑不說話。

水以載舟。或許從一開始，他們的緣分便早已經是天注定了吧。

陸庭舟並未說他打算會如何做，只讓謝清溪回去等著便是。

謝清溪趴在桌子上等了一會兒後，那小二又進來一趟，這回給他們又換了帕子，沒多久兩人都昏昏沈沈地醒了過來。

「姊夫、六哥哥，你們倆的酒量真差，怎麼這麼一會兒就醉倒了啊？」沒等他們開口說話，謝清溪就先倒打一耙。

蔣蘇杭還昏昏沈沈的，倒是謝清湛揉了一下腦袋，自言自語道：「不應該啊，我沒喝多少酒啊……」

謝清溪就只是傻笑，反正他們倆又沒什麼實際證據。不過也不知那個店小二用的是什麼東西，感覺還挺有效果的，日後也借來嘗試一下好了。

結果謝清湛一轉頭，盯著謝清溪的臉頰看了半天，才不緊不慢地問道：「溪溪，妳臉上怎麼了？」

「什麼？怎麼了嗎？」謝清溪心頭一緊張。哎喲，她也覺得左側臉頰到現在都還隱隱地疼著呢！不會是剛才陸庭舟捏自己臉蛋的時候留下痕跡了吧？

謝清溪嘴巴一撇，放在腿上的手使勁掐了一把自己的腿，疼得她立即淚眼汪汪的。她看著謝清湛，委屈地說：「六哥哥，你剛剛掐我是不是留下印子了？」

「我什麼時候掐妳了？」謝清湛只覺得冤枉。

謝清溪忿忿地指著他，嗚咽地說道：「就是你醉倒之前掐我的！沒想到六哥哥你不僅酒量不好，酒品還這麼差，喝完了就掐我的臉！」

「我真不記得掐妳了！」謝清湛覺得自己簡直比竇娥還冤枉，他險些就要出去看看外頭有沒有下六月雪了！

「你看，連你自己都說了，是不記得掐我，可是我記得啊！」謝清溪逮住這話頭就不放。

旁邊的蔣蘇杭見二位小祖宗就要吵起來，立即過來勸道：「六妹妹，妳不是最喜歡外頭的畫糖人嗎？姊夫這就帶妳去轉畫糖人好不好？」

謝清溪轉頭朝蔣蘇杭看了半天，才委委屈屈地說：「姊夫，我不是三歲的小孩子了！」

可是妳上回出門轉畫糖人的時候，明明還挺高興來著的啊！

蔣蘇杭只好又看了旁邊的小舅子說道：「清湛，你先前不是和姊夫說，想要買蹴鞠的書嗎？姊夫這就帶你去吧？」

謝清湛將頭撇向一邊，冷淡地說：「我又不想買了！」

夫人，小舅子和小姨子好難伺候，救救我啊！蔣蘇杭在心底默默地喊道。

最後三人上了馬車回去的時候，謝清溪見謝清湛還悶悶不樂的，也覺得自己是不是有些過分了，於是她朝謝清湛的旁邊靠了靠。誰知小夥子氣性挺大的，還往旁邊挪了一下。

謝清溪再接再厲，又朝他身邊靠了一下，這會兒還扯了一下他的袖子，嬌滴滴地叫了一聲。「六哥哥，你還生氣呢？」

「我很不高興！」謝清湛冷冷地說道。

謝清溪也嘟嘴說道：「可真是你掐我的呀！那頂多我下次被你掐時，不說話就是咯！」

她偷偷地看了一眼謝清湛，見小夥子面色有些緩和了。

過了好一會兒，謝清湛才說道：「我以後喝酒不會隨便亂掐妳的。」

阿彌陀佛！佛祖啊，我真的不是有心騙小孩子的！

此次選妃，皇上替四位皇子選了妃子，五皇子因年紀還小，要等到後年才大婚。今年分別二十及十九歲的大皇子和二皇子，則早已經到了大婚的年齡。

可是朝中的局勢卻有些凝重，畢竟皇子們漸漸長大，而皇上則漸漸老去，這個國家未來接班人的問題，已經擺在了朝中大臣的面前。

首輔許寅和次輔謝舫都是千年老狐狸，對於這種事情向來是不攙和，不過如今的問題是，謝家出了一個二皇子側妃，讓人不得不懷疑，是不是謝家同二皇子達成了什麼共識？

皇子一旦大婚，就意味著皇上要分封各皇子了。如今大齊朝雖也有分封的制度，但對於這些王爺都是虛封，就算日後出了京去了各自的封地，也只不過是個閒散親王而已。

聽聞皇上已經著人開始擬定各位王爺的封號，而底下的幾位小皇子，只怕這會兒是趕不上的。

二皇子的正妃乃是唐國公府的嫡長女文素馨，這位文大姑娘是二皇子嫡親的表妹，年紀只比二皇子小了兩歲，如今也有十七歲了。之前皇上一直沒替皇子們選妃，這位文姑娘也就一直拖著沒說親事，如今也算是京城裡頭有名的老姑娘了。不過現在皇上聖旨已下，便是再沒人將重提這話了。

然而，皇上已下了正妃的賜婚聖旨，可幾位側妃的賜婚聖旨不知為何卻遲遲未下。

就在幾位被選中當側妃的人家正著急等待的時候，突然傳來了消息，說是這幾位側妃當中，有一位將會與未來王妃的命格相剋，兩人若是同進一家，只怕對兩人都有危害。

而這位命格相剋的側妃，據聞乃在東南方向。

至於這消息的來源，則是從宮中而來。據可靠消息指出，此乃沖虛道長親自測算而來。

就在消息傳出來沒多久，二皇子未來的正妃文素馨突然病倒了，請了宮中太醫之後，竟是無人能醫治其怪病。文家遍請京城名醫，卻是無一人得知這位文姑娘是何病？

後來，京城便有消息漸起，直指此次文姑娘生病，實乃是皇上替二皇子指的兩位側妃中，有人命格同文姑娘相剋。再後來，也不知是誰傳了消息出去，說謝家的二姑娘其實早就病了，只是謝家一直封著消息而已。

於是，先前沖虛道長的預言再次被人提起，不少人都直呼這位道長乃是神人。

先前文姑娘傳出生病的消息時，還有人說這是有心人在故弄玄虛。不過一聽這位謝家姑娘早在七、八日前就病了，當下便深信不疑了。不少人還議論紛紛，說這位謝家姑娘命格沒文姑娘的貴重，所以文姑娘是皇上的聖旨頒布後才病，而她因受不住皇家的貴氣，早早就病了。

謝家自然也聽到消息了，謝明芳依舊閉門不出，而江姨娘則是急得團團轉。這外頭的風言風語她自然聽見了，可是卻沒有一點辦法。她也去求了蕭氏，可太太只淡淡地說了這些流言實在是沒有依據，讓她不要著急。

連老太太都忍不住將大兒子叫到跟前去問道：「如今這外頭風言風語得厲害，你可知是誰在傳這些謠言？這到底對咱們二姑娘不好。」

謝樹元只淡淡道：「兒子也不知，想來這些謠言只是空穴來風罷了，宮中也曾有過請沖虛道長替命之說的。況且如今只說兩位姑娘命格相剋，但明芳和文姑娘都病了，也並非就是明芳剋了文姑娘。」

老太太一見謝樹元這等不在乎的模樣，先是一驚，後來又深思了一會兒，過了許久才有些後怕地說道：「老大，這可不是開玩笑之事。二姑娘的婚事那可是文貴妃做主，請皇上賜婚的，你可不要胡來啊！」

「母親真是說笑了，沖虛道長是何等人物，兒子如何能指使得上他呢？」謝樹元不緊不慢地說道。

此時恪王府依舊如往日那般平靜，這座在京城享譽盛名的宅邸裡，就連下人都極少見。陸庭舟從衙門回來，如今他在吏部擔了職務，也沒什麼正經差事，就是尋常去點了卯而已。

湯圓正在他的腳邊，懶洋洋地躺著。湯圓也是上了年紀的，如今不喜歡動彈，不過每回一聞見謝清溪的味道，牠卻是跑得比誰都厲害。

湯圓的嗅覺比一般的狐狸還要靈敏，就算是尋常狐狸聞不到的，牠都能挖出來。

齊心從外頭進來，一見了陸庭舟便說道：「王爺，事情已經辦成了，宮裡頭傳來消息，說今晚就能事成。」

「不錯，她如今倒是越發俐落了。」陸庭舟沒有抬頭，依舊低頭摸著湯圓的小腦袋。

「若不是有王爺在，她哪能這般容易就得了皇上的寵愛？如今皇上對她可謂是言聽計從。」齊心輕聲說道。

陸庭舟輕笑一聲。「能從那麼多人之中脫穎而出，可不單單是本王的能力。那麼多人都死了，她能活到如今，還越發地受皇兄的恩寵，可見她也絕非池中之物。」

此時他修長的手指搭在湯圓的肚皮上面，湯圓翻了個身躺著，讓他摸自己的肚皮，顯然是被弄得舒服極了。

「聰明的人自然有聰明人的好處，不過最怕的就是她自作聰明。」陸庭舟捏了湯圓的肚皮，牠一下子便翻過了身子，衝著他齜牙咧嘴的。

「可沖虛道長到底行事太過……」齊心說到一半還是收住了。

陸庭舟此時才緩緩抬頭，輕笑一聲，不在意地說：「那你便再給皇兄找一個吧，我看他最近挺信奉道教的，還是找個道士便是了。」

「奴才遵旨。」齊心慢慢回道。

沖虛道長這些時日有些魂不守舍，就連給皇上講經的過程之中，都險些走神。

皇帝顯然也是看出了他的不寧，便問道：「道長可是有什麼難解之事？不妨告訴朕。」

「還請皇上恕罪，貧道只是在為近日占算的一則卦象不安……」沖虛娓娓道來。

皇上立即便來了精神，他素來對於這些占卜、卦象很是感興趣，而他也聽聞過這幾日的事情，所以本來就想問沖虛關於二皇子正妃與側妃之事的。

「你是說，她們二人的命格確實是相剋？」皇帝問了一句。

沖虛道長立即起身，口中道：「貧道依照命格而測，並不敢有半點虛言。」

「那就是不適合再賜婚了……」皇帝也喃喃地說了一句。

沖虛道長一聽這話，心中也是長吁了一口氣。看來這次自己也算是辦妥了，只求那人能將自己落在她那處的玉珮還來。

不過，她真的是大皇子的人嗎？沖虛雖說是修道之人，但是如今經常出入宮廷，也知道兩位皇子之間雖表面和睦，私底下卻早已是勢同水火。

沒過幾日，謝樹元就被皇上叫過去談心，不過大體的意思就是：二皇子的正妃實在是與你家姑娘命格相剋，朕也讓欽天監的人算了，都說兩人最好不要進同一家門。不過呢，這二皇子正妃的事，朕已經下了聖旨了，所以你家姑娘這側妃的事就算了吧？

謝樹元巴不得這般呢，便立即開口附和，小女身子不好，微臣正想啟奏皇上呢，懇請准讓小女回安慶老家休養。

皇帝一聽他要把女兒送走，便更覺得這主意不錯。

謝家很快就安排好了謝明芳的啟程之事，臨走的時候，謝明芳過來給謝樹元磕頭。

「妳如今先去避一避，待有機會，爹爹必接妳回來。」

謝明芳只是哭，一言不發。

江姨娘要來見謝明芳，卻被她攔了回去，只說累了。一直到謝明芳上船離開，母女兩人都再未見過面。

結果，謝家姑娘剛被送走不久，文家的姑娘便漸漸地好了起來，聽說這兩日還準備進宮給文貴妃和皇上謝恩來著。

只是誰都沒注意到，宮裡頭皇上冊封了一個只有十二歲的小姑娘為美人。

這位姓喬的姑娘，如今只能被人簡單地叫作喬美人。

這世上總是有人歡喜有人愁，就連看似順風順水的謝家，都有著數不盡的難題。如今謝清駿已到翰林院正式當差了，然而這婚事卻拖了下來。

蕭氏將全城的名門閨秀都梳理了一遍，這個年紀太小了、那個性子好像有些高傲、這個其他都還好，就是這樣貌太普通了些，配不上她兒子。

要真說生了這樣兒子唯一不好的地方吧，那就是看了這麼些個閨秀，也不是不好，但是就是覺得都配不上她的兒子。

她的兒子理應由這世間最好的女子來匹配。

於是，蕭氏投入了無盡的宴會當中。以前她還會推託一二，如今卻是但凡有個宴會的，她就直接去參加。而蕭氏這番動作，有心人自然也能看得出來，所以這家裡有適齡女子的，別提多親熱了。

上面一個清駿還沒成婚，下面還有個清懋，蕭氏這一轉頭才發現，自己還有兩個兒子沒成婚呢！別說是成婚了，就連有意向的親家都沒有！

謝清溪一向苦夏，尤其在現代享受過空調的人，到了這邊，實在恨不能天天抱著冰塊睡覺。所以誰都知道，每年到了夏天，六姑娘院子裡頭要的冰塊最多，她還喜歡吃冰碗子這樣的東西。

蕭氏剛開始還約束著她，覺得姑娘家哪能吃這樣多的冰東西？結果一到了夏天，她就哼哼唧唧的不願吃飯。謝樹元看她這模樣實在是可憐，便親自同蕭氏商量，說是每日讓她吃一個冰碗子，再喝些綠豆粥。

結果謝清溪今天剛吃了一個冰碗子，就覺得肚子不舒服。她讓朱砂扶著自己上床歇息了會兒，結果躺在床上睡了半天都沒睡著，只覺得小腹墜墜地疼，實在是難受得緊。

「朱砂、朱砂！」謝清溪在裡面叫了兩聲。

朱砂一溜煙地跑了進來，看著臉色不大好的謝清溪，有些著急地問道：「小姐，妳可是哪裡不舒服？要不要我立即去稟了夫人？」

此時丹墨正好從外面進來，看見朱砂傻乎乎地在這邊問話，也走了過來。結果一看，此時謝清溪的臉色有些白，頭上還冒著虛汗，便趕緊問道：「小姐這是怎麼了？」

「肚子疼得厲害，還是那種墜墜的疼。」謝清溪捂著肚子說道。

朱砂這會兒被嚇得險些連眼淚都下來了。

倒是丹墨年紀比她們倆都要大些，突然有些古怪地看著謝清溪，又仔細問了兩句，後來才紅著臉說道：「要不，奴婢陪妳去一下恭房？」

謝清溪本來還想說她不是肚子疼，是小腹痛，結果下腹突然有一種潮湧般的感覺，一個略有些不可思議的念頭驀地在腦海裡滑過。

待謝清溪由丹墨扶著去了之後，這才確定丹墨想的還真是對的。

她的大姨媽來了。

因著謝清溪是頭一回來月事，她院子裡頭根本沒有小姐用的月事帶，因此丹墨趕緊讓下面的小丫鬟去蕭氏的院子中，將此事告訴太太，並從太太那裡領些小姐要用的東西回來，誰知蕭氏一聽，帶著丫鬟親自就過來了。

雖說是親母女，可是謝清溪也覺得尷尬，不願讓蕭氏進來看自己，待她自己拿了東西之後，研究了半天才知道怎麼用。

「我的清溪兒如今也是個大姑娘了。」蕭氏拉著她的手臂，伸手替她理了理鬢角的髮絲，看著她是滿眼的欣慰和自豪。

都說女兒是娘親的小棉襖，雖然自己這件小棉襖又愛玩、又愛鬧，不似尋常那些嫻靜的閨秀，可蕭氏還是覺得她是天底下頂頂好的女兒。

如今這個當年襁褓中的小小嬰兒，竟長成了一個大姑娘，就連蕭氏這樣內剛之人都忍不住有種潸然淚下的感動。

她摸著謝清溪的臉蛋。「這兩日可不能再吃冰碗子了，那東西性涼，妳若是吃了只會讓妳的小肚子更加疼的。」

「好的，我聽娘親的話，再不吃那些東西了。」謝清溪看著蕭氏的臉，也輕輕笑道。

謝樹元當值完依舊回家吃飯。

謝清駿因同僚請客，早早派人回來說過了；謝清懋因送謝明芳前往安慶，到如今還未歸來；而謝清湛則在書院裡頭與同學踢蹴鞠，說是要再一會兒才回來。

謝樹元看了一圈都沒瞧見往常最愛黏著蕭氏的小女兒，便問道：「清溪兒呢？怎麼還不過來吃飯？」

往常他剛到了門口，清溪就會從裡頭出來，拉著他的手臂給他說這個、說那個的，多是抱怨今日先生在課上講得有多無趣，不過也會說她彈琴又學會了哪首難曲。

今日他孤零零地走進來，還真是有些不習慣呢！

蕭氏抿嘴輕笑了一聲，吩咐了旁邊的秋晴領著小丫鬟去準備晚膳。這旁邊沒了人後，她才悄聲說道：「咱們女兒如今也是個大姑娘了。」

謝樹元剛開始還沒明白，待回過味其中的意思之後，一張老臉難得紅了個透底，看得蕭氏的笑是停都停不下來。

過了好一會兒，謝樹元才搖頭道：「我依舊還記得當年清湛和清溪出生時候的場景，那時候我真是歡喜壞了，畢竟這龍鳳胎可是天下的吉兆，當時我便覺得這是上天賜予咱們謝家的恩寵。」

蕭氏聽他這麼一說，心中也有些忍不住的感慨。

「好了、好了，不說這些陳年舊事了，提起來只會讓我覺得自己老了。」還是謝樹元哈哈笑了兩聲，便將此事掀過去不再提起。

但蕭氏卻突然輕嘆了一口氣。「可不就是老了？如今連咱們清駿都到了說親的年紀。」

「這些日子雖說少有人同我提起清駿的事情，不過我聽說內閣有意在翰林院重新挑選抄錄的人，平日在內閣做些庶務，幫助各位閣老們處理些日常雜事。」謝樹元突然提起此事。

翰林院？蕭氏便立即說道：「那咱們家清駿會被選上嗎？」

謝樹元立即正色道：「清駿如今還算年少，卻已是春風得意，我觀他近日不時與同僚出去飲酒，從未說過他一句，不過他如今年紀還小，身邊又無妻室，我怕他被人勾引得往壞處學了。」

蕭氏一聽丈夫的話，立即被嚇得險些說不出話來，半晌後才堅定地搖頭，說道：「清駿不會的，他心志素來堅韌，豈會受不了外界的一點小誘惑？再說了，這同僚之間飲酒聚餐，我看老爺剛入仕途那會兒不也是如此？」

謝樹元老臉一紅，沒想到自己的陳年往事還會被翻出來，於是他一正色，道：「我同清駿可不一樣，我當時家中有美妻，外頭的那些庸脂俗粉豈比得上我夫人的一根手指頭？我連多瞧一眼都不會！」

雖然知他是誇張其辭，可蕭氏聞言還是垂眸一笑。

此時，謝清駿確實是與同僚在喝酒。

其實是他們這一科的進士，有好幾人都被分到了翰林院之中，偏偏蔣蘇杭因為成婚，比他們都要晚至翰林院報到，所以這會兒被今科的同窗兼如今的同僚逮住後，大家便鬧著讓他請客。蔣蘇杭不大會喝酒，便連忙把大舅哥一併拖著，於是謝清駿就被拉著一起走了。

「都說打虎親兄弟，上陣父子兵，你們這大舅哥和妹夫一塊兒對付咱們，那可不行！」鄭明搶先說道，不許謝清駿替蔣蘇杭喝酒。

鄭明也是今科的進士，他是傳臚（注）。當時若不是陸庭舟從中作梗，說不定他也有機會當探花。不過就算是傳臚，依舊也是光宗耀祖之事。鄭明是陝西人，他父親乃是在陝西一個小縣中當縣令，聽聞自家兒子中了傳臚，當即將家中所有的財產都讓人送了過來，說是讓他在京中打點。

不過三千兩的銀子，說多不多，說少不少。鄭明看著以前還不如自己的蔣蘇杭，不過就是比自己高了一名，居然能娶到當今閣老的孫女，有個在都察院當右都御史的老丈人，如今這個全天下都聞名的狀元郎還為他擋酒，真真是人比人氣死人。

不過好在他也算是心胸遼闊之人，只略想過後，便不介懷了。

注：傳臚，有兩義，其一，科舉時代殿試揭曉唱名的一種儀式；其二，明代稱科舉第二甲、三甲的第一名為傳臚，至清代則專稱第二甲的第一名。此指二甲第一名。

其實像鄭明這等未有婚配的男子，又是今科傳臚，這京城之中有不少人家都盯著呢！近期也隱隱有人向他透過話，只是他都沒回應而已。

蔣蘇杭不善喝酒，又因這幾日每每晚歸，夫人便在家等著，他一想到新婚妻子在家中等著自己，心裡頭那回家的念頭便越盛。

旁邊的謝清駿因被灌了幾杯酒，所以這會兒有些白皙的臉龐如同籠著一層粉色的輕煙般，帶著一股撩人的醉意。

「恒雅，你可是醉了？」蔣蘇杭坐在他旁邊，看著他這般模樣，便有些擔憂地問道。

謝清駿略搖了搖頭，啟唇輕笑了一下，那一笑恍若能讓千樹萬樹梨花開。他一手捏著白瓷杯子，白玉般的手指在朦朧的燈光下越發誘人。

因著這次聚會的都是今科進士，正所謂人生得意須盡歡，在場之人又都是些二十幾歲的人，是這一科最菁英的，所以各個都是心高氣傲的，酒席之上，眾人提議飲酒作詩，結果到了最後，各個都喝得面紅耳赤才走。

蔣家的車夫也是謝明貞從謝家帶過去的陪嫁，所以看見大少爺親自扶著姑爺出來時便趕緊迎了上去，謝清駿吩咐車夫好生伺候姑爺回去後，車夫還問要不要先送他回去。

「你如今是蔣家的人了，好生伺候姑爺便是！」謝清駿面色紅潤，眼睛也如蒙著一層水光，原本就紅潤的唇此時更加瀲灩。

他雖斥責了那車夫一頓，但車夫到底不敢真把他一人丟在此處。好在謝家本就有人接他，等謝家的馬車過來之後，車夫才載著蔣蘇杭回去。

「少爺，咱們上車吧。」此時天色已晚。

謝清駿只覺得頭腦昏沈，外面的涼風一吹，才略有些好受，於是他揮揮手，輕笑道：「我在外面走走。」

觀言跟在謝清駿身邊有十來年了，最知道自家大少爺的脾氣，但凡他要的，就沒人能勸得動。不過因著謝清駿素來溫文爾雅，又沒什麼人會忤逆他的意思，所以他這脾氣就只有身邊伺候的小廝才知道。

明月當空照，清亮的月光將整條街道照成銀白色，謝清駿走在前頭，而身後不遠不近地跟著一個小廝，再往後就是馬車噠噠的馬蹄聲和滾滾而動的車軲轆聲。

在走到一處轉彎時，謝清駿突然停住了腳步，因為前頭不遠處有個姑娘揹著箱子正在匆匆趕路。

她走到一半時，旁邊的窄巷子裡突然竄出來兩個人，攔住那姑娘的去處，三人站在一處，不知說著什麼話。

謝清駿往前又走了幾步，一直走到離他們不遠處，才聽見那姑娘冷冷的聲音——

「我沒工夫同你們糾纏，趁早讓開。」

「廖公子，她說沒工夫同你糾纏呢！要不你來說？」其中一個滿臉醉意的男人開口朝旁邊的男子說道。

那個被稱為廖公子的男人見狀，便伸手要拍姑娘的肩膀。

謝清駿正想上前喝止兩人時，就聽見那廖公子一聲大吼，緊接著，他便捧著自己的手臂。

廖公子喊道：「妳用什麼東西扎了我？怎麼我這條手臂沒了知覺？」

旁邊那人的醉意一下子被嚇走一般，剛要伸手去抓那姑娘，結果手上同樣被扎了一針，頓時也覺得自己的手臂沒了知覺，甚至還從右手臂開始蔓延開來，最後竟是全身都漸漸沒了知覺！

待兩人躺在地上喊不出話來時，那姑娘才看著兩人，冷冷說道：「這可是我新提煉的毒藥，你們如今是全身麻木而已，待會兒若有野狗和野貓什麼的聞著氣味過來，到時候你們就能看著那些野狗、野貓啊一口一口地咬下你們的肉。」

他們兩人不過是喝花酒回來，見這姑娘大晚上的一人獨自走在街上，所以過來調笑兩句罷了，誰承想居然還能惹來殺身之禍？他們想求饒，可這姑娘卻繞過他們走了！

兩人看見不遠處有個男人，結果他們用眼神求救的時候，那男子也繞過他們離開了！

難不成他們身上真有什麼氣味能引來野狗不成？

前面揹著藥箱的姑娘似乎感覺到了身後之人，霍地轉頭，就看見一個穿著月白色錦衣的男子跟在自己身後，他的樣貌極好，且讓人一眼就震驚於他的風華氣度。

「你跟著我幹麼？」姑娘說話倒也不衝，只是冷冰冰地問。

謝清駿的雙頰依舊緋紅，一雙眸子如蒙上一層輕紗般，帶著撩人的醉意。他嘴角含笑，不緊不慢地回道：「謝某只是略喝了些酒，想借著吹風散散酒氣而已，並非存心跟著姑娘。」

那姑娘見他這模樣，又看見身後不遠處確有馬車，不禁面色微紅，知道自己是猜想錯了，於是她再揹著藥箱往前走，然而身後不輕不重的腳步聲，每一步都彷彿落在她的心頭般。

待她到了某條略有些暗的巷口，往前走了好幾步，身後的腳步便聽不見了。到了某戶人家時，聽見裡頭的動靜，她趕緊敲門。

「許姑娘，怎麼就妳一人啊？我們家大有呢？」開門的是個四十幾歲的中年婦女。

「因我有一味藥用完了，便讓他去買，我一個人先過來了。」

那婦人一邊將她迎了進去，一邊絮絮叨叨地說道：「這麼晚了，讓妳一個姑娘家獨自過來可是不安全的，待大有回來，我好生說說他！」

此時的謝清駿看著那姑娘消失的小巷子，竟是在巷口對面的槐樹前站著不動了。

不遠處的觀言也不敢上前，主僕倆就這麼站著。

一直到很久之後，那家門再一次吱呀響起。

揹藥箱的姑娘要回去了，而這家的大娘讓自己的兒子去送她，姑娘推辭不要，那個叫大有的青年卻是不依。待兩人走到巷口時，便看見停在巷子不遠處的馬車。

此時四周寂靜無聲，只有槐樹上的夏蟬在嘰嘰叫著。就在此時，對面一個高大的人影慢慢地從樹影之下走出。

「大有，你看我朋友來接我了，你快回去吧。你媳婦如今正病著，需要你照顧呢！」姑娘轉頭對年輕人說道。

大有看著月光下的男子，竟是說不出一句話。月光當空照下，映在他的臉頰上，只讓人覺得這是從月宮中飛下的仙人吧？這一幕，想來讓他一世都無法忘懷。

「這會兒，你總該承認自己在跟著我吧？」姑娘走到他跟前，輕笑著說道。

月光的清輝照在兩個人的身上，就連對面姑娘清秀的面容都被籠罩上一層薄紗，夜風拂過，撩人又飄渺。

見對面之人久久都不說話，姑娘顯然也有些怔住。半晌後，她輕笑一下，卻也不再說話，而是轉身往來時的路回去。

噹噹噹！深夜的梆子聲空曠又遼遠，一下下的，彷彿砸在人心中。

身後的腳步聲並沒再跟上來，姑娘揹著略有些沈重的藥箱走著，路過街道旁的馬車時，一個穿著小廝衣裳的少年正抬頭朝她看著。

「少爺！」觀言見對面的大少爺身子晃了下，趕緊跑上前扶著他。

謝清駿面色依舊泛著微紅，眼眶裡的水光越發的瀲灩動人。

姑娘頓住了腳步，輕嘆了一聲，待她匆匆折返後，那公子的小廝還扶著他。她伸手便抓過公子的手腕，搭在他的脈搏之上，過了一會兒，才面色古怪地說道：「沒什麼，只是喝多了酒而已，回去煮碗醒酒湯給他喝就可以了。」

「謝謝姑……大夫。」觀言原本想叫「姑娘」的，可是她一抬頭，眸子看過來時，猶如兩道寒光般，他趕緊換了個更尊敬的稱呼。

「你這個小廝當得也有趣，自家少爺喝了這麼多酒，你還任他在街上閒逛。」姑娘又輕輕搖了下頭，打開藥箱，在裡面翻了一下，待翻到一個藥包的時候，臉上露出一絲喜色。「居然還剩一包呢！」姑娘輕笑了一聲，就遞到小廝面前，說道：「這個是醒酒用的，藥效特別好，還有養胃的功效。」

觀言看了姑娘一眼，又撇頭看了自家少爺。謝清駿此時雖還睜著眼睛，可是眼神卻猶如放空一般，只直直地看著前方。

自家少爺若是要吃藥的話，自然有福善堂最好的大夫給他開藥，哪敢隨便要路邊不認識的大夫開的藥啊！可是人家姑娘好心好意的……觀言正掙扎地想著，要不先收下，反正喝不喝這藥，這姑娘也不知道時，就見一隻修長白皙的手掌慢慢伸了過來，用兩隻玉雕般的手指捏住了藥包。皎潔的月光之下，這只白皙的手掌真真散發著玉質的光輝，晶瑩潔白。

「謝謝。」謝清駿的聲音帶著一絲沙啞，似乎是酒醉之後的聲音。

謝清駿此時終於略回過神了，大約是剛剛站在槐樹下太久，以至於整個人都放空了。即便心思縝密如謝恒雅，也會有今日這等狼狽之時，他輕捏著手上的藥包，卻是笑了。

這姑娘也算是見過世面的，不過此時看著面前輕笑的男子，卻還是忍不住呆怔了下。她低頭，也是忍不住笑了下，隨即便轉頭離開。

「少爺、少爺？」觀言看著旁邊捏著藥包就是不說話的謝清駿，嚇得不輕，趕緊召了車夫過來。兩人連忙將人扶上了馬車，往謝府而去。

謝清駿醉酒一事，最後竟是連夫人和老爺都驚動了。

蕭氏看著躺在床上，面色緋紅的兒子，一臉心疼地問道：「大少爺這是喝了多少酒？」

觀言垂頭，有些害怕地說道：「回夫人，因為今日聚會的都是大少爺今科考試的同窗，各位大人都不要人在跟前伺候，大少爺也沒讓小的在跟前，所以小的也不知大少爺喝了多少。」

蕭氏回頭瞪了他一眼，又伸手摸了摸兒子的臉頰，有些燙。

「趕緊吩咐廚房，給清駿做碗醒酒湯。這孩子也真是的……」此時默言已經端了熱水過來，結果蕭氏一試，太燙了。

她看著這滿屋子的小廝，這才發現清駿屋子裡頭竟是連個丫鬟都沒有。

剛開始是她不願給清駿的房裡放丫鬟，總覺得再老實的丫鬟，在這樣的主子跟前，總會生出別樣的心思。後來是清駿自個兒不願要丫鬟在跟前伺候，像是嫌麻煩了些，他自己心思通透，對誰都和顏悅色，但是對誰又都不親近。

如今看來，這一屋子的小廝還是不好，伺候起人就沒丫鬟們精心。

等觀言要走的時候，床上一直閉著眼睛的人突然睜開眼，將手中一直捏著的藥包輕拋給他，啞著聲音吩咐。「熬這個。」

蕭氏看了眼那個灰褐色的油紙包，卻是沒開口問話，只用帕子給他擦了擦臉頰，過了半晌才問。「清駿，頭還疼嗎？」

「娘在我身邊，就不疼了……」一直輕閉眼瞼的人，此時又霍地睜開眸子，輕聲說道。

蕭氏養的這幾個孩子中，除了老二清懋是個不善言辭的，其他三個簡直是一個比一個能哄人。清湛是屬於那種張嘴就有甜言蜜語膩死你的；而清溪則是願意和你撒嬌說心事的；至於清駿便是平日裡不顯山露水，可關鍵時刻卻能讓你甜到心底的。

此時蕭氏雖還擔憂兒子，可是嘴角的笑意卻是拿都拿不掉。

旁邊的謝樹元只能看著床上躺著的臭小子，哼哼……

第三十五章

如今的唐國公府那真真是烈火烹油一般的熱烈，誰都知道文素馨文大姑娘如今是準二皇子妃了，日後最差那也是一個親王妃。如果二皇子真的得登大寶的話，那這位可就是妥妥的皇后了！

想法是很美好，但皇上今年才四十四而已，身子骨也還算健朗，所以二皇子這一系的就算是有想法，那也得另說了。

可這都是聰明人的做法，有些蠢貨想找死確實是擋都擋不住的。

唐國公的長子文選是京城有名的紈袴子弟，但凡是京城知名的溫柔鄉，那就能有他的身影。他因為是唐國公府的嫡長子，又有個在宮中當貴妃的姑母，所以身邊也聚集了一幫人，都是京城各家當中不學無術的。

如今他的親妹妹剛被封為二皇子妃，日後那就是前程似錦啊！若是差點，他會是未來親王的大舅子，可要是二皇子一步登天了，那他未來可就是皇帝的大舅子，真正的國舅爺了！

文選這個人沒什麼腦子，又好大喜功，被人稍微一追捧就飄飄然的，所以他身邊能聚集這樣多的公子哥兒也不是沒原因的，畢竟像他這樣手裡有銀錢又出手大方的，誰都願意同他交朋友。

春意樓是京城有名的青樓，這裡不少姑娘都是從江南過來的，都說江南姑娘溫柔似水，那吳儂軟語在你耳畔那麼輕輕呢喃著，就是再硬的骨頭都能酥了兩成。

「文公子，這麼早就回去了啊？」青樓老鴇見這才戌時，文選就搖晃著身子要往外頭走。

裡頭還在喧鬧著，只有兩、三人跟在文選的旁邊。文選一見老鴇攔著自己，便嗤了一聲，說道：「聽說附近的萬花樓新來了個姑娘，可是揚州瘦馬出身，老子長這麼大還沒玩過瘦馬呢，我倒要看看這揚州瘦馬究竟是怎麼個銷魂蝕骨？」

「哎喲，我的大爺，這話您聽聽也就算了！什麼揚州瘦馬啊？還不就是從揚州來的小丫頭而已！」老鴇揮了揮手上的帕子，一陣香風便從他們面前飄過。

如今兩淮鹽商富甲一方，生活之奢侈，簡直能同皇家相比較，而揚州瘦馬的出現也正是為了滿足這些鹽商的需求。這些瘦馬乃是家境貧寒、被牙婆買走的女子，自小學習琴棋書畫、吟詩寫字、打雙陸、摸骨牌等百般巧計。不過就算是揚州瘦馬，也被分為好幾等。

老鴇輕笑一聲說道：「這真正一等的揚州瘦馬，誰會到秦樓楚館裡頭來做營生？那都是被兩淮鹽商珍藏在家中呢！到了咱們青樓楚館的，多半只是賣不出去的，所以那些瘦馬可比不上嬤嬤我精心教養出來的姑娘啊！」

她原意是為了貶低別家的姑娘，卻是無意間連著面前的一幫貴冑子弟都貶低了。

還沒等文選說話呢，旁邊一個瘦如竹竿的少年一腳便踢了上去，怒罵道：「妳這話是什麼意思？是覺得小爺比不上那些兩淮鹽商有錢，覺得咱們不配玩那一等的瘦馬嗎？一幫賤皮子，還真當自己是什麼千金閨秀了？就是那些兩淮鹽商，看見小爺們還不照樣得舔、跪！」

「哈哈……」旁邊的幾人都哄然大笑起來。

那老鴇被踹了一腳，也不敢吱聲，只覺得胸口跟針扎了似地疼著。

隨後文選帶頭就往外頭走，雖然這會兒秦樓楚館還在營生，但是街上早已經空空蕩蕩，連個人影都看不見了。

「萬花樓就在前面不遠處，咱們就別坐馬車了，我這胃裡都是酒水，要是再坐上馬車顛一顛，只怕就要吐了出來。」文選朝旁邊吐了口唾沫。

於是幾人大搖大擺地就往前面走，誰知剛走到離萬花樓不遠處，就看見一個少年和一個揹藥箱的女子迎頭走了過來。今晚月亮被烏雲遮蔽，就連星子都是稀稀疏疏的，看不見幾顆，此時唯一的光亮，便是前面小廝手上提著的燈盞，兩個小廝手上都提著燈籠，一左一右，倒也讓整條街沒那麼陰暗。

少年穿著的衣衫打了不少補丁，他一邊走一邊不好意思地說：「許姊姊，真是太不好意思了，這麼晚還要麻煩妳！」

「沒關係的。你娘這病就是累的，你要好生看著她，讓她別再洗這麼多衣裳了。」旁邊的女子輕聲安慰。

「許姊姊，妳人真好！這麼晚了，除了妳之外，別的大夫都不願意出診。」少年垂著頭，顯然是有些難過，小聲地嘀咕道：「若是妳能一直留在京城，那該多好……」

「帝都居大不易。」女子輕笑一聲，頭上插著的玉簪在夜幕中竟是發出瑩瑩光亮，她微一轉頭，玉質流蘇猶如一道流星般，在夜色中劃出一道完美的曲線。

文選本來沒注意到這姑娘，可是她頭上的流蘇玉簪在夜幕中微微劃過時，令他眼睛一亮，而此時小廝手中燈籠的光亮正好照在姑娘的臉上。這姑娘一張白皙的臉蛋在光亮之下，猶如最上等的羊脂白玉，身材穠纖合度，人雖不算頂美，可單單看著臉卻有一種讓人挪不開眼的氣度。於是，文選這腳就輕飄飄地踩了過去，攔著正在走路的兩人。

前方的男人一張口，一嘴酒氣就飄了出來，姑娘趕緊往後退了兩步。

「這位姑娘，妳這是前往何處啊？這麼大半夜的，妳一個人可不安全呢！」文選開口便笑了下。

旁邊幾個人此時也圍了上前，他們都是家中有勛爵的，平日是天不怕地不怕的，所以這會兒站在旁邊都是一臉看好戲地瞧著。

小少年見這些人雖衣著華貴，可行徑不比在他們坊市經常欺負人的流氓好到哪處去，他剛要上前護著大夫姊姊，就被她伸手攔住了。

「我要回家去，麻煩各位讓個道，行個方便。」女子不卑不亢地說道，言語間也沒有被幾人攔下的慌張。不過她掃視了下周圍的人後，原本收在袖口內的手掌已經慢慢伸了出來，一絲銀光閃過。

「我要是不行個方便呢？」文選是個性好漁色的性子，說這等話簡直是順口得很。

就在她不耐煩和這些人再說話，手臂微抬時，就聽見一陣馬蹄聲和車軲轆聲由遠及近。

這馬車一路狂奔，眼看著要經過幾人時，突然，趕車的車夫韁繩一拉，整輛馬車就在片刻後停了下來。

她抬頭看了眼前面的馬車，心中暗暗驚了一下，這是……

文選見她看著那輛馬車，便輕笑一聲。「姑娘是不是覺得坐馬車比走路要舒服些？妳若是想坐，我倒是可以帶妳日日坐呢！」

她忍不住笑了出來，難不成京城的紈袴就是這般的？

此時馬車上走下一個人，一身錦袍，腰間簡單掛著一枚玉珮，衣著雖簡單，但是穿在他身上卻有芝蘭玉樹的風姿。

文選這邊的人瞥見有人來了，便拉了文選一下。

此時文選正忙著搭訕對面的姑娘呢，哪有工夫搭理這些人？他見這個姑娘挺好說話的，又開口：「這麼晚了，我送姑娘回家吧？」

「那倒不必了。」

「那倒不必了。」

一左一右的聲音，幾乎是同時響起的。

文選一轉頭就看見身後來了人，不禁挑眉怒道：「你算個什麼東西？也敢在這裡插嘴！」

旁邊素來都是跟文選混慣了的，便存了看戲的心思，其中一人挑弄道：「文大公子，我看這小子是想英雄救美來著，你就讓他瞧瞧你的厲害！」

文選是個沒什麼腦子的，被人一挑，脾氣就上來了。他擼了擼寬鬆的袖子，三步兩晃地走到男子的跟前。「嘿，小子，我看你是活得不耐煩了吧，敢和我文大公子搶人！」

「文選？」男子挑眉道出了他的名諱，又追加了一句。「唐國公長子？」

「喲，既然知道小爺的名諱，還不趕緊滾！要不然我把你打得滿地找牙的，回去了可別和爹娘哭啊！哈哈哈……」文選說著就哈哈大笑起來。

撲面而來的酒氣，讓男子輕蹙了下眉頭。「辱罵朝廷命官。」男子輕聲說了一句。

文選因笑得太大聲，一時沒聽見他說什麼，於是邊笑邊轉頭問身邊的朋友。「你們聽見他剛才說什麼了嗎？」

也有喝得沒他這麼醉的，不過也只是模糊聽到「朝廷命官」四個字，於是便指著男子說道：「他說他是朝廷命官呢！」

文選又轉頭看了男子一眼，輕蔑地說道：「你要是朝廷命官，那我還是玉皇大帝呢！」

結果，下一刻，他的手臂就落在了對方手中！他哎哎唷唷地叫喚了半天，旁邊的人才趕緊上來幫手。結果他們這邊雖然人數較多，可是卻都喝得醉醺醺的，根本不是男子的對手。

等收拾了這些人後，謝清駿便喊道：「觀言。」

在後頭看了半天的觀言趕緊上前。

謝清駿吩咐道：「你去順天府一趟，去把順天府尹叫來，就說有人襲擊朝廷命官。」觀言看了一眼地上躺得橫七豎八的人，大聲「唉」了一聲，就趕緊一路跑去找官差了。

「前日得了姑娘贈藥，還未有機會感謝，謝某再次謝過。」謝清駿清清冷冷地說道。

姑娘依舊揹著藥箱，只是手掌已經重新縮回了袖口內。她看著對面清冷疏離的男子，突然覺得那日那個風華瀲灩的人似乎同眼前這人重疊不起來了。果然，他還是喝醉酒時更可人些。

謝清駿見她沒說話，便又說道：「晚上並不太平，我看姑娘日後還是不要晚上出診吧。」

旁邊站著的小少年也一臉歉意地說道：「許姊姊，都是我不好，對不起！」

「藥堂的大夫晚上都不願去這些貧苦人家裡出診，我若是也不管，還談何醫者仁心？」姑娘輕輕說道，隨後便莞爾一笑。「不過我也不是聖人，我出診也是要收診金的。」

小少年的頭垂得更低了，十文錢也能算是診金嗎？

「在下謝清駿，還一直沒敢問姑娘芳名呢。」沈默了好一會兒後，謝清駿才緩緩開口。

「我知道你。」姑娘輕聲開口。「你遊街的時候，我有看過。」

謝清駿的面色一下子染上一層薄紅。

「我姓許，名喚繹心。」

「有美一人兮心不繹……」片刻後，謝清駿輕聲唸叨。

今科狀元、翰林院修撰謝清駿，夜半被一群貴胄子弟襲擊！

這等侮辱朝廷命官之事，簡直是目無王法、無法無天！

其實事情的起因，還是唐國公府自己家鬧出來的。唐國公府人一見家中長子竟是一夜未歸，便急急讓人去他素日常去的青樓找尋，誰知找遍了秦樓楚館都說沒人，文夫人一下子就著急了。結果她派人出去找兒子的時候，別人家也在找兒子，後來還是春意樓的老鴇說了，文選帶著一幫公子哥兒上了萬花樓去。可人家萬花樓卻說了，沒看見人來啊！

結果，現在是活不見人、死不見屍！

這一下真正是嚇人了，於是唐國公就派人去順天府，說自家長子和其他幾個公子一塊兒不見了，讓順天府尹趕緊派人去找。

然而派出去的人回來後卻一臉古怪，見著唐國公文天權才說道，他們家大少爺和其他幾位公子，如今都在順天府的大牢裡頭待著呢！

文天權一聽，立即橫眉豎目的。這順天府尹如今是越發地膽子大了，這樣多的貴胄公子都敢抓到大牢裡頭關著！

結果這邊他正要去順天府要人，那邊就有人來他家傳信，說御史已經往陛下跟前參了唐國公府一本！還說也不知怎麼的，昨晚文選等人當街侮辱謝清駿的事情，如今已被傳得沸沸揚揚的，就連酒樓裡說書的都開始編排新段子了！

如今趕考的學子還有未回鄉的，一聽今科狀元郎居然當街被一幫貴冑子弟打了，當即氣憤不已，紛紛說要去貢院長跪不起了！

流言之所以為流言，就是因為在眾人的口口相傳之中，會漸漸失去原本的真相，最後變得面目全非。

謝清駿今日因告假未去翰林院，所以這會兒流言已經變成——這些人不僅羞辱了狀元郎，還將他打得臥床不起了！

謝清溪趴在桌子上，抬頭看向對面拿著一本書正悠閒自在看著的謝清駿，只覺得這少年郎真真是光風霽月、風華卓絕。

「大哥哥，你現在不是應該臥床不起的嗎？」

朱砂中午回家了一趟，就連她娘都拉著她問東問西的，當然，主要都是在問大少爺是不是真的受傷了？因朱砂告假回去之前，便瞧見謝清駿來給蕭氏請安呢，於是朱砂回來之後，就將此事告訴了謝清溪，還說這外頭都已經是民怨沸騰了！

當初謝清駿遊街的時候，光是騎在馬上嘴角含笑的模樣，就不知道讓多少女子沈淪了，如今一聽這麼英俊的狀元郎，居然被那些只知道包妓子、養戲子的公子哥兒打了，人人都恨不能闖進順天府大牢，將那幾個人再拖出來鞭打一頓！

謝清溪聽完便是哈哈大笑。她大哥哥會被人欺負？呵呵，估計能欺負她大哥哥的人還沒有出生吧！

「大哥哥，你昨晚為什麼會遇見那幾個人啊？」謝清溪其實對於她大哥哥為什麼把那幾個人送到順天府大牢裡比較好奇。

以她對自家大哥的瞭解，他還真不是那麼愛管閒事的人，肯定是那幫紈袴子弟做了什麼惹到他的事情，所以他才會這麼做的。

「侮辱朝廷命官、企圖毆打朝廷命官，天子腳下這等倒行逆施之事，本官作為皇上欽點的翰林修撰，理應為朝廷除害。」謝清駿從書本上抬起頭，淡淡說道。

謝清溪恨不能立即給她哥跪了，然後再大喊一聲「青天大老爺在上，請受小女子一拜」！

大哥哥，咱們是一家人欸，能說點實話嗎？謝清溪無力地吐槽。

傍晚的時候，謝清湛從馬車上跳下來，就朝謝清駿的院子裡狂奔。他才進了院子，就往謝清駿的內室衝，結果一個人都沒有。

於是他又問院子裡的小廝。「大少爺去哪兒了？」

小廝一臉奇怪地說：「大少爺早陪著六小姐去了夫人的院子。」

咦？大哥不是被人打得下不了床了？怎麼還能去娘親的院子裡頭啊？

於是他又一路狂奔跑去蕭氏的院子，誰知剛到門口，就聽見裡面的歡聲笑語。站在門口的丫鬟看見謝清湛，趕緊蹲身，齊聲問安。「給六少爺請安。」

謝清湛揮了揮手，讓她們起身，一進到梢間，就看見蕭氏坐在榻上，對面坐著一個青松修竹般的人，他撲上前，就從後面抱住謝清駿的脖子，大喊了一聲。「大哥！」

謝清溪嚇得險些從榻上掉下去。

謝清駿伸手去扶她，可是後背上還有個小包袱，他只能半躬著身子去拽謝清溪。

謝清溪被扶住之後就站起身，衝著還趴在謝清駿後背的人怒道：「謝清湛，你差點嚇死我了！」

「那妳不是沒死？」謝清湛朝她翻了個白眼，接著又繼續勾著謝清駿的脖子，歪著腦袋對他說：「大哥，我在書院裡面聽說你被唐國公府那個只知道鬥雞走狗的紈袴子弟打了，不過我可沒相信那幫人的胡說八道，我就說了肯定是我大哥揍了他們一頓！」

謝清駿被他趴著也不惱火，只輕笑問他。「所以你這是回來和我確認的，還是回來和我邀功的？」

「都有、都有！」謝清湛笑咪咪地說著，又追問。「大哥，你當時是不是真看見他們調戲民女，所以才仗義出手的？」

大眾的想像力是豐富的，總覺得狀元郎不應該被這幾個草包給欺負了，所以一向樂於給謝清駿編段子的黃三聲，今兒個下午就又出了新段子，說是狀元郎因在翰林院當值晚回府了，正巧就遇見這個唐國公的公子和其他幾人在街上調戲良家女子，狀元郎一時看不下去，便下車阻止，而後這些人對狀元郎出言不遜，最後狀元郎不僅以一敵多，收拾了一眾紈袴子弟，還讓順天府的人將他們關入大牢。

說實話，唐國公府的長公子雖然不是什麼十惡不赦的人，不過在京城也素來跋扈，除了出入煙花柳巷，有一次他還在鬧市中縱馬，不過那次因是好些人一起，所以後來除了給傷者賠了診金之外，這些敗家子也沒受到什麼懲罰。

其實老百姓的想法很簡單，既然日子過得下去，不如忍一口氣就是了，畢竟人家投了一個好胎，就算弄出什麼事情，最後吃虧的還不是沒權沒勢的老百姓？

這次出事的紈袴子弟，不僅有唐國公府的文選、侯府的嫡子，聽說連長公主的外孫也在其中。

如今御史就盯著唐國公府呢，聽說連一向八風吹不動的左都御史都上書了。

謝清溪聽了謝清湛說的話後，忍不住點頭。「這個黃三聲，這會兒可算是說了些實話了，沒跟從前一般，編出個文曲星下凡的話來！」

蕭氏笑意盈盈地轉頭看她，問道：「妳還聽過黃三聲說書？」

「沒、沒！我哪聽過啊？」謝清溪矢口否認，看著蕭氏就是一陣討好的笑。

其實謝清溪也知道，像她這般能時常出府的，那是因為爹娘真的疼愛才能這樣，還有便是她年紀也還小。可如今她慢慢長大，娘親也漸漸不許她出門了。

「每次大哥哥帶我出去，就只是吃吃浮仙樓的菜，逛逛書店而已，不該去的地方，我可是一回都沒去過呢！」謝清溪轉著眼珠子說道。

蕭氏突然輕笑。「聽書倒也沒什麼，娘親也愛聽黃三聲的書，我還想著這些日子略清閒了些，要不也出府轉轉呢。」

「真的？娘，妳真有這打算？帶我去，帶我去吧！其實我覺得黃三聲的說書確實挺好聽的！」謝清溪摟著蕭氏就開始撒嬌。

謝清湛恨不能立即轉頭捂上自己的眼睛，他這個傻妹妹喔！

倒是清駿只輕笑，不說話，心中卻在思量著旁的事。

因為此事，京城是一片風風雨雨。大齊朝的御史素來有不怕死的名頭，就算是對著皇上都敢直諫，當年皇上要花國庫的錢修道觀，御史官上來的摺子簡直就能將皇上御座給淹沒了，後來皇上實在是不耐煩，直接讓人拖出去打，結果這個打完了，另外一個又不怕死地湊上來了。

況且這犯顏直諫的事情，不僅御史愛幹，就連翰林院都喜歡跟著攙和。翰林院都是進士出身的，一個個都覺得自己是受儒門教誨的，是代表著天下士林學子，若朝中有不平之事，他們就該敢於直諫。

況且這會兒文選等人得罪的不是別人，那可是今科的狀元郎，是翰林院的人，又是天下士林學子的楷模，所以翰林院的文官集體上書，那話中的意思就是：咱們的人被欺負了！我們作為讀書人，辛辛苦苦地讀了十幾年的書，才能處處受人尊敬，結果竟被這麼一幫靠祖上蔭庇的紈袴子弟欺負了！皇上，您可要給我們做主啊！

另外，謝清駿先前讀書的應天書院，聽說山長也在找一幫士林學子，準備聯名上書呢！應天書院好不容易出了一個狀元，這代山長一心要振興書院，結果中途居然跑來一幫小丑欺負他們書院的活招牌，簡直是可忍孰不可忍！

於是正主兒還沒出來呢，就已經有一幫人跟在後頭替他叫冤了。

結果，一件由紈袴子弟當街調戲良家女子的普通小事，硬是因為見義勇為的狀元郎，而上升成為了關乎社稷的大事。

陸庭舟自然也聽說此事了，因關係到謝清駿，他難免也關注了些，便覺察後面這態勢越發的嚴重了。御史言官自然是在彈劾這幾家對子弟管教不嚴，不過也有人乘機在裡面渾水摸魚，意圖將事態搞大，而這其中便有大皇子的人。不過讓陸庭舟意外的是，居然連成賢妃的娘家都參與到此事中了。

看來這後宮的諸多妃嬪，已經將眼睛盯在了皇上的那把龍椅上了。

不管外頭亂成什麼樣子，謝清溪的心情是真的好，畢竟有朋自遠方來，不亦樂乎嘛！

都說店鋪裡頭的人因每日迎來送往，所以看人最準，特別是像絲香綢韻這等大鋪子。這家的絲綢是京城數一數二的好，不僅染色新穎，就連花色都是別的鋪子裡找不到的，不過他家價格也不便宜，不是大戶人家也消費不起。

馮桃花因著在客棧無事，便出來閒逛，馮小樂生怕人生地不熟的，他姊姊這樣好看的小姑娘被人欺負了去，所以死活要跟著過來，至於馮小安這小子還在客棧裡頭讀書呢！

「姑娘，這可是咱們店裡最時新的料子，一疋二十五兩，因著這些料子精貴，所以掌櫃的是不讓人碰的。」那店小二略打量了兩人的穿著，雖都是正經的杭綢，但都不是什麼精貴的好料子。

他們這鋪子裡頭便是連國公府夫人和侯府夫人都接待過，所以這樣小門小戶出來的姑娘，一瞧便知這種一疋幾十兩銀子的料子，她是如何都買不起的。

馮桃花看了一眼這裡的料子，雖都說江南絲綢如何如何的好，可是這京城的絲綢鋪子卻是彙集了全天下最好的絲綢，華麗貴重的蜀錦、清雅飄逸的蘇緞，在這裡簡直是應有盡有。

她之前只在蘇州待過，蘇州府的人一向以蘇繡為傲，覺得全天下只有蘇州的絲綢是最好的，所以其他地方的絲綢進來，是很難賣得出去的。

如今到了京城，她發現京城的百姓或許是因為住在天下腳下，全天下所有的好東西都要往這裡送，所以就連普通百姓的見地都是不凡的。

馮桃花是個好脾氣的，可馮小樂最煩的就是這些狗眼看人低的東西。

他掏出懷中的銀票，衝著這小二揮舞了一下，狠狠地說道：「我姊不僅摸了，她還要買呢！你趕緊把這疋破料子給小爺我包起來！」

這店小二沒想到自己這會兒踢到硬茬子了，立即換了一副笑臉，恭敬地請兩人到樓上的雅間坐坐。

「我就不願去坐！你趕緊把這布料給我包好，我們趕緊走人，以後你家這破店我是再也不來了！」馮小樂自己也當過店小二，不過他從來不會對那些衣著不那麼華貴的客人冷言冷語的，且如今他也掙到錢了，最不喜歡的就是別人再給家人臉色看了。

「這位客人，咱們絲香綢韻可不是你能在這兒撒野的地方！」這小二也是個愣的，一見對方這模樣，也是脖子一梗。他看出來這對姊弟估計也沒什麼背景，就是家中有兩個錢罷了，所以他也不怕。

此時突然從外面走進來一對小公子，都穿著一水的淺藍錦袍，腰上掛著的都是羊脂玉珮，足足有小孩手掌那麼大。再看這對小公子，那長相、那氣度，便是連觀音座下的金童玉女都比不上啊！

「我竟是不知絲香綢韻還是這等店大欺客的地方，人家不過是讓人包了料子，怎麼就算撒野了？」一個子略矮些的小公子開口說道，手中一把扇子唰地被打開。

這扇子並非尋常的摺扇，尺寸要小一些，配他這等身高倒也合適得很。

謝清湛看著旁邊一揮手就打開摺扇的人，忍不住問道：「妳從何處拿來的摺扇？」

「當然是自己做的啊！上面還有大哥哥給我畫的扇面呢！」謝清溪手一轉，就將扇子的另一面翻過來，是一幅飛鳥行人的水墨畫，落款是「謝氏恒雅」。

謝清湛看著尺寸被放小了的扇子，心中無限羨慕。這麼奪目的東西，我也想要……

馮小樂一轉頭就看見兩個小公子模樣打扮的少年，兩人都同樣用鏤空百合花銀冠將頭髮束起，一樣的杏眼，只是略矮的那個少年眼中卻是波光瀲灩。

「六……公子。」馮小樂本來要叫一聲「六姑娘」的，可是看著她的打扮，趕忙改口。

只是謝家這對兄妹也確實好玩，謝家是少爺和姑娘分開排序的，結果謝清湛是謝家的六公子，而謝清溪則是謝家的六姑娘，兩人不偏不倚還都是行六的。

「這位馮公子不是讓你把這疋料子包好的，還不趕緊忙去？」謝清溪愜意地搧了搧手中的摺扇，她一邊搧一邊覺得，自己這副模樣實在是太玉樹臨風了些！驀地，她手一動，扇子收合起來，她一手持扇，不緊不慢地以扇子敲打著另一隻手，道：「馮小樂，好久不見了。」

馮小樂其實早就想去找謝清溪的，不過一想到人家是堂堂的謝家小姐，而自己則是個商戶，無論身分還是地位都是天差地別的，便就卻步了。結果相逢不如偶遇，沒想到竟會在這種地方再次看見謝清溪。

他上前兩步，看見兩人身後跟著的小廝略有警惕，這才頓住腳步，待許久之後，他輕聲說道：「六姑娘，咱們還真是有緣啊！」

「有緣……」謝清溪的嘴角勾起一抹輕笑，緊接著手中的摺扇一下子舉起，對準他的頭就敲了下去，方才的笑意如潮水般盡數褪去，只露出氣鼓鼓的臉蛋，怒道：「有緣個屁！要不是我今天讓六哥哥帶我來找你們，你們是不是就不準備找我們了？」

「那哪成啊！妳不是還投了好大一筆銀子在咱們商船裡頭嗎？」馮小樂被她打了也不生氣，反而是摸著自己的腦袋，不好意思地笑了起來。

這時店鋪的掌櫃匆匆過來，看著門口的兩位小公子，又盯著略矮那個的臉看了一會兒，這才雙手抱拳行禮道：「我先前在雅間接待客人，並不知敝店的小二對幾位客人如此無禮，還請幾位客人多多見諒。若是幾位不嫌棄，我在樓上略備了薄茶，還請幾位一起至樓上雅間小坐片刻。」掌櫃說話客氣，態度也是彬彬有禮。

馮小樂這人有個最大的優點，那就是心胸開闊，他見人家掌櫃的這麼客氣，又想著人家畢竟也是這麼大一間店鋪的掌櫃，便立即有禮地回道：「其實也不過是些小事罷了，不過我看你這個店小二是真的不能再要了，容易得罪人。」

掌櫃臉上的笑容險些掛不住，不過卻還是一臉受教的表情。「多謝客倌指點，我定銘記在心。」

等馮小樂抱著布料出門的時候，謝清溪才忍不住哈哈大笑。

馮小樂見謝清溪笑得大聲，便摸著腦袋，有些不明所以。「怎麼了？是不是我剛才說的話太過分了？可我也真是為這個掌櫃好，畢竟有這種店小二在，太容易得罪人了。」

謝清溪見他還在說，便笑得更大聲了。

「好了好了，我不笑了……其實我是在笑那個掌櫃，我估計他剛才聽完你的話後，心裡定是恨死你了，不過臉上卻還是得滿臉笑意，也虧得他了，哈哈……」謝清溪用扇子遮臉，躲在扇面後吃吃地笑。

馮小樂立即反駁。「我看那掌櫃挺好說話的，肯定不是妳想的這般心胸狹窄之人。」

「那店小二是他兒子，你竟還建議人家把親兒子趕出去！」謝清溪又是一陣輕笑。

這次連旁邊的馮桃花都露出無語的表情了。

倒是馮小樂在片刻的驚愕之後，居然還振振有詞地說道：「依我看，要真是他的兒子，才更應該趕出去，要不然對這鋪子的危害最大！」

謝清湛跟馮小樂也是熟悉的，所以謝清溪便提議找家酒樓包間坐坐，一塊兒敘敘舊。

「你們一家都到京城來了？」謝清溪有些驚詫於他們這個決定。

「因為紀大哥說他以後要在京城常來常往，只怕是不會再去蘇州的。還有，他跟我娘說，小安讀書確實是不錯的，只是蘇州的書院到底不如京城的，還不如早早將小安送到京城來讀書。」馮小樂有些自豪地說道。

旁邊的馮桃花笑著說道：「謝姑娘，聽說大公子得了狀元，這事在蘇州府都傳遍了呢！」

「你們不知道，這消息一傳來的時候，我娘可高興了，說一看大公子就是個不凡的，還讓我們家馮小安跟大公子學習學習！」馮小樂一揮手，就開始拆親弟弟的臺。「不過我聽說考進士難得很，有些人家幾輩子的讀書人都考不中，咱們家往上數就沒出過一個讀書人，所以我早跟我娘說了，她還不如跟菩薩求求，先讓馮小安考個秀才回來！」

雖說馮小樂說的是實話，不過馮桃花和馮大娘一樣，對馮小安的未來充滿了無限的期待，最是聽不得這種風涼話，所以她一巴掌就打了過去，怒道：「少說兩句會死？連先生都說了，咱們家小安讀書是一等一的好，怎麼就考不上進士了？」

「好好好，馮小安肯定能考上進士行吧？肯定能！」馮小樂實在是怕了他姊這母老虎樣，簡直就要抱頭求饒了。

謝清溪一手托著下巴，臉上揚起笑意，看著這姊弟兩人打鬧。

謝清湛沒見過這樣潑辣的女子，他同馮家姊弟沒有謝清溪這般熟悉，所以一看見這個馮桃花打馮小樂的樣子，他突然慶幸起自己比清溪早出生了一刻鐘，要不然今兒個被這麼打頭的，他也得有一份吧？

「讓兩位見笑了。」馮桃花收拾完弟弟之後，就抿嘴衝對面的兩人輕笑。

謝清湛和謝清溪被她這溫柔的笑嚇得，幾乎是同時搖頭。

馮小樂一見也樂呵了，說：「現在除了紀大哥說的話，我姊在我們家那就是說一不二的！」

「紀仲麟這次也回來了嗎？」謝清溪睜大眼睛問道。

自她從江南回京之後，每年都會有東西送來，一看便是西洋的舶來品，瞧著精緻細巧，別有一番意趣，不過她卻是再沒見過紀仲麟。他曾經是安平公府的嫡少爺，堂堂的世家貴冑，最後竟淪為一介商賈。雖然以謝清溪的觀念，商人挺好的，有錢又自由，可是在古代正統思想的觀念下，紀仲麟這輩子就算是毀了，他一輩子也只能是一介商賈，甚至日後他的孩子也只能是受士大夫輕視的商人子弟。

馮小樂一見她問便立即回道：「紀大哥早就過來了，只是他這些日子在忙。咱們商船是上半年才回來的，這回去的地方可遠了，比以前任何一隊商船都要遠。咱們帶過去的茶葉、絲綢還有瓷器，簡直是太受歡迎了，而且紀大哥還被那些蠻子的國王接見了呢！」

這會兒謝清湛的眼睛一下子就亮了，他出身貴族，見識自然比普通人更多，而且他的大哥就曾經跟隨商船前往過域外之地，在大哥的講述下，那片土地並非不毛之地，相反地，那裡有著同他們一樣的國家，他們的最高統治者被稱為國王，他們也有爵位制度，而更重要的是，在那片領域，即便是國王也只能娶一個妻子。

「他可真厲害！」謝清溪輕聲讚揚了一聲。

突然，外面傳來一陣喧譁之聲，因他們坐在樓上的包間，此時包間臨街的窗子正好敞開了，所以小孩子的哭喊聲和女子的嘶吼聲才會清楚地從下面傳上來——

「那死鬼也不知道躲哪裡去了，你們怎麼能把我的孩子抱走！」

馮小樂是最坐不住的，當即走過去趴在窗子邊聽了一會兒，然後面色氣憤地說道：「欺人太甚了！」說著便轉身往樓下衝去。

謝清溪見狀，也跟著下去，但謝清湛怕她出事，抓著她的手，堅決不許她往人堆裡面湊。不過就算站在外頭，依舊能聽見裡面的吵鬧聲。

此時看熱鬧的人早已經將裡面圍成一個圈了，裡面不時傳來小孩子的啼哭和女人的哀嚎，可更引人注目的，是那兩個洋洋得意的男人。

其中一個男人手中拿著一張紙，在圍觀的人群中晃了一下，嘿嘿笑了兩聲，說道：「各位鄉里鄉親也看清楚了，不是咱們要逼她，是這小丫頭的爹已經將孩子賣給了咱們，白紙黑字簽下的字據，一共十五兩銀子，現在她不讓咱們帶人走，這實在也說不過去啊！」

親爹在外頭欠了一屁股的賭債，把孩子賣給了賭場的人，如今男人不知跑到哪裡躲了起來，賭場的人上門要帶孩子走。對於這女人來說，也真真是人在家中坐，禍從天上降了。

見無人出面管這等閒事，那兩人就更得意了，其中一個一把推開女人，另一個將孩子拽起來就往前拖。前面不遠處有一輛馬車等著，估計是他們的同夥。

女人絕望的聲音迴盪在每個人耳畔，謝清溪早就聽得忍不下去了，就在她要動作的時候，卻有人比她動作更快。

「這孩子多少錢？我出錢贖她。」一個俊朗的男子撥開人群，擋住兩人的去路。

手上還拿著賣身契的人上下打量了男子一番，見男子衣著還算華貴，氣度也是不凡，心中思量了一下，又瞧了旁邊的人一眼後，才悠悠地開口道：「按理說這樣的小丫頭，模樣還算不錯，咱們帶回去養個幾年，到時候賣到大戶人家當妾或者賣去青樓妓院，估計也能值個二千兩銀——」

「廢話少說，你們要多少錢？」男子也不廢話，直接打斷他問道。

這人一見是個冤大頭，便嘿嘿一笑。「這樣吧，看在你也是想做好事的分上，給個二百兩銀子就好。」

聽到這個數字，女人臉上原先泛起的期望一下子飛滅，她絕望地嚎了一聲，掙扎著想爬到女兒身邊去。

紀仲麟看見那個母親絕望的神情，腦海之中不禁浮現疼愛自己的娘親……就在他想說二百兩可以的時候，就見那邊又有一輛華麗的馬車駛來。

馬車的四周裝飾著一圈飛燕，而車頂的四個角落都有一個鏤空的銀質香薰球，微風吹拂過，便有一陣悅耳的鈴聲響起。

京城勛貴眾多，為了區別於別家，幾乎每家都會在自家馬車掛上自己的標誌，而此時這輛慢慢行駛過來的華蓋馬車上，馬車的正前方有個斗大的「恪」字。

並非姓氏，而是「恪」字。

謝清溪站在浮仙樓的臺階上，比在場的眾人都高出許多，她盯著那馬車看了半天，直到一隻修長的手掌微微掀起車簾，她的嘴角勾起藏不住的笑意。

馬車在此處停下，隨後有個穿著絳紅色宦官衣裳的人從馬車上下來。他看了這路上哄鬧的場景，皺著眉頭問道：「這是怎麼回事啊？」

饒是這兩人方才那般威風凜凜，可此時看見這個太監模樣的人，還是忍不住有些腳軟。都說民不與官鬥，更何況還是這樣看著不好惹的宦官。

「回大人的話，這小丫鬟的親爹在咱們賭場欠了錢，因為還不上銀子，把他女兒賣給咱們了，所以小的過來領人回去。」手上拿著賣身契的人趕緊回道。

「不過是這等小事罷了，你看看你們，將整條路都堵上了，讓咱們家王爺的馬車怎麼走？」齊心吊著眉頭說道。

太監特有的尖細嗓音，此時猶如魔音穿腦般，嚇得這兩人險些要跪下。

王……王爺?!他們哪敢得罪王爺啊!

這時馬車裡面又一陣鈴聲輕響，齊心趕緊回去，在馬車旁邊踮起腳尖聽著吩咐，待過了一會兒後，齊心又回來，問道：「這丫頭賣給你們幾兩銀子？咱們王爺說了，既然這事讓他遇上了，就不好不管。」

「十五兩銀子。」拿賣身契的人不敢說瞎話，只得小聲回道。

齊心從懷中掏出兩錠銀子，看都不看地扔到地上，冷傲地睨視了兩人一眼，道：「這裡是二十兩銀子，你們拿著這銀子走吧。那五兩就當是王爺賞你們的，免得你們說咱們王爺是強買強賣。」

「小的不敢、小的不敢！」兩人又是點頭、又是哈腰的，撿了銀子後，便一溜煙地跑了。

此時小女孩的母親又滾又爬地過來，摟著女孩便是嚎啕大哭，不過還不忘拉著孩子一起朝馬車跪下。

最後還是齊心看不下去，提醒道：「妳還是站起來吧，要不然擋著道，這馬車還是過不去。」

女人趕緊拉著孩子往一旁跪，不過卻還是拚命地磕頭。

馬車就在看熱鬧的人的目光下，慢慢動了起來。

此時謝清溪嘴角的笑簡直是掩不住了。

旁邊的謝清湛一轉頭見狀，有點奇怪地說道：「妳怎麼回事啊，笑成這樣？這是人家救了人，妳幹麼這麼高興？」

「我就是高興啊！雖然是他救了人，可我一樣高興！」謝清溪不服氣地說道。

當馬車駛過浮仙樓的大門時，就見車簾被掀開一角，一根朝天豎起的食指擱在車窗旁邊。

謝清溪順著他的手指往天上看了一眼……天氣挺好的啊！小船哥哥這是在暗示什麼呢？

「紀大哥，你可算是回來了！這幾天都沒見你回客棧，我快擔心死了！」馮小樂一路小跑過去，看著紀仲麟就笑著說道。

此時紀仲麟的目光卻往浮仙樓的門口看去，那個站在臺階上、公子打扮的人兒，此時正仰首望著一碧如洗的天空。

她成了大姑娘了……紀仲麟站在原地恍神了好一會兒，才被馮小樂的大嗓門又叫了回神。

旁邊的馮桃花看著他一臉笑意，而馮小樂則是拉著他開始說起這幾日的事情。

不過一會兒，馮小樂總算是想起謝氏兄妹，指著不遠處的人便說道：「你看看，那便是謝家姑娘和她哥哥！你和謝姑娘也好久沒見了吧？」語畢便帶著紀仲麟前去打招呼。

是啊，確實是好久不見了，以至於他雖日日帶著她的畫像，卻發現畫像上的她與如今的她已不同了。

「紀公子。」謝清溪輕笑了一聲，客氣地喊了一句。

當年她救紀仲麟是舉手之勞，不過卻給謝家莊園帶來了一場腥風血雨，所以她對於紀仲麟此人一直有一種淡淡的情緒，覺得這個人的出現，總帶著一股山雨欲來之勢。

紀仲麟邀他們再上浮仙樓去坐一會兒，謝清溪一轉頭就看見一個穿著銀灰色袍子的男子緩緩走過來。他身材頎長，身上銀灰色的錦袍讓他越發地如松柏般挺拔，只是這樣光華卓絕的氣度，一張臉卻略顯平庸了些。

謝清溪先是錯愕，不知他為何頂著這張臉出現，但最後卻又是笑。只要他出現，就算沒開口說話，她的心情便是止不住的愉悅，嘴角也忍不住地往上翹起。

紀仲麟還是盯著謝清溪看，他的眼神露出太多的情緒，以至於旁邊的謝清湛都微微蹙著眉頭。

陸庭舟走過來的方向，正好能看見紀仲麟臉上露出的溫柔之意，他冷哼了一聲，手中的扇子霍地一下打開，在走到她身邊後，才輕聲叫道：「清溪。」

謝清溪轉了轉眼珠子，喊道：「師傅！」

陸庭舟滿意地點頭。

旁邊的馮小樂和紀仲麟這才發現林君玄的存在。

尤其是紀仲麟，因和他接觸最多，更是立即拱手道：「林先生，好久不見了。」

「紀老弟，可是別來無恙？」陸庭舟面露深意地說道。

紀仲麟立即說：「託先生之福，一切都還安好。四年前林兄從江南一別，即再未見過先生，如今見先生安好便心安了。」

陸庭舟輕笑了一聲，道：「此處不是久話之地，不如咱們上樓一坐再續前緣。」

謝清湛拉了拉謝清溪的手臂，臉上有些疑惑地問道：「這人是誰啊？」

「是我在江南時候的騎射師傅，林師傅啊！」謝清溪回了他一句。

可謝清湛立即覺得不對勁，他記得上次大哥的那個朋友就叫林君玄，而清溪在江南的騎射師傅也叫林君玄。他不禁朝著眼前這個林君玄又看了一眼。

當林君玄再次開口說話時，謝清湛的臉色立即古怪了起來。

一行人上樓之時，謝清溪刻意落後了兩步，而她身後便是陸庭舟。兩人走在最後，就在要進包間之時，她聽見一個輕微卻又清楚的聲音從身後傳來——

「本王不許妳和紀仲麟說話。」

本王不許妳和紀仲麟說話。

這句話雖然聲音壓得極低，可是謝清溪卻還是一字不漏地聽進了耳中。她沒有轉頭看身後的人，只嘴角勾起一抹輕笑。

此時紀仲麟已經坐下，就在謝清溪要在他對面坐下時，已坐在紀仲麟右手邊的陸庭舟突然開口了。

「清溪，妳便與為師一道坐吧。」

謝清溪不明所以，但仍直接在他身邊坐下。結果她剛坐下，陸庭舟整個人便往前傾，竟是將她完全擋住了！

旁邊的紀仲麟一轉頭，只能看見高大挺拔的林君玄。

「林師傅，你如今在何處高就？我曾詢問過謝家大公子，他也並不知師傅的去向。」紀仲麟對於林君玄此人是敬仰的。

當年他不過是個十五歲的少年，母亡父不認，被整個家族所遺棄，如果不是林君玄讓相熟的船隊帶他出海，只怕如今他也不會這麼快地積累一筆財富。

「我如今在恪王府當騎射師傅，日子倒也勉強過得去。」陸庭舟不緊不慢地說道。

謝清溪轉頭盯著他的喉結看，陸庭舟原本清澈悅耳的聲音，此時變成了帶著幾分喑啞和粗嗄，確實是林君玄當年的聲音。

此時坐在謝清溪旁邊的謝清湛，從桌子底下拉了謝清溪的袖子一下。

謝清溪回頭看他一眼，湊過去低聲問道：「六哥哥，怎麼了？」

陸庭舟正好轉頭看著低語的兩人，謝清溪的頭勾了過去，湊在謝清湛的耳朵邊，兩張臉龐靠得如此近，竟是生出幾分重疊來。

謝清湛正要說話，結果眼睛一下子對上了林君玄不輕不淡掃過來的視線，雖然他的眼神很平淡，可是謝清湛卻嚇得把想說的話嚥了回去。

「沒、沒什麼！」謝清湛呵呵笑了兩聲。

謝清溪抬頭看著他古古怪怪的樣子，索性不去理會他了。

紀仲麟倒是大吃了一驚，他立即雙手抱拳道：「如今人人都稱恪王殿下乃是當今第一王弟，林師傅能在恪王府當差，實在是前途可期。」

第一王弟？謝清溪輕笑地看了旁邊的人一眼，她倒是不知她的小船哥哥竟是這樣的厲害呢，居然還有一個這麼霸氣威武的外號。

「第一王弟？」陸庭舟將這四個字輕唸了一遍，可語氣中卻帶上了嘲諷的意味，在瞥見旁邊紀仲麟的眼神之後，才解釋道：「王爺素來低調，從不在意這些浮世虛名，況且這第一王弟的稱呼未免太過張狂，若是王爺聽見，只怕也是萬不能同意的。」

紀仲麟立即便道：「倒是我張狂了。」

接著幾人又聊了聊近些年的機遇，這時候謝清溪才知道，原來馮小樂也開始跟著商船往外洋跑了。

馮小樂撓著耳朵，不好意思地說道：「連先生都說了，我們家馮小安以後那是要考舉人老爺的，這讀書多費銀子啊，光是每年的束脩費用都是一大筆。我陪我姊去幫他買過一回筆墨和寫字的紙，我的乖乖，都夠咱們家一年的用度了！」

謝清溪點頭，這古代讀書確實是有錢人的事情。寒門之家能出個秀才、舉人，那已是祖墳上冒了青煙的，像謝家這等書香世家，也是累積了四、五輩，才出了謝清駿這麼一個狀元。

旁邊的馮桃花瞪了他一眼。

不過馮小樂不在意，反而繼續樂呵呵地說道：「要是單靠我姊刺繡供馮小安讀書，那還不得把我姊的眼睛給刺瞎了？所以我身為他的親哥哥，也不能不管他不是？」

聽到這裡，馮桃花不言語了。去外洋的商船雖賺錢，可誰不知道這卻是九死一生的事情。蘇州府也有人家是在商船上做工的，可最後一個個的都回不來了。

當年馮小樂要出海去，別說他娘不同意，就是馮桃花也不同意。可是家裡頭有個讀書人，處處都要錢，況且人家先生也說了，他家馮小安是個好的，要是這麼認真讀書下去，說不定真能靠上舉人呢！

其實就算真的什麼都考不上也沒關係，可他們老馮家幾輩子才出了這麼一個讀書人，馮小樂是真捨不得弟弟中斷。不過好在他命硬，去了一年還是全鬚全尾的回來了！

「馮小樂，你真厲害！」謝清溪是由衷佩服。

馮家和謝家是真的沒辦法比，他們謝家的孩子只要認真讀書就好，什麼筆墨紙硯那都不是個事情。就像謝清湛，他光是一套蹴鞠服就要好幾兩銀子，更別提蕭氏還贊助了他們蹴鞠隊每人一套呢！這也是謝清溪身為世家閨秀，卻願意同馮小樂他們這些人交往的原因。

或許在別人的眼中，馮小樂比謝家的奴才還不如，可謝清溪是真的將他們當作朋友。因為她本身就是同他們一個階層的人，她曾經也是普普通通的百姓，只是在她的時代，就算是女子也可以依靠自己的努力上學讀書，從而改變命運。就連千年之前的陳勝、吳廣都知道，王侯將相，寧有種乎？她喜歡這種蓬勃的生命力，為了改變自己的命運而從不放棄的生命力。

旁邊的陸庭舟看了她一眼，又看著對面笑呵呵的馮小樂，就見兩人你一言、我一語的，真是好不熱鬧。他低頭拿杯子，再抬起頭時，就看見另一側的紀仲麟朝這邊望過來的視線，那眸中有著無限的溫柔。呵呵，這算是前有猛虎、後有豺狼嗎？

陸庭舟突然後悔沒將湯圓帶過來了，要不然這會兒謝清溪哪還顧得上同他們說話！

第三十六章

謝清溪今日本就是特別外出來找馮小樂一家的，因為之前謝清湛與同窗在街上買東西時，就看見過馮家姊弟，他回去後得意地同謝清溪說了一回，謝清溪就死活要出來。

好在今兒個蕭氏去別家參加宴會，便連二房的閔氏母女也一塊兒去了，謝清溪藉口自己肚子不舒服，所以蕭氏就沒帶她過去。

這會兒謝清湛看時候不早了，遂提醒道：「清溪兒，咱們出來這麼久了，也該回去了吧？」

謝清溪一撇頭，就看見旁邊陸庭舟的側臉，她可是好不容易才有這麼一日鬆泛的日子，不過今天是謝清湛帶她出門的，六哥哥可沒有大哥哥那樣大的臉面，到時候真被她娘抓住的話，只怕兩人都得玩完了。

於是，她又問了馮家姊弟如今的住處，便同謝清湛匆匆下樓。

陸庭舟沒說話，只在她轉頭回看他們的時候，用眼神示意了一下。

等一上了馬車，謝清湛的臉色就沈了下來，結果他醞釀了半天，都沒聽見旁邊的人問自己，最後還是他自己忍不住了，輕叫了一聲。「謝清溪。」

「怎麼了，六哥哥？」謝清溪轉頭看他，一雙大眼睛裡滿滿的都是不解。

謝清湛最怕的就是他妹妹這種眼神了，她一這麼望著自己，謝清湛覺得就是再大的怒氣都能煙消雲散，偏偏這會兒她看著他的時候，還眨巴了一下眼睛！哎喲喂……謝清湛捂著眼睛。

「六哥哥，你叫我幹麼啊？」謝清溪又追問了一句。

謝清湛醞釀好的氣勢被她這麼眨了下眼睛，就消散得一乾二淨了，於是有氣無力地說道：「妳和我說說，那個林君玄到底是怎麼回事啊？」

「什麼怎麼回事啊？」謝清溪反問。

謝清湛怒道：「他和那日幫我踢蹴鞠的人明明就是同一個人！妳到現在還不承認嗎？」

謝清溪呵呵地乾笑一下，狡辯道：「說不定人家就是同名而已啊！天下之大，你還不允許人家名字相同嗎？」

謝清湛環抱著手臂，不緊不慢地說道：「那還真是不好意思了，妳應該記得我有個過目不忘的記憶力吧？不過我忘了告訴妳，但凡我聽過的聲音，也不會忘記。」謝清湛重重地加了一句。「即便他刻意換了聲音。」

謝清溪這會兒真是震驚了，她瞪著謝清湛，一句話都說不出來。

最後還是謝清湛戳她的眼瞼，好笑道：「再瞪眼珠子都要掉下來了。」

「六哥哥，你好噁心喔！」謝清溪試圖轉移話題。

不過謝清湛可不會輕易地放過她。「妳還不說老實話？」

「他是大哥的朋友啊，我怎麼知道！」謝清溪理直氣壯地狡辯。

謝清湛也不在意，呵呵笑了一聲後，不緊不慢地說道：「好好好，那我今晚就回去問大哥，想來他肯定願意為我解惑吧！」

「好了、好了，我和你說還不成嗎？」謝清溪是真的怕了她六哥哥，可她心底卻也有著隱隱的悸動。其實她和謝清湛的關係與誰都不同，他們不僅是一母同胞，還是龍鳳雙胎，這個世界上只有他一個是和她一同出生、陪著她一起長大的。直到現在，他雖已是個少年，可卻還會拚命想保護自己。這個世界上，這樣的人只有一個，他叫謝清湛。

謝清溪往他身邊坐了過去，輕輕攬著他的肩膀。

謝清湛的身體僵硬了下。

「六哥哥，咱們可是龍鳳胎，是吧？」謝清溪輕聲問他。

謝清湛目不斜視，心裡默唸：千萬別去看她的眼睛、千萬別去看她的臉、千萬別去看她……

謝清溪輕輕一嘆氣。「現在六哥哥長大了，書院裡面多的是朋友了，所以我就沒那麼重要了。六哥哥是個男孩，不像我，只能待在家裡，連個說話的人都沒有……」

「怎麼，家裡面有人欺負妳？是不是明嵐和明雪都不和妳玩，還欺負妳？」謝清湛一聽，瞬間就炸毛了，立即氣憤地問道，氣鼓鼓地說：「我早就說過，三姊和四姊一看就不是省油的燈，還不如熙表姊對妳好呢！妳放心，妳要是被欺負了就和我說，我找她們算帳去！」

他說得雖然快，不過謝清溪全聽見了，她一感動，便伸手去揉謝清湛的小臉蛋。小時候那會兒，她什麼都知道，可謝清湛就知道吃和睡，所以她每回無聊了，就趁人不注意，伸手去捏謝清湛的小臉蛋，結果總把他捏得哇哇大哭，將蕭氏引了過來，謝清溪就光顧著衝蕭氏笑，而謝清湛就只懂得哭，所以每回娘親都邊哄他邊輕笑著罵道「怎麼你倒是個哭包，你妹妹反而整天笑呵呵的」。現在想想，六哥哥真是從小就生活在她的淫威之下呢！

「六哥哥，你還記得我小時候差點兒被人拐賣的事情嗎？」謝清溪問道。

謝清湛無聲地點頭，當年要不是他非拉著她去看雜耍表演，她也不會被人拐了。後來幸虧爹爹及時把妹妹找回來，要不然自己真是一輩子都不安心呢！

「那你還記得救我的那個小哥哥嗎？」謝清溪循循善誘地問道。

謝清湛皺著眉頭。「不是爹爹把妳救回來的嗎？」

「爹爹他們是有趕過來，不過中間還有一個救我的小哥哥，你居然不記得了嗎？」謝清溪無語地看著他。

謝清湛還真記不大清楚了，畢竟那會兒他也才三歲，只記得妹妹被人當街擄走的事情。且那時候娘親被嚇得昏厥過去，所以他光顧著哭來著。

「林師傅就是救我的那個人。」謝清溪輕聲說道。

「啊？」謝清湛轉頭盯著她看，過了半晌才道：「妳是說，他就是小時候救了妳的那個人？」謝清湛又問道：「那到底哪張臉是真的他啊？」
謝清溪無語。「好看的那張。」
「喔。」謝清湛總算是放下了心來。
結果謝清溪繼續等著他問話的時候，人家卻再也不問了。最後還是謝清溪沈不住氣，開口說：「六哥哥，你就沒別的想問的嗎？」
「問什麼？」謝清湛意興闌珊地說道。
「關於君玄師傅的啊！」謝清溪小心地覷了他一眼。
謝清湛卻是閉嘴，再不說話。
車廂裡的空氣一下子如同凝滯一般，有種讓人難以言喻的壓抑。
過了好久，他才緩緩開口道：「其實我問他，只是怕他是來歷不明的人罷了，現在既然知道他的背景清白，旁的我便不想問了。」
謝清溪努力睜大眼睛看他，不想讓眼淚掉下來。
她私底下同陸庭舟接觸，在如今的禮教看來，是一種越軌的行為。她身為姑娘家，是不該頻繁地見一個外男的。可是心之所向，情之所往，若教條真的能簡單地扼殺人性，那麼古來的卓文君、崔鶯鶯這些人就不會這麼流芳百世了。
謝清溪知道大環境如此，她只能生活在大環境之下，可她骨子裡到底還是個現代人。
但是讓她沒想到的是，謝清湛一個受著傳統教育成長的少年，居然能這般縱容她。

唉，小少年，你為何要這麼貼心嘛……

皇上如今雖然不大管事，不過這文武大臣的摺子他也還是看的，如今這滿桌子上鋪著的摺子，都是朝中御史言官的彈劾摺子。

其中彈劾唐國公文天權的最多，說的都是他教子不嚴，甚至還有不少人攛掇皇上給唐國公府降爵呢！

就這麼一件小事，而且這幾個紈袴子弟回家的時候，臉上還都掛著一臉傷呢，一問才知道全是被謝清駿打的，可是誰家都不敢出頭喊冤枉啊！不說你這好幾個人圍攻人家一個，結果反被人收拾了，丟人吶！再者，謝清駿揍人，那也是出於自衛。這幾家都不用想，就能猜出這幫文官最後的套路——反正你們這些勛貴人家，吃著國家的、用著國家的，結果不僅沒給國家出力，還養出一群敗家子來！

剛好，今兒個內閣幾個閣老和戶部、工部尚書在這邊議事，聽聞山東已經一整個夏天都沒下雨了，眼看著這個秋季的收成就要毀了。

山東再往上走走，那就是天津衛了，這可是拱衛京城的地方。其實大旱倒是不怕，就怕老百姓沒了收成，最後成了流民，一窩蜂地往京城跑。

皇上雖然不愛管這些事，可是這天下好歹還是他們老陸家的，他也得管不是？

「這次山東大旱，若是再不及時下雨的話，只怕會造成秋後收成大減。況且去年山東就已經有過一次洪澇了，所以要及早想出應對之法。」謝舫恭敬地說道。

戶部是管著銀錢的，戶部尚書朱典雖是個老好人，誰都不願得罪，不過要想從他這兒要到錢，那也是難的，就連皇上幾次想動用國庫的錢，都沒從他這裡討到好去。

此時謝舫說了要想出應對之法，可朱典只坐在位子上不說話，看得對面的謝舫是乾瞪眼。

倒是工部尚書趙行祖開口了。「山東臨近江蘇，而江浙歷來雨水充沛，我看這不過是一時之困而已，謝老也不要因為欽天監那幫人的說辭而太過擔心。」

趙行祖是首輔許寅的門生，所以他自然是幫著許寅說話的。如今謝舫以山東說事，而許寅則是想讓皇上撥款去陝西。許寅是陝西人，聽聞這兩年陝西也是風不調、雨不順的，今年春天的時候黃河大水又氾濫，聽說是淹沒了沿岸不少田地。

不過謝舫覺得，之前已經給陝西撥過款了，且巡撫也過去巡查過了，都說如今那邊一切已慢慢恢復正常了。既然如此，何不把銀子撥給別的有需要的地方？

許寅自然也有說辭，陝西是黃河途經之省，如今雖然老百姓已經被安置了，但是朝廷應該撥款下去修河道，要不然明年要是再來一場大水，還是得淹沒。

至於山東，這不是還沒到那危機的程度嘛！

皇帝先前就聽過他們兩人的話，覺得這個說的不錯，那個好像也有些道理，後來他聽煩了，決定讓內閣擬定個章程再呈報上來便是，結果他們倒好，把戶部和工部的一塊兒拉過來吵架了！皇帝這幾日休息得不大好，只覺得頭昏昏沈沈的，現在被他們這麼嗡嗡嗡的說話聲給吵著，只覺得頭更疼了，所以他立即說道：「這兩省之事都是關係到國家民生的，朕知眾位愛卿都是心繫百姓之人，但此事不是一日就能討論出來的，不如你們內閣議定之後，再呈報上來吧！」皇帝更乾脆，又把球踢了回去。

許寅在心裡冷笑了一聲，謝舫則是不聲不響的。

皇帝見他們這會兒都在，便一手撐著額頭，有些頭疼地說道：「既然如今眾位愛卿都在，朕這處還有一事要讓你們討論個章程出來。」

「皇上只管吩咐便是。」許寅立即回應。

皇帝一臉為難地看了眼眾人，道：「想來這幾日鬧得沸沸揚揚的事情，大家也是知道的吧？」

皇帝雖然沒說是什麼事，不過在座的哪個不是人精？這幾日把京城鬧得雞飛狗跳的，可不就是唐國公那幾家的敗家子們打了今科狀元郎的事情。

當然，如今的版本是：狀元郎打了這些敗家子，為民除害了！

謝舫倒是一臉淡定，彷彿皇上說的這事跟他沒關係一樣。

不過他不說話，卻有人開口了。

唐友明是這兩年剛進內閣的，他為官清廉又曾歷任山東巡撫、都察院左都御史等職務，也算是一個能吏。他開口道：「皇上，臣以為勛貴之家，沐浴皇恩，更應謹省修身，可如今唐國公不僅不能教導自己的嫡子，還放縱其子毆打朝廷命官，實在是駭然。」

唐友明是三輔傅守恆引薦入閣的，不過當初他入閣正好同許寅引薦之人相撞，因此許寅堅決不同意的。可是內閣廷議之中，一直沒發聲的謝舫卻突然同意唐友明入閣，臨了插了許寅一刀。

後來傅守恆還有唐友明便隱隱以謝舫為首，如今謝舫的兒子謝樹元在都察院任右都御史，孫子還是今科狀元，誰都知道謝家幾代估計都能盛寵不衰了。

如今唐友明一張口，就是給那幾個敗家子定罪。

文人鬥嘴總是喜歡拔高高度，動不動就是國家、江山社稷的。

皇帝也無聊得緊，左右聽著他們吵架倒也打發打發時間。

這事吵完了也算是個結尾了，皇帝最後派人去這幾家申斥了他們。

不過倒大楣的還是文選，皇上命人杖責他二十大板，還是從內務府派去的太監打的，那場景別提多熱鬧了，褲子一扒，往板凳上一按就開始打，皮開肉綻的，別提多血腥了。

當然，打完了之後，唐國公還得領著兒子謝主隆恩。

另外幾家雖然也被申斥了，可是人家不但沒怪謝清駿，反倒是嚴禁自家兒子不許再同文選這種紈袴在一起了，免得被帶壞了。

其實誰都有護短的心理，誰家要是有這麼一、兩個敗家子，家長不僅不會覺得這是自己兒子主動惹事，都是交了壞朋友、被別人帶的。

所以這幾家算是把文選恨進骨子裡去了，都覺得自家兒子是被文選給害的。

其實夏天要說快的話，還真是一溜煙就過去了。

謝清懋是在夏末的時候回來的，謝清溪原本在刺繡，一聽說二哥哥回家了，扔了繡架子就往外面跑。

「二哥哥、二哥哥！你可算是回來了，我都想死你了！」謝清溪拉著他的手臂就開始蹦躂。

不同於謝清駿，謝清懋從小就長在謝樹元和蕭氏跟前。謝清溪八歲時才見著親大哥，而這個二哥哥從小就跟他們在一處長大，大哥哥沒回來之前，他就是他們名義上的大哥。

「我這回從安慶給妳帶了好些東西回來。」謝清懋摸著她的頭，突然輕笑著說道：「咱們清溪兒長高了。」

「那是自然，我馬上都能長到你的胸口這兒了！」謝清溪在他面前比劃了一下。

謝清懋牽著她的手往裡面走，說道：「咱們得給母親請安去了。」

蕭氏看見兒子也很是激動了一下，謝清懋一走就是三個月，蕭氏的心一直七上八下的，這會兒看見兒子，終於放寬了心，所以她也笑著說道：「總算是回來了！」

謝清懋一撩袍子就給蕭氏磕頭。

蕭氏也沒問他多少話，便讓謝清懋先去換了一身衣裳，再去給老太太請安。雖說如今蕭氏才是蕭家理事之人，不過老太太到底是後院裡輩分最高的。

蕭氏帶著謝清懋和謝清溪一塊兒去給老太太請安，老太太一見孫子回來了，也是高興萬分。「安慶那邊的叔祖父和叔祖母身子都還好嗎？」

謝舫總共就一個親弟弟，如今也在安慶老家那兒。

謝清懋趕緊點頭，說道：「我這回去不僅見了叔祖父和叔祖母，還見了不少太公、太婆和其他長輩。祖父讓我帶的東西，我也全部帶過去了，而且這次我回來，叔祖父也讓我帶了東西給祖父和祖母。」

老太太點頭笑道：「好好好，如今他們年紀也大了，身子骨硬朗才是正道理。」

謝清懋說道：「謝家族學辦得很是不錯，如今謝家不少子弟都在裡面讀書，祖父在族中的田地所收的租子也都用於族學了，去年倒是出了一位舉人。」

「喔？是哪家的孩子？」老太太一聽便來了些興趣，又和謝清懋說了好一會兒的話。

待到了晚上，一家人在一塊兒吃著飯，謝樹元還特別將自己珍藏的好酒拿了上來。謝清懋這回去安慶，也見識了那邊的風土人情，讓一直無緣回家鄉的謝清湛都忍不住多問了幾句。

其實像謝家這種耕讀世家，就算在京城當了再大的官，老了也總是要回鄉的。就像京城這些傳了好幾代的勛貴之家，若是老侯爺或者老伯爺沒了，這一輩的照樣還是要替他扶靈回鄉。落葉歸根，這四個字是刻在了中國人的骨血之中。

謝樹元曾在少年的時候，與父親一同送祖父回鄉安葬，那是他唯一一次回安慶，也是他父親最近一次回去。在那之後，父子兩人再無人回去。

最近這兩個月，謝舫還時常問他，清懋有沒有寫信回來？謝樹元看著父親那模樣，只怕是生出了退隱的心思了。其實謝舫如今才六十出頭，精力還很充沛，即便是每日去內閣，都能完成同四、五十歲青壯年差不多的工作量。

不過人到一定的年紀，總會追憶一下過往，想一想未來。

謝清懋從安慶回來，自然是要給祖父請安的，於是謝樹元帶他一同去了謝舫的書房。

謝清懋一進門，就把叔祖父給祖父寫的親筆信拿了出來。

待謝舫看了信，又仔細詢問了安慶那邊兄弟和堂兄弟的境況後，才輕輕嘆了一口氣，道：「不知我此生還有無機會再回安慶一趟。」

謝樹元一聽這話，立即覺得頭皮都炸了，起身便道：「父親，您說這樣的話，讓兒子如何安心？」

「人生自古誰無死，不過是早死和遲死的區別罷了。待你活到我這樣的年紀，便會明白，死亡並不可怕。」謝舫不在意地說道。

謝樹元垂著頭，只緊緊抿著唇，不作答。

旁邊的謝清懋則是平靜地看著祖父。比起大哥來，他在祖父跟前的日子並不多，可是每次與祖父交談，不管是指點學問還是為官之道，祖父的見解總是比旁人要透澈些。

「我為官四十載，如今入閣為輔為宰，掌這天下權柄，人人看著是風光無限，只是這背後之艱辛又有幾人能瞭解呢？」看了親弟弟給自己寫的信後，謝舫忍不住嘆息。

若是以尋常之人來看，弟弟自然是比不上內閣次輔的他來得尊貴，可是謝舫看著信上那怡然自得的心境，卻隱隱生出幾分羨慕。

「你們父子也坐下，咱們祖孫三人好好說會兒話。」謝舫指了指對面的椅子，讓這父子二人坐下。

謝清懋摸了一下懷中的盒子，在心裡嘆息了一聲。若是他此時將這盒子拿出去，只怕又是一場是非吧？

「先前為著清駿的事情，內閣幾個老臣很是吵了一番，就連皇上都被一幫御史煩擾不堪。不過好在這幫御史也算是各個硬骨頭，彈劾起這些勛貴皆是不留餘面。」謝舫微嘆了一口氣。如果說這一生他最大的成就是什麼，別人或許會覺得是入朝為官，可是對他本人來說，他一生最大的成就卻是教養了清駿。

「清駿之事讓父親為難了。」謝樹元也靦著臉子說道。其實吧，他還覺得皇上對文選那幫紈袴子弟手下留情了呢！要是他兒子真是什麼文弱書生，只怕那天吃虧的就是自家兒子了！所以謝樹元一點兒都沒覺得謝清駿做錯了，反而忍不住給兒子拍手叫好呢！

謝舫只瞧了謝樹元一眼，就知道兒子心裡想的是什麼，不過他也沒說什麼，左右是自家的孩子自家疼。謝清駿這樣的，要是擱別家，那就是金疙瘩中的金疙瘩，當然擱在謝家也是個寶。

謝樹元自己這四個嫡出的孩子，他覺得是沒一個不好的，由於三個兒子他不知道該偏疼誰，所以後頭乾脆就一心喜歡女兒去了。

畢竟謝清溪這樣時不時想出府玩的，要是擱別家，誰敢讓自家姑娘這樣？也就是謝樹元慣著孩子。蕭氏為著這事可沒少說他，都說他這樣慣孩子不行，每回謝樹元當著她的面都保證得好好的，結果一轉臉，謝清溪一搖他胳膊，說句「爹爹，我明兒個想去外頭買本書」，他就忙不迭地答應了。

這會兒謝舫還看著他，結果謝樹元就開始走神了，幸虧他旁邊坐著的是謝清懋，一拉他袖子，謝樹元便回神過來。

「要說咱們家這些子輩當中，誰家我都不擔心，老二家的那個如今才上蒙學，至於老三的那幾個，我也看了，資質雖然普通，不過勝在還算勤奮，日後謀個一官半職的倒也不難。老三自己是個沒什麼大才的，對兒子幫不上忙，你作為伯父的，到時候要多看顧他們一些。」謝舫喋喋不休地說道。

謝樹元一聽，頭皮又麻了，他爹怎麼像是在安排後事呢？可千萬別啊！他堆起笑臉道：

「爹，老三家那幾個孩子，看著我就知道叫一聲大伯，跟我可沒有跟您親近，所以您還是自己看著他們吧！」

結果謝舫沒說話，一會兒後才又輕聲嘆道：「其實我誰都不擔心，到時候我成了一抔黃土，還管你這些幹麼？」

謝樹元這會兒連「哎喲」都哎不出來了，他爹這哪是談心啊？這簡直是誅心吶！

「情深不壽，慧極必傷。清駿幼年之時，便極具才慧，人人都言《春秋經》隱晦奧澀，言簡義深，結果旁人連讀都尚不通順，他只默讀兩遍就能倒背如流，還能根據文義，發微闡幽。我當時也引以為傲，處處炫耀。」謝舫想到這處，又微嘆了一口氣。他的孫子並未出現傷仲永的情況，反而在大時越發了得，以至於天下皆聞恒雅公子之名。「可我觀清駿行事，卻是越發偏激了。」謝舫定睛看著謝樹元。

謝樹元被他這麼一說，也是嚇了一跳，可是過了半天都沒想出來自家兒子到底是何處行事偏激了？怎麼就讓他爹這麼說了？

「爹，其實這次與唐國公府的事情，倒是真不關清駿的事，畢竟咱們家同唐國公府遠日無冤，近日無仇的，清駿何須整治唐國公府呢？我看也不過是個意外而已，就是巧遇了。」謝樹元說著說著，聲音莫名地小了。

旁邊的謝清懋一聽唐國公府，眉心一下子便跳了跳，半晌，他才開口說道：「爹爹說的唐國公府，可是宮中文貴妃的母家？」

「確實是。」謝樹元過了半晌又道：「若說是為了明芳之事，那也不能夠啊，明芳乃是入宮選妃後，皇上做主賜婚的。」

「祖父、父親，我回來之前，二妹妹曾讓我帶回一物。」謝清懋突然開口，從懷中將一個首飾盒子拿了出來。這盒子乃是長條形的，一打開就看見裡頭一支金光燦燦的簪子，做工精巧，而上頭鑲嵌的珍珠卻渾圓瑩潤，一看便是頂頂好的東西。

「這是……」謝樹元只覺得眼熟，並不知在何處見過。

謝清懋輕嘆了一口氣後才道：「這是二妹妹入宮選妃之時戴上的，在去安慶的途中她一直欲言又止，等我要回京的時候，她才將此物拿出來。當日選妃的情形，想來父親也有所耳聞的，只是父親不知，文貴妃便是以這支簪子為由，才引得皇上賜婚的。」

「你是說……文貴妃當日戴了同明芳相似的簪子，原本該是降罪於明芳的，結果文貴妃卻向皇上求情，這才引出賜婚一事的？」謝樹元瞪大了眼睛。

宮中之事，並非他這等朝臣能夠肆意打探的。原本他也只是以為皇上在選妃的時候，臨時變了主意，才會將明芳指給二皇子。

而明芳雖知曉內情，但是她怕謝樹元遷怒於江姨娘，所以將這事隱瞞了下來。這才讓謝樹元和蕭氏一直都不知情，只以為這樁賜婚乃是聖上臨時起意的。

謝舫此時也忍不住皺眉，道：「那明芳為何到你要回來才將此事說出來？」

「明芳也是為了護著江姨娘，生怕江姨娘被爹爹送進莊子上或是廟裡去。不過這一路上，她也是深思熟慮過，覺得若是不說出此事的話，只怕二皇子一派還會再生出什麼波折來。」誰知二皇子那派剛失了一個側妃，緊接著二皇子的親舅舅家就出事了。

這會兒連謝樹元都不敢再說，清駿這回的事情是巧合了。

可是，連他都不知道的事情，清駿又為何能知曉呢？

謝清駿此時正與人在酒樓的包間之中，裡頭只有兩人，窗子打開後，一輪圓月正好在窗子中間。

「上次之事還要多謝王爺知會於我，要不然我竟是不知二皇子對我謝家有如此深厚的興趣呢！」謝清駿一舉杯，對方還沒說話，便一口喝了下去。

對面穿著淺藍色暗銀十字紋軟緞袍子的男人看著他，只輕笑一聲。「恒雅何必如此客氣？」

差不多年紀的兩人，一個風姿卓越，一個龍章鳳姿，都是如謫仙一般的人物，此時就算是喝起酒來，都有一種迎風對月的詩畫意境。

「人人都說恪王爺深居簡出，無心政務……」謝清駿突然低頭淡笑了一聲，這笑中有嘲諷，也有欽佩。「謝清駿比起王爺來，差的可不止一星半點。」

一個真正無心於政務的王爺，又怎麼會關心皇子們娶誰做老婆呢？可是陸庭舟不僅知道皇帝賜婚給誰，就連選妃當場之事，他都知曉得一清二楚。要知道，有些貴女可是被單獨叫進去面見皇上和貴妃等人的，能叫他得了消息的，便只有皇上身邊之人了。

「君玄不過是為了自保罷了。若是旁人倒是同我無關，不過謝家之事，我卻是不能袖手旁觀的。」陸庭舟說得越發的直白露骨了，就差把「謝清溪是我的」這六個字刻在臉上了。

謝清駿橫眉冷目，一下子將手中的酒杯重重地放在桌上，怒道：「敢問一聲，王爺如何才會放手呢？」

陸庭舟看了他一眼，也不生氣，又伸手拿起酒壺，親自給他倒酒。

「放手？我為何要放手？」陸庭舟反問了一句，那語氣好像謝清駿說了這世上最好笑的一句笑話。「我待清溪之心，不比恒雅你淡。」陸庭舟說完這句話，就將手中酒杯裡的酒一口飲盡，隨後又淡淡地說道：「不日我將離開京城，清溪就請恒雅好生照顧了。」

謝清駿狠狠地瞪了他一眼，卻還是舉起酒杯，將杯中之酒飲下。

想娶我妹妹？哼……

謝清駿轉頭看了一眼外面的月色，依舊清冷寂寥，一如那晚。

那晚，他利用了那姑娘一場，如今也只是一聲嘆息罷了。

謝樹元一直在謝清駿的院子裡坐著，等戌時三刻過了，謝清駿才回來。因清駿如今也入朝為官，難免會被同僚拉去飲酒聯絡感情。謝樹元和蕭氏一向對這個大兒子放心，從不過多地詢問他的事情，結果他今日才發現，清駿如今回家竟是越發晚了。

謝清駿進來時，人倒是依舊清醒著，只是走路的時候兩腳有些虛浮而已。旁邊的默言原本是扶著他的，結果看見謝樹元坐在當間，一下子就嚇得愣住了。謝清駿自己還往前面走，默言則是被嚇得站在那處了。

「父親。」清駿一見謝樹元在，便輕笑地叫了一聲。

謝樹元淡淡問道：「同誰一處喝酒了？」

「不過是朋友而已。」謝清駿回了一句，就在旁邊坐了下來。

謝樹元原本一肚子話想問他，結果看他用手撐著額頭，還是趕緊衝著還傻站著的默言道：「大少爺喝了這樣多的酒，你還不趕緊去廚房弄些醒酒湯來！連主子都照顧不好，要你們還有何用？」謝樹元罵完默言了，覺得心裡頭堵著的火氣有些消散了。

其實謝樹元心中也多少猜測了些，可到底還是不敢相信文選之事乃是謝清駿故意為之。他倒也不是拐彎抹角之人，直接便問道：「清駿，文選之事可是你故意所為？」

「父親緣何這麼問？我不是一早便同您說過，我當時不過是晚歸，正好路過那處，看見文選在為難一個姑娘，便出言相勸，這才會引發後面的事情。」謝清駿此時已恢復了平日裡溫文爾雅的模樣，說話條理也依舊清晰。

謝樹元一聽，便越發地確信了清懋的話。「你只管同我說實話，我是你父親，便是文選之事是你故意而為又如何？」

謝清駿突然輕笑一聲。「果真還是瞞不過父親。」

謝樹元詫異地看著此時輕輕搖了下頭的兒子。

倒是謝清駿不在意地說：「看來清懋已經從安慶回來了，我想是二妹妹同他說了當時選妃發生的事情了吧？我倒是沒看錯明芳，她雖愛鬧些小性子，卻沒有到不可救藥的地步。」

謝樹元此時滿臉震驚，似乎已是看不清面前的兒子一般。之前父親曾多次和他提過，清駿多智，當初他只以為是清駿在讀書上比旁人有更深的見解而已，如今才發現，他竟是完全誤解了父親的意思！只怕父親也是從某件事中，才窺視到清駿之深沈的吧？

「父親不必如此看我，我之所以會擅自行事，無非是怕祖父和父親心軟罷了。」謝清駿微微轉頭，一雙眸子亮若星辰。「江家對於我們謝家來說，早已是尾大不掉了，不過是祖父和您一直顧念著祖母罷了。如今由我來處理，倒是省了您費心了。」

謝樹元此時已說不出一句話了。

謝清駿卻繼續道：「至於江姨娘，我勸父親還是趁早將她處置了，要不然明嵐和她還不知要鬧出何等荒唐之事來。明嵐的性子，不用我說，父親也是一清二楚的吧？」他突然輕笑了一聲，似是嘲諷，又似是無意。

謝樹元這會兒才開口問道：「那你要如何處理江家？」

「當斷不斷，必受其亂，大丈夫當壯士斷腕。不過江家只是螻蟻而已，用不著咱們家壯士斷腕。」謝清駿依舊說得雲淡風輕，就好像他要處置的並不是他祖母的娘家、他父親的親舅家。

清溪，我將於近日啟程前往邊境，雖前途未卜，歸途未定，但我必當全力以赴，只盼有一日，妳我之間再無別離……

寥寥數語，可其中卻透著說不盡的思念。謝清溪在收到這封信的時候，才知道陸庭舟要前往遼東邊境。朝廷馬市重開一事，最後竟是落到他手上。

陸庭舟沒和她親自告別就要直接前往邊境，謝清溪抽抽泣泣地看著面前的紙張，他的字跡渾厚鋒利，帶著一種力透紙背的銳氣。從她和陸庭舟相識開始，他們一直處於離別和短暫的相聚中。她想著，這世上只怕再沒人比她還想要長大了，因為長大後，她就可以和他永不分離，誰都分不開他們了。

謝清溪將這封信妥貼地藏好，可是藏完之後，整顆心都覺得空落落的。她喜歡的那個人，即將啟程前往遠方了。

「小姐，妳怎麼了？」丹墨進來給謝清溪換茶盞的時候，就看見謝清溪坐在床邊，垂著頭，眼淚無聲地順著眼睛往下流。

謝清溪伸手用袖子抹了一下眼睛，可是她擦得太用力，精緻的刺繡花樣是微凸的，在擦過眼睛時帶著摩擦感，以至於眼睛疼得厲害，她一下子便哭了出聲。

丹墨被嚇得差點連手裡的托盤都摔壞了，她急急地過來看著謝清溪，詢問道：「小姐，妳這是怎麼了？妳別嚇唬奴婢啊！」

「疼……」謝清溪一邊哭，一邊低低地說道。

丹墨連忙摸她的手，又著急又心疼地問道：「哪裡疼了？」

「眼睛……眼睛疼……」謝清溪一邊抽泣，一邊斷斷續續地說道。

「我這就去稟了夫人找大夫來，小姐，妳別怕！」丹墨立即就要轉身，可是手掌卻被謝清溪抓住。

她可憐兮兮地看著丹墨，此時眼淚還是止不住。一想到以後她出門，再也不會有一個身影出現時，她是真的難過。

丹墨心疼地看著她，她比謝清溪年紀要略大一些，她和朱砂幾乎是陪著謝清溪一塊兒長大的，未來她和朱砂也必是陪著謝清溪出嫁的人，此時看著面前這個素來開開心心、快快樂樂的小姑娘卻哭成這般，丹墨是真的心疼了。

謝清溪坐在床沿，哭得跟個淚人兒一般。

可這一幕不管是陸庭舟還是謝清駿，都無法看見。

此時謝清駿在浮仙樓中，對面穿著尋常錦袍的男子，一張面容驚為天人，精緻得讓人找不出一絲瑕疵。南瑞陸家歷來便出美人，當年大魏皇朝末代帝王最寵愛的妃子，便是出身於陸家。陸家本身在大魏便是大家，擁兵自重，朝中大臣曾數次向皇帝進言要削弱南瑞陸家的兵力，可是就是依仗著這位寵妃，陸家數次躲過彈劾，直到陸家在南瑞起兵。是以在大齊皇朝建立之後，南瑞陸家盛產美貌的名聲，便同這個帝國一起拔地而起。

如今謝清駿坐在陸庭舟的對面，卻只是安靜地看著這張英俊至極的臉。

「想來你也在猜測我此次找你的原因吧？」陸庭舟看了他一眼。

謝清駿淡淡回道：「王爺貴人事忙，如今能撥空接見微臣，微臣自是俯首聽候吩咐。」

陸庭舟略帶苦澀地搖頭。「看來恒雅你依舊對我有戒心。」

謝清駿險些要笑出聲。當年你以堂堂王爺之尊，假扮成押鏢師傅混進謝家，如今又明刀明槍地過來表示「我覬覦你的親妹妹」，以我的性子，如今還能坐在這裡同你好生說話，已是極其客氣的了！

可陸庭舟卻處處待謝清駿溫和，在他面前從不以王爺身分自居，所以謝清駿偶爾的意有所指和挖苦，簡直就像打進棉花堆裡了。

看來這世上能挾制謝清駿的人，又多了一個。

陸庭舟帶著若無其事的表情，淡淡地說道：「我將在明日啟程前往邊境，皇上決意要重開邊關馬市。不過之前馬市乃是整個西北軍的私庫，如果貿貿然重開，只怕這其中的利潤所得將會重歸西北軍，而皇上的意思是，馬市的利益必須歸於國有，所以我向皇上請願，要親自坐鎮，找出一個最穩妥的法子。」

謝清駿震驚地抬頭看他，誰人不知馬市之事乃是如今朝中討論最多之事。在開國的太祖皇帝起兵之後，軍隊曾一度面臨著缺少戰馬的情況，後太祖親自前往遼東邊境，與少數民族談定購買戰馬之事。那時少數民族之中自然也有政權的分立，有繼續支持大魏舊皇朝的，也有想要支持這個新興力量的。後太祖不知聽從了誰的意見，答應在奪得天下之後，將在邊境開放馬市，以做邊民貿易之地，讓少數民族的牧民可以用馬、羊、皮子等換置漢族人的布料、農具和穀物。

不過在傳到陸庭舟父皇這一代，邊境時常會受這些少數民族騷擾，儘管只是時不時地在邊境搶掠。但先皇仍不堪其擾，又因如今天下太平，對於戰馬的需求急劇減少，所以乾脆就關閉了邊境馬市。

當時西北軍是反對到底的，不過先皇卻決意如此，最後斬殺了西北軍的主帥，這才把將士的反對情緒壓下。

不過如今國庫並不豐盈，皇上又一心追求長生之道，花費不淺，所以不少人又在皇上耳邊吹風，要重開邊境馬市。

陸庭舟本就想前往南瑞看看，只是一直苦無辦法，如今他請願處理西北馬市，而南瑞則在遼東一帶，所以正好可借此機會前往。

謝清駿震驚的是，陸庭舟竟然隨口就將這等機密告訴了自己！謝清駿身為世家子弟，自小在謝舫身邊長大，早早便見識了官場的暗潮洶湧。

可是如今這樣一個尊貴的人，不需要他的全力討好，也不需要他俯首稱臣，就能和他推心置腹。謝清駿突然苦笑起來，陸庭舟這招釜底抽薪是要徹底地折服他。

「我和清溪自小便相識，不過見面的次數卻是寥寥無幾。她三歲之時，我從歹人手中救下她；她八歲之時，謝家別院血案，我於利箭之下救下她；她十一歲的時候，從江南回京，我原本避居別院，卻在聽到消息後，第一時間趕了回來。」

謝清駿手指微微扣緊，抬起頭看著對面淡雅如謫仙的男子。

「說來，我認識清溪的時間，比清駿你還早五年。」對於謝家瞭若指掌的陸庭舟，自然知道謝清溪是直到八歲的時候，才見到這個大哥。

一直理直氣壯的謝清駿，在聽到這句話的時候，臉上猶如被人打了一拳般，連臉色都微微變了下。

「王爺這是何意？」謝清駿強壓著心頭的苦澀，看著他問道。

陸庭舟輕笑一聲，用一種輕緩的、不在意的口吻說道：「喔，也沒什麼，只是想提醒清駿你一聲，你若是對我有敵意，最後只會讓清溪為難的。」

謝清駿一口氣憋在胸口，真是不上不下。陸庭舟這一手玩得可真是厲害，這算是給個甜棗，再給大棒嗎？謝清駿如何都沒想到，自己有一日居然也會被人這麼對待！

謝清駿冷笑了一聲。「王爺一向低調謹慎，從不牽扯到朝廷黨爭之中，為何這次要強出頭，攬下邊境馬市這燙手山芋？」

「因為有了想要保護的人，所以我必須讓自己強大起來。」

陸庭舟淡淡地看著他，可是語氣中的決心卻讓謝清駿愣住。

「人人都說謝氏恒雅驚才絕豔，聰慧冠絕天下，可即便清駿你再聰慧，只怕都理解不了情之一字吧？」陸庭舟說完，便朝他遙遙舉杯，嘴角含笑。「若恒雅有一日能體會到情字，便會理解我今日之決心。」

謝清駿不語，只瞠目地看著陸庭舟將杯中酒飲盡。

謝清駿昨日回謝府的時候，因時間太晚，便沒有去蕭氏的院子。今日他從衙門回來時略有些早，便照例去後院給蕭氏請安，結果剛走到門口的時候，就看見謝清溪的丫鬟匆匆而過。

謝清溪心情不好，連吃飯都不願出門，只待在自己院子之中，所以丹墨特來蕭氏的院子說一聲，省得太太擔心。

丹墨這會兒看見謝清駿，請安之後，想了想，還是輕聲說道：「大少爺，奴婢有一事想向您稟告。」

謝清駿自然知道她是清溪的丫鬟，便立即停住腳步，道：「有什麼事嗎？」

丹墨不敢抬頭看他，可是一張臉卻是微微泛著紅，看得身後的觀言一陣心酸。

半晌後丹墨才說道：「是關於小姐的事情，她不讓我同太太說，可奴婢見她心情一直不好，便想著小姐最聽大少爺您的話，所以還請您去勸勸小姐吧。」

「清溪怎麼了？」謝清駿一聽，眉頭便立即緊鎖。

丹墨這才將昨日從寧侯府回來後，謝清溪就坐在床邊哭了很久的事情告訴他，還說今兒個她看起來心情依舊消沈得很，連吃飯都不願來太太院子中了。要知道，平時這可是謝清溪最喜歡的事情，因為只有這時三個哥哥才會到蕭氏的院子裡請安，家裡才會有陪她說話的人。

謝清駿原本是要進蕭氏院子的，這麼一聽，便立即轉身去了謝清溪的院子。

這會兒謝清溪正在看丫鬟描花樣子，她先前也學了好一會兒的刺繡，只是後來她給三個哥哥繡了書袋，又繡了荷包之後，就覺得自己的刺繡事業完成了，如今極少願意拿針的。

「大哥哥？怎麼來了？」謝清溪歪歪地靠在錦墊上，整個人都顯得消沈，不過在看見謝清駿時，還是驚訝了下。他們雖是親兄妹，但到底男女有別，所以謝清駿極少來她的閨房。倒是謝清溪動不動就跑去前院，三個哥哥的院子，她是沒一個不熟的。

「來看看我的清溪兒為什麼心情不好啊！」謝清駿摸著她的頭髮，輕笑著說道。

謝清溪將旁邊的錦墊抱在懷中，下巴靠在上面，無力地說道：「沒什麼，只是不想動，我苦夏。」

謝清駿聽見她找的這個藉口，忍不住笑了一聲。「現在外頭葉子都開始掉了。」這都到秋天了，妳還苦夏？

謝清溪不願再開口。

謝清駿摸了一下她的頭，突然低低地問：「妳是不是也知道他要離開了？」

原本還意興闌珊的謝清溪，在聽到這句話後，立即抬頭看著面前的大哥哥。她露出震驚的表情，待許久之後，才輕聲說道：「大哥哥，你也知道了？」

「他今晚便離開。」謝清駿也不知為何，竟是說出這話。

謝清溪的神色變得比他想的還快，她原本還平靜的臉，一下子就變了，眼眶之中滿滿地蓄著淚水，杏眼上蒙著一層水霧，看起來可憐又讓人心疼。

謝清溪真不想這麼矯情的，可是一想到她或許會很久都看不見陸庭舟，她就覺得心中難受。之前他在京城，兩人雖不能時常見面，可是謝清溪只要出門，他就能很快地出現在她左右，一想到之後再也不會有那個身影出現，她就忍不住想落淚。

「看來我們清溪兒是真的喜歡他……」謝清駿似是輕嘆，又似認命一般。

不過他說的聲音太小，謝清溪又正在努力不讓自己的眼淚掉下來，便沒聽到他這句話。

謝清駿一下子抓住她的手臂，說道：「走，哥哥帶妳去一個地方。」

陸庭舟原本應在明日以親王儀仗出京，只是他素來謹慎，便定於今晚帶領自己的人，先於儀仗隊伍一步離開。

此時他騎著元寶，湯圓趴在他身前，用兩隻爪子用力地抓住馬鞍。裴方依舊扮作普通侍衛陪侍在他左右，而齊心則留在後面跟大部隊一起出發，這會兒跟在他身邊的是齊力。

陸庭舟他們一路縱馬疾行，此時外面的天色已經略有些晚了。按著大齊朝三十一驛的規矩，他們若是要趕到下一個驛站，只怕還要騎一個多時辰的馬。

京城十里亭，素來是別離之所，不少才子還專為十里亭賦詩。

在前頭開道的兩個侍衛，遠遠地便看見十里亭旁的官道上有著兩匹馬，還有一個高高瘦瘦的男子立於旁。

待一行人到了十里亭旁時，陸庭舟突地叫住眾人，侍衛紛紛朝他看了一眼，結果他勒住韁繩，立即就翻身下馬。

「清駿，你怎麼來了？」陸庭舟是真沒想到謝清駿會來送自己。

結果下一刻，謝清駿往旁邊站了一步，將方才被自己擋住的人露了出來。

「清溪?!」陸庭舟這一刻是真的震驚了！高興、驚喜，甚至還有一分感激。

「小船哥哥……」謝清溪啞著聲音喊道。

陸庭舟心頭劃過一絲不忍，可是他知道自己必須踏上征途，於是他伸手摸了一下謝清溪的小腦袋，輕聲笑道：「等我回來時，那時候清溪就會是個大姑娘了。」

「我現在也是大姑娘了！」謝清溪倔強地說道。

陸庭舟突然開心地揚唇笑道：「還要再長大一點，這樣我才能娶妳。」

謝清溪怔住了。

旁邊謝清駿的表情則是竭力隱忍，他突然生出了一絲後悔來。

「清駿，謝謝你。」陸庭舟拍了拍謝清駿的肩膀。

又朝謝清溪深深地看了一眼之後，陸庭舟便急速步至自己的坐騎旁邊，利索地翻身上馬馳騁。

這一次，他再也沒敢回頭看。

第三十七章

陸庭舟離開之後，謝清溪一直有些鬱鬱寡歡的，蕭氏自然也注意到她情緒上的不對，時時將她帶在身邊。如今謝明貞也出嫁了，蕭氏便開始教謝清溪管家，畢竟這一大家子上上下下有好幾百口人，要管好也是件不容易的事情。

這日剛好是要去老太太處請安，謝清溪和明嵐都在蕭氏的院子裡，等著和蕭氏一塊兒去。

結果老太太身邊的魏紫卻匆匆過來，說是老太太身體不大舒服，今日的請安就免了，只請大夫人過去一趟。

蕭氏見請安免了，就乾脆讓丫鬟們伺候兩位姑娘去學堂讀書。

北方的秋日很短，昨日還是秋風陣陣，今日北風就颳得呼呼作響了，謝清溪如今每日都要裹著披風在外頭。

這會兒謝清溪也只得和明嵐一塊兒去學堂，兩人雖是姊妹，不過要說接觸還真不多。

在路過花園的時候，謝明嵐看著黃葉陣陣落下，有幾片飄零到旁邊的水塘中，在水中打著轉，突然感慨道：「這日子過得可真快，一轉眼二姊姊離開都有三個月了。」

謝清溪點頭，回道：「大姊姊出嫁也有三個月了。」

「如今家裡頭就只剩下咱們兩個女孩兒了。」謝明嵐轉頭衝著她淡淡一笑。

謝清溪轉頭看了她一眼，不緊不慢地說道：「府裡頭還有這麼多姊姊妹妹，怎麼就只剩下咱們倆了？」其實她知道謝明嵐說的是長房，不過謝明嵐套這近乎，她還真不敢應。她這個四姊從來都是無利不起早的人，這會兒怎麼又這樣親熱了？

這一天倒是還跟平日一般，只除了謝清溪中午去蕭氏房中用膳的時候，蕭氏臉色有些難看。

等到了晚膳的時候，謝樹元還沒回來，謝清湛穿著蹴鞠服、一頭汗水地就衝了進來。蕭氏連忙讓丫鬟去他院子裡拿乾淨衣裳，又讓人給他提水沐浴。

謝清湛一身汗臭就要往謝清溪身邊湊，謝清溪看見，立即伸手要去趕他，兩人嘻嘻哈哈地笑著。

此時，外頭的秋水匆匆進來，一瞧見蕭氏，便到她跟前說道：「太太，不好了，江姨娘在老太太院子裡頭鬧起來了。」

這話別說是謝清溪一頭霧水了，就連蕭氏聽了都有些詫異地微睜著眼睛。

「這是怎麼了？」蕭氏一邊說著，一邊扶著秋水的手起來，穿上鞋後便急急地往老太太院子去。

謝清溪和謝清湛對視了一眼後，立即跟了上去。

不過他們兩人也沒敢跟近，而是遠遠地跟著，生怕被蕭氏看見給趕回去了。

就連謝清湛這樣從不管後院之事的人，都詫異地說道：「江姨娘這是發瘋了嗎？老太太可是她的靠山啊！」

謝清湛是個兒子，不常待在後院，所以對江姨娘母女的厭惡感沒有謝清溪這麼深，他頂多就是厭煩江姨娘母女三人而已，不過又覺得這是他爹的妾室，跟他關係也不大，所以並不介懷。

兩人偷偷地跟在後面，待到了院子門口，就聽見裡面震天響的動靜，江姨娘那極具穿透力的聲音傳來——

「姑母，我求求您救救我大哥吧，再怎麼說他也是您的親姪兒啊！姑母，我求求您了，救救我大哥吧，要不然他就要沒命了啊……」

蕭氏一聽江姨娘竟是在提江家那事，就知道肯定是有人偷偷給她報信了。蕭氏立即沈下臉，衝著光站在旁邊看著的丫鬟、婆子罵道：「妳們都是死人嗎？光看著江姨娘在這處發瘋，也不知道扶她起來！」

此時院子裡站著的多是老太太院中的人，誰不知道江姨娘可是老太太的親姪女，平日也時常過來給老太太請安，在正院很有些臉面的，因此蕭氏說了一遍，這些人自然是猶豫著的。

蕭氏立即給自己帶來的人使眼色，好在她過來的時候，秋水叫了幾個婆子跟上。

兩個身材健壯的婆子上前，一左一右地將江姨娘架起來，連拖帶拉地就要將她拖出院子。

江姨娘見狀，越發掙扎起來，就連聲音都是瘮人的淒厲。「姑母、姑母，救命啊……姑母，我爹爹病重得快要死掉了，您就看在自己也姓江的分上，可憐可憐我們吧！」

這會兒，一直在裡頭沒動靜的老太太，總算是在丫鬟們的攙扶之下顫顫巍巍地走了出來。她一看見江姨娘這悽楚的模樣，便立即朝那兩個婆子喊道：「妳們這是幹什麼？是要在我院子裡頭打打殺殺嗎？還不趕緊把人放開，我還沒死呢！」說到最後一句話的時候，她狠狠地將手中拄著的枴杖朝地面敲了幾下。

老太太也算是在府中積威頗深，因此這會兒兩個婆子也不敢再拖江姨娘了，只得回頭看蕭氏。

蕭氏瞧了老太太一眼，臉色依舊陰沈。

此時兩個婆子還抓著江姨娘不放手，而江姨娘掙扎了一會兒後，顯然也是累壞了，就連叫喊的聲音都沒先前尖銳了。

「娘，是兒媳婦不懂事，讓房裡的人擾了您的清靜。」蕭氏淡淡地瞄了江姨娘一眼，直看得她身子往後縮了縮，這才又轉頭對老太太告罪道：「這人，兒媳婦便先帶回去了。您放心，回去後我必是好生教教她規矩，讓她再不能像今兒個這樣沒規矩。」蕭氏說到最後，口氣是陰惻惻的。

謝清湛和謝清溪正躲在門口偷聽呢，好在院子裡頭一團亂，連看門的婆子都進去了。這會兒兩人對視了一眼，眼裡只有一個意思：江姨娘死定了！

誰知，被吵鬧了半天的老太太這時反倒說道：「江家出了事，她乍然聽見，慌亂也是必然的。況且她也只是哭求而已，倒也沒做出什麼錯事來。」

蕭氏一聽這話，心中不禁冷笑一聲。她就知道，江姨娘一人必是沒這麼大的膽子，看來這又是老太太和江姨娘合謀演的一齣戲！

謝清溪正感慨著老太太這心也偏得太沒邊的時候，突然聽見身後傳來匆匆的腳步聲，待她一回頭，就看見快要到了跟前的謝樹元！

謝樹元看了站在院門口偷聽的兩人，只淡淡道：「怎麼這般沒規矩？」

不過他也只說了一句，就抬腳往裡面走。

謝樹元一進來就看見院子裡頭滿滿的人，蕭氏就站在老太太跟前，而江姨娘人還坐在地上呢，只是兩隻胳膊被旁邊兩個婆子一左一右地拽著。

「母親，這是怎麼了？」謝樹元其實也一頭霧水，他剛才一回來的時候，就聽在門房上等著的洛紅說，老太太院子裡頭出了事，結果他趕過來就看見這模樣，以為是蕭氏為了懲罰江姨娘，和老太太起了衝突呢！

蕭氏立即回道：「老爺剛回來，有所不知，江姨娘也不知是得了什麼失心瘋，竟跑到老太太跟前大吵大鬧。她是咱們房中的人，如今做出這等沒規矩的事情，我自然也是臉上無光的，這會兒正準備把人帶回去呢！」

老太太見蕭氏一開口就將理字占了，不由得氣悶了。江姨娘會如此吵鬧，那也是得了自己的准許，兩人合謀演這麼一齣，就是為了讓謝樹元出面而已。

所以她這會兒忙拉著兒子的手，一副傷感到極點地說道：「江姨娘也是個可憐的，她也不過是心急於救人才會這般失態的，說到底都是江家的事情拖累了她。可我是江家的出嫁女，我聽了這事，心裡頭也不好受啊！」

江姨娘發現旁邊兩個婆子的手勁有些鬆了，一下子奮力掙扎，那兩婆子一時不察，還真被她掙脫開了！她跪爬到老太太身前，抱著她的腿便哀哀地哭道：「老太太，我爹是個沒福氣的，年輕的時候被奸人陷害，不僅丟了官，還害得全家被流放。這會兒我大哥又出了這樣的事情……我求求您救救他吧！他就算是個再沒用的，到底也是您的親姪子，您就看在我爹就這麼一個兒子的分上，別讓我爹臨了沒人送終啊！」

江姨娘這會子還真是抓住重點了！想當初江家是官宦家庭，子嗣也算旺盛，可如今自己這個親哥哥，臨了卻只有一個沒出息的兒子在跟前，老太太思及此，也忍不住要落淚了！她拿出帕子擦眼淚，對著謝樹元便哭著說道：「兒啊，雖說你爹不讓你舅家人上門了，可這到底是你的親舅舅，你總不能看著他百年之後，連個捧靈摔盆的人都沒有啊！」

蕭氏越聽心裡頭就越發地輕蔑，這江家可真是夠不要臉到極點了，但凡出點事都指著謝家出手。如今倒好，連老太太都要幫著江姨娘一塊兒演戲了！

謝樹元還不明白怎麼回事呢，就聽了他娘這麼一通掏心挖肺的話了。

他看著跪在地上哭得已經喘不過氣來的江姨娘，又看了一眼站在旁邊一言不發的蕭氏，只得苦笑道：「母親，這什麼事我還都不知道呢，您讓我去救什麼啊？」

這會兒老太太倒是不好說話了。

蕭氏立即冷笑一聲，道：「午前江家來人了，說是江家大老爺與人通姦被捉個正著，如今那戶人家抓著這對姦夫淫婦不放，說是要弄死他呢！」

謝清溪險些要「哇」一聲出口，這也太勁爆了吧?!她曾經看過《大齊律例》，其中對於這通姦罪可是有明確規定的——允許私刑，允許捉姦，甚至可當場殺死通姦的男女！

蕭氏這時一轉頭，突然看見自己的一對小兒女正睜大眼睛看著這邊，她立即驚道：「秋水，趕緊把六少爺和六姑娘帶出去！」

蕭氏這會兒後悔了，剛才只顧著打擊老太太和江姨娘，竟是沒看見這兩個孩子躲在後面，她竟是當著孩子們的面，說出了通姦這種話！蕭氏覺得污了自己兩個心肝寶貝的耳朵，對這江姨娘和老太太是越發地反感了。

謝清溪好戲沒看到底，就被秋水帶了出來。

秋水一邊領著他們走，一邊說道：「我的好姑娘、好少爺，這種污糟事情可不是你們能聽的，咱們還是趕緊回去吧。」

謝清湛衝她吐了一下舌頭，說道：「江家可真是污糟！」

謝樹元也覺得被兒子和女兒聽到這事實在不好，未料老太太如今做戲竟是已經做到這等程度。

老太太拉著他的手，哀哀地哭道：「老大啊，你舅舅吃了一輩子的苦，如今臨老了，你可不能讓他白髮人送黑髮人啊！」

蕭氏在旁邊聽得險些要氣笑出聲，要是江秉生能管得住自己，至於有今天這事嗎？之前他就在女色上頭出過事，避到蘇州去，結果這色字頭上一把刀的教訓，他居然還不記著！

蕭氏是規矩人家出來的，永安侯府從來沒有這些污糟事情，結果嫁到謝家之後，江家這些極品真是一個接一個地冒出來。這會兒老太太要讓謝樹元出面救人，她可是一百個不願！

蕭氏立即說道：「江秉生是通姦被人抓住，以國朝的律法都允許人家當場打殺了他，所以就算江老太爺白髮人送黑髮人，那也是江秉生罪有應得，和我們家老爺是一點干係都沒有！」

老太太被她這麼一回，當場就氣得險些厥過去。「我怎麼有妳這麼不孝的媳婦！當眾頂撞婆母，妳的規矩學哪兒去了？虧得妳也是要有兒媳婦的人了，妳就是這麼給晚輩做榜樣的？」老太太指著她便怒道。

蕭氏真是厭煩極了老太太一提到江家，就這副偏心到底的模樣。江家當年丟了官、全家被流放，那是他家咎由自取，與旁人一點關係都沒有，更不是謝家虧欠了江家的。謝樹元如今在都察院裡頭，要是真讓他出面，這官聲還要不要了？

「兒媳不敢頂撞母親，方才也不過是就事論事罷了。江老太爺有沒有兒子捧靈摔盆，那同咱們謝家無關。老爺官聲素來清正，咱們謝家也沒出過一回污糟事，此事若是讓老爺出面，外面的人指不定要怎麼議論老爺呢！到時候只怕人人都要說，咱們老爺居然有一個與人通姦的表弟！」

蕭氏自己有四個孩子，清駿和清懋都到了結親的年紀，而清溪如今年紀也大了，她家是一點都沾染不得這些桃色醜聞的，所以老太太要是真敢讓謝樹元管這破事，她就敢扯破臉皮！她就不信了，以謝舫的性子，能允許老太太這麼胡鬧？

蕭氏這人行事最講究「臉面」二字，如今有人能讓她撕了臉面，可見也是極厲害的。蕭氏從來不喜歡和江姨娘計較，因為江姨娘就是個妾，且連個貴妾都不是，而自己可是謝家堂堂正正的宗婦，是謝家未來當家做主的人。

可是今兒個和她對上的是老太太，如今這世道，一個「孝」字便能壓在她頭上。但她決計不讓江家影響自己的兒女一分一毫，哪怕是捕風捉影的議論，她都不允許！

老太太在謝家後宅當了幾十年的主，這會兒被蕭氏說一句頂一句，她卻只能氣得乾瞪眼。老太太見蕭氏這般強硬，是一分一毫都不肯退讓，便立即轉頭看著謝樹元逼問。「老大，你就這麼看著你媳婦逼迫你的親娘嗎？你這些年讀的聖賢書都到哪裡去了？這樣不孝的兒媳婦，我當初算是瞎了眼了！」老太太開始從孝道上下手。

謝樹元看了老太太這模樣，也是一陣頭疼。這麼多年了，江家亂七八糟的事情出了這樣多，老太太怎麼就不知道消停呢？他如今官位越高，就越知道這官聲的重要性。雖說父親早就說過，江家當不得謝家正經的舅家，可是在外人眼中，江家就是謝樹元的親舅家！如今他的親表弟與人通姦被捉住了，若是真讓旁人知道了，定會覺得這是江家仗著謝家的勢力在為非作歹呢！謝樹元自己是都察院的右都御史，如今鬧出這樣的事情，他算不算是其身不正呢？

「好了，母親，先讓人將江姨娘帶下去，兒子扶您下去歇會兒吧？」謝樹元本就不欲同老太太正面起衝突，畢竟她就算再偏心江家，可到底是自己的親娘。

老太太見他態度，還以為他也心疼江家了，就越發盛氣凌人。「何必讓江姨娘下去？我見她也是可憐得緊，不如就讓丫鬟伺候她下去洗面梳頭，你同我進來好生說說話。你表弟這事，我也聽說了，都是那婦人自甘下賤，想著法兒勾引他，這才讓他釀成大錯的。」

蕭氏都要噁心得吐了，老太太也是婦道人家，不過這會兒卻是一味地將事情推到那婦人身上。蕭氏並不想給那婦人開脫，不過一個巴掌拍不響，老太太說這話也不嫌臊得慌？

蕭氏對老太太自然是沒法子的，不過她也不在意，反正有老太爺在呢，老太太就算是再鬧也翻不出什麼大浪來。倒是江姨娘，一個小小的姨娘，她還收拾不了？

蕭氏衝著旁邊那兩個婆子使了眼色，正色道：「母親，江姨娘今日到您院子中大吵大鬧，這是兒媳婦對她管教不嚴，才會犯下如此大錯。她是大房的人，理應讓兒媳婦管教，不敢煩勞母親了。」不等老太太說話，她就對那兩個婆子說道：「妳們將江姨娘關到柴房裡頭去，沒我的命令，誰都不許去看她。還有，從明兒個開始，每日只給她送一頓吃的。」

兩個婆子得了令，立即就將人拖了下去，江姨娘還想掙扎，可是剛才兩個婆子一時不察被她掙脫了，已是在太太跟前丟盡了臉面，這會兒又如何敢再輕易鬆手？沒一會兒，江姨娘就被她們拖到了院門口。

老太太見狀，指著江姨娘，正要開口，就聽謝樹元慢慢地說話了——

「江姨娘這般吵吵鬧鬧，實在是有失體統，如今太太教訓她也是應該的。」

老太太驚怒地看了謝樹元一眼，正想說話，不過想起江家那個生死未明的姪子，這剛到嘴邊的話還是嚥了回去。畢竟這會兒江姨娘也沒受什麼皮肉之苦，只是被關在柴房而已，待謝樹元應承了救江秉生之事後，自己再發話放出江姨娘，蕭氏豈有不同意的道理？老太太思前想後，還是作了取捨。

蕭氏如今真是一刻都不願在老太太跟前待著了，告退了就要離開。

謝樹元卻淡淡地道：「夫人先別離開，陪我一同扶著母親進屋裡。」

老太太原本還覺得胸口憋著一口氣，結果謝樹元這麼一說，她再看蕭氏那鐵青的臉色，頓時就覺得胸口的那口悶氣散了，連腳下都輕緩了不少。

謝樹元伸手扶住老太太，又朝蕭氏看了一眼。

這會兒則是輪到蕭氏心頭憋著一口鬱氣了，不過老太太到底是婆婆，她就算是強硬了一時，也不能一味地強硬到底，因此只得伸手扶住老太太的手臂，和謝樹元兩人一左一右，將老太太扶著進了屋內。

謝樹元將老太太扶在榻上坐下之後，又讓丫鬟搬了兩張凳子來，自己坐在老太太旁邊，讓蕭氏坐在自己的身邊。

老太太得意地瞧了蕭氏一眼，以一種「我大人不計小人過」的態度吩咐道：「魏紫，去給大老爺和大夫人沏茶，方才大夫人在外頭說了這樣多的話，想來也渴得很了。」

蕭氏這時已平心靜氣了下來，恢復了以往的氣度，只頷首笑道：「謝母親賞賜。素來聽說母親這邊好茶多，今日倒是借著老爺的光，也能向母親討口茶喝了。」

老太太見蕭氏居然這樣快就恢復了以往泰山崩於前而色不變的氣度，也是狠狠地震驚了一把。她也算是見過世面的，不過每次對上這個蕭氏，即便她是長輩，都有一種心中沒底的感覺。

過了一會兒，茶水端了上來，老太太看謝樹元端著茶盞，不緊不慢地撥弄著茶蓋，便語重心長地說道：「老大啊，我知道你爹時常覺得你舅舅沒用，給咱們家丟人了，可是你就這麼一個親舅舅啊，你要是再不看顧一些，只怕咱們江家就要被人欺負死了！」說到這裡，老太太狠狠看了蕭氏一眼。

謝樹元依舊端著茶盞，聲音柔和地說道：「母親說得對，兒子不敢忘記的。」

老太太見他這種態度，簡直是心花怒放，只覺得頭頂上的天都是豔陽高掛了。這些年來，因謝舫對江家堅決不認的態度，這府裡上上下下對江家雖不至於怠慢，但絕對也沒有足夠的尊敬。如今謝樹元這樣的態度，讓老太太有一種「果然是我兒子」的幸福感啊！

蕭氏則是看都不看謝樹元一眼。

老太太如今瞧謝樹元，那簡直是越看越順眼，先前覺得他只會聽媳婦話的小小不滿全都煙消雲散了。她笑著說道：「我也聽你舅舅說了，如今你表弟的兒子讀書是不錯的，日後只要你幫襯幫襯，還愁江家起復不了？」

蕭氏霍地轉頭看著老太太，覺得她說這話，可真真是異想天開了。

謝樹元直到這會兒才慢悠悠地蓋好茶盞蓋，將茶盞放在旁邊，輕嘆一口氣道：「便是江家小少爺日後有了出息、入了官場，只怕兒子也是有心無力了。」

「老大，你這話是何意？」老太太輕挑起眉頭問道。

謝樹元不緊不慢地說：「因為兒子決意明日就遞上辭官摺子，日後只在家中當個富貴閒人，所以只怕是幫不上江家這位小公子了。」

蕭氏這會兒則是轉頭盯著謝樹元看，見他神情這麼平靜，一時不知他說的是真是假。

倒是老太太一聽，立即驚道：「老大，你這官做得好好的，怎麼突然要辭官啊？」

「兒子受聖上賞識，如今是都察院的右都御史，都察院本身便是監管百官的，如今表弟鬧出這等事情，母親若是讓我出面救出表弟，只怕我是再無臉面當這右都御史了，所以還是早早辭了官為好。母親不捨表弟丟了性命，我作為母親的親子，自然亦不忍母親傷心。」謝樹元說得情真意切，一副「我是千古孝子」的模樣。

老太太目瞪口呆地看著他，不過她這會兒也意識到謝樹元說這話還真不是嚇唬她的。

謝樹元這麼說了後還不算完，他拉著老太太的手便安慰道：「母親也別太傷心了，我待會兒就派人去救出表弟。這事我便是拚著丟官，也定是不會推託的，畢竟母親只有舅舅這麼一個親哥哥啊！」

蕭氏在旁邊險些要笑出聲來了，不過她還是竭力控制自己，只面無表情地看著前方。

老太太已經傻眼了，她確實是心疼娘家，也想幫襯著娘家，可這一切的前提都是在她自己的日子過得順遂的情況下啊！如今謝樹元說要辭官幫江秉生，老太太雖然覺得不大可能，但是心裡到底還是有些驚慌的。

姪子和兒子，這兩個選擇根本都不用選嘛！她如何會用兒子的前程去換姪子的？

這邊老太太還在為難呢，就聽見外頭丫鬟給人請安的聲音響起了。

沒一會兒，謝舫便大步進來，他一掀起簾子，就對著裡面正坐著的老太太道：「妳這又是在鬧什麼？」

蕭氏一聽，心底更是笑開了花。果然公公才是最瞭解自己婆婆的人，一聽說出事了，別人都不找，就只找她！

老太太這會兒還沈浸在謝樹元要辭官的衝擊下，見謝舫衝著她瞪眼，她過了好久才愣愣地回道：「我、我做了什麼？」

「父親，請您別再責罵母親了，表弟出了這等事情，也不是咱們願意看見的。舅舅到底是母親唯一的哥哥，我就算是辭官也該幫著舅舅救出表弟的。」謝樹元嚴肅地說道，滿臉都是「我的母親養育了我，此刻到我報答親娘的時候了」的表情。

蕭氏見他越演越過癮，簡直是看不下去了，恨不能立即轉過頭去。

謝舫看著謝樹元這一臉孝子樣，當即氣得指著他的鼻子就臭罵道：「你這是發什麼瘋？你娘是婦道人家，不曉得外頭的事情，你也陪著她一塊兒發瘋？你讀了十幾年的書才能中進士、進官場，又在江南苦熬了這些年，好不容易才到了如今這個位置，竟是說辭官就辭官！」謝舫被氣得似乎是說不出話來了。

老太太這會兒是真怕了，她大兒子可是正二品的高官，要是再往上升，就算是進內閣都是可能的。她如今是閣臣的夫人，日後就可能是閣臣的親娘，這等風光之事，全京城都找不出第二份來啊！不行、不行，她可不能害了兒子的前程！

老太太拉著謝樹元的手便急道：「老大，你別辭官！救你表弟的事情，娘讓你舅舅再想想旁的法子，娘不要你出面了，你可千萬別衝動啊！」

誰知謝樹元卻仍是一臉嚴肅，他認真地看著老太太說道：「母親，您養育了兒子這麼一場，兒子就連性命都是母親的，更別說這官職了。母親好不容易才跟兒子提了這麼一回，兒子若是連這點事都辦不成，還算得上是人子嗎？」

蕭氏終於別過頭去，她是真的看不下去了。

這會兒輪到老太太開始千求萬求，讓謝樹元別再管這事了。

謝舫冷笑了一聲，在旁邊坐下，看著謝樹元將老太太哄好了後，才開口問：「這回又出了什麼事情？」

謝樹元便開口將江秉生的事情說了出來。

謝舫一輩子為人正直，如今聽到這等污糟事，覺得這江家人果真是一絲廉恥心都沒有。

他看著老太太，直接便說道：「這事誰都不許管！江家如今已經不是咱們家的親戚了，他家的人是死是活，輪不著咱們管！」

老太太犯難了，她雖然不想讓兒子管了，可讓她徹底撒手不管這事，那也真是不可能。

反倒是蕭氏，在謝樹元演了這麼一場之後，心底的悶氣沒了，又聽了謝舫的話，心中便生出一個念頭，待謝舫不說話後，蕭氏才看了看他和老太太，緩緩道：「爹、娘，媳婦這裡有一個想法，只是不知當說不當說？」

謝舫看了蕭氏一眼，溫和地道：「妳只管說便是。」

「雖說爹早就說過江家如今不是咱們的正經舅家，可是在外頭人眼裡，江家總歸是母親的娘家，是幾位老爺的親舅家，若是咱們不管，只怕外人會覺得咱們家太過無情，對爹和幾位老爺的官聲也會有影響。」蕭氏緩緩說道。

老太太聽了她的話，立即眼前一亮，連連點頭。

「所以我就想著，不如我回家請我哥哥出面，問問那戶人家有些什麼要求才肯放人，這樣一來，既不是咱們謝家直接出面，就不會讓人覺得是咱們謝家在仗勢欺人。」

蕭氏這法子說出來，就連謝舫都覺得甚是穩妥。他朝蕭氏看了一眼，蕭氏一向厭惡江家，如今她能主動解決此事，只怕也是有條件的。

蕭氏看了幾人一眼後，又說道：「只是這事之後，江家的名聲是徹底壞了，只怕會牽累到咱們家，所以不如讓江家先回老家，這對江家的姑娘、少爺們也是極好的。」

這會兒，老太太算是聽出來了，蕭氏這是要將江家徹底趕出京城！

江姨娘是在一個大雨滂沱的日子裡被送走的，那日是入冬後的第一場雨，大風獵獵地颳著，雨勢太過滂沱，雨絲密密織成雨簾，讓人看不清也聽不清。

謝清溪正在蕭氏的院子裡看著窗外，雨勢太大，以至於她覺得整個世界就只剩下雨聲一般。

秋晴過來給她換了一盞熱茶，輕笑著問道：「六姑娘看什麼呢？」

「雨。」她突然想起什麼來，問道：「妳說邊境也會下雨嗎？」

秋晴被謝清溪問得怔住了，像她這種能成為蕭氏身邊一等丫鬟的，都是家裡頭幾輩子在謝家當差的，既是從小就開始在府裡當差，又何曾去過外頭？要不是當初謝樹元在江南當差，只怕她們到死連京城都出不了呢！

「奴婢從未見過邊境，不知那邊的天候和咱們這兒有什麼不同。」秋晴搖頭說道。

謝清溪又朝外頭看了一眼，再不說話。

「哎呀，這是怎麼了？」

就在秋晴準備退下的時候，突然聽見外頭正堂傳來一聲輕呼。

謝清溪看了一眼外頭的大雨，立即驚了一跳，趕緊往外頭走去。如今已到了冬日，這樣大的雨勢，謝明嵐卻跪在院子裡頭，她的丫鬟雖給她撐著傘，可她身上早已經濕透了。

謝清溪站在迴廊下，看見整張臉已凍得慘白的謝明嵐。

雨實在是太大了，雨幕擋住了謝清溪的視線，不過這會兒蕭氏院子裡的丫鬟、婆子早已經跑過去。

秋晴是大丫鬟，蕭氏此刻不在院子裡，她自然是能做主的。「妳們還不趕緊扶四姑娘進屋子裡頭？外頭這樣大的雨，可別把姑娘淋壞了！」她一邊給謝明嵐撐著傘，一邊指揮著婆子扶謝明嵐起來。

謝清溪提起裙襬就想過去。

旁邊的朱砂眼疾手快地抓住謝清溪的手臂，哀求道：「我的好姑娘，妳就別上去一塊兒添亂了吧？」

謝清溪聽了她的話，轉頭就瞪了她一眼。

不過朱砂卻是真不敢讓她過去，這樣的天氣，別說是被雨淋濕了，光是站在這迴廊下頭，整個身子都冷得直抖呢！

「我不，我要在這裡等著太太回來，我要等太太回來。」謝明嵐也不大吵大鬧，只跪在地上，面無表情地說道。

謝清溪見那幾個婆子不敢對謝明嵐下重手，可是這會兒謝明嵐跪在地上，院子裡鋪著的地磚上早已經濕透，帶著透骨的寒冷，她終究還是忍不住大喊了一聲。「還不趕緊將四姑娘扶進來！」

幾個婆子見六姑娘開口吩咐了，再不手軟，兩人一左一右，幾乎是將謝明嵐架著離開的。

謝明嵐被架著走到迴廊上後，轉頭一臉淒慘地看著謝清溪，輕聲說道：「方才，我姨娘就是被這麼架出去的。」

謝清溪被她瘆人的口吻嚇了一跳，不過她還是吩咐旁邊的小丫鬟道：「趕緊去廚房弄碗祛寒的薑湯來，就說是我吩咐要的，讓廚房快些，趕緊的。」又喚另一個丫鬟道：「妳去老太太院子裡頭，見了我娘就說四姑娘病了，請她立刻回來。」老太太這幾日因為入冬，心裡頭又藏著事情，所以身子不適，病倒了，蕭氏是長媳婦，這會兒正在她跟前侍疾敬孝。接著謝清溪又叫來兩個丫鬟道：「妳們倆趕緊去提些熱水來，待會兒給四姑娘洗個熱水澡。」最後，她看著秋晴問。「秋晴，我娘平日裡怎麼傳大夫的？」

秋晴立即說道：「奴婢可以派丫鬟到門房上頭去，請大夫是門房上當值人的事情。」

「那好，妳立刻就去吩咐。對了，妳讓小丫鬟帶上三兩銀子過去，讓門房上的人給大夫，這樣的大雨天，大夫出診也怪不容易的。」謝清溪又說道。

秋晴乾脆地應了一聲，就急急走到旁邊叫了一個小丫鬟過來。

等這些事都做好後，謝清溪還站在迴廊下，她轉頭看了一眼屋內，低低地嘆了一口氣。說實話，謝明嵐方才的模樣太過瘮人，自己是真不想進去面對她。

旁邊的朱砂冷得直顫，卻還不忘拍馬屁。「姑娘，妳方才吩咐起這些事情來，可真是井井有條呢！不過外頭挺冷的，咱們還是趕緊進去吧，可別把妳給凍著了。」

「嗯，咱們進去吧。」謝清溪身上披著一件大紅披風，寒風一吹，從下頭直往裡面灌風。

此時裡頭又鬧起來了，幾個婆子將謝明嵐架進來後，將她安排在西廂房裡頭，結果謝明嵐誰都不讓碰，就穿著一身濕透的衣裳坐在那邊。

謝清溪一進來就看見謝明嵐凍得臉都在哆嗦了，她明知故問道：「怎麼不伺候四姑娘更衣？」

為首的一個婆子立即委屈地說道：「回六姑娘，是四姑娘不讓咱們碰她。」

謝清溪真是不願管謝明嵐，可這是蕭氏的院子，謝明嵐要是在她的院子裡頭出事了，蕭氏說不定會落得一個「苛待庶女」的罵名，這對於蕭氏這種愛惜名聲的人來說，簡直比殺了她還難受。

「四姊，妳若是堅持穿著這身衣裳坐在這兒，只怕過一會兒妳就會生病，到時候妳手腳無力了，我就讓這些婆子把妳身上的衣裳都扒光，再給妳換上乾淨的衣裳。」謝清溪看了她一眼，又繼續威脅道：「所以，妳是想讓人扒了妳的衣裳，還是自己換上？」

謝明嵐無力地抬頭看了她一眼，輕蔑地笑了一聲。

「看來妳是想被人扒衣服了。」謝清溪不在意地轉頭，看著幾個婆子就吩咐道：「妳們幫四姑娘把衣裳給脫了。」

幾個婆子面面相覷，不過最後還是上前，只是她們剛走了一步，就聽見謝明嵐突然尖銳地叫喊著——

「謝清溪，妳是想逼死我是吧？」

謝清溪還沒反應過來呢，就見謝明嵐一起身便往旁邊的牆上撞去！

幸虧朱砂站在靠她最近的地方，見她一動，就立即上前擋著，謝明嵐結結實實地撞在了朱砂的胸上，朱砂「哎喲」地叫了一聲，捂著胸口倒退一步，結果腦袋又撞上了身後的牆壁。

「快攔住她！抓住她！」謝清溪真是被嚇壞了，這會兒才回過神來。

正當裡頭一片忙亂的時候，蕭氏帶著丫鬟回來了。

蕭氏一身寒氣地進來，看見婆子們正抓著狀若瘋狂的謝明嵐，而旁邊的謝清溪卻是被嚇得愣住了一般。

「太太，您也把我送走吧，把我送到莊子上和姨娘一塊兒！二姊走了，姨娘也走了，所以太太，我求求您，把我也送走吧！」明嵐衝著剛進來的蕭氏喊道。

她這會兒總算是哭了出來，而且是那種癲狂的嚎啕大哭。

蕭氏冷眼看著謝明嵐，卻是許久都沒說一句話。

倒是謝清溪被謝明嵐這麼喊了一通，才知道她為什麼突然發瘋。江姨娘居然被送走了？就算在江南那會兒，江姨娘行事張狂的時候，蕭氏都從未起過這樣的心思，可是如今蕭氏卻是不願再忍受下去了，因為江家就是附骨之蛆！她如今請得自己的親哥哥出面，將江秉生救了回來，而老太太則出面讓江家回祖籍去，江家答應了條件，在今日由蕭家的家丁親自護送著上船了。至於江姨娘，蕭氏不會要了她的命，不過她這輩子都只能在鄉下的莊子上度過，日後是永沒機會再回來了。

「妳若是真這麼孝順，我就去稟了老爺，到時候送妳和江姨娘團聚去。」蕭氏冷眼看著謝明嵐。如今作這等一哭二鬧三上吊的把戲，也不看看對象是誰！

謝明嵐的臉色越發的慘白，待過了許久之後，倔強的神情慢慢龜裂開來，露出一絲慘笑。她抬頭看了蕭氏，又轉頭看著謝清溪，輕笑一聲。「如今我姨娘和姊姊都被送走了，何不把我也一塊兒送走？左右我在這裡也只會礙著別人的事兒。」

蕭氏不願和一個小小的庶女打嘴仗，就算最後贏了，那也失了臉面。她看了謝明嵐一眼，便衝著那幾個婆子吩咐道：「伺候四姑娘換衣裳，給她洗個熱水澡。」

蕭氏招手讓謝清溪過去，待她走到跟前後，拉著她的手就往外走。

待回了東廂梢間後，蕭氏的臉色依舊難看，就連氣息都比平日粗重了幾分。她一拍炕上的矮桌，怒道：「這個不知規矩的東西！」

謝清溪很少見她娘生氣，這會兒看她氣成這模樣，也是心疼得很。

沒一會兒，大夫就滿身水氣地過來了。

蕭氏有些詫異地問道，是誰讓去請大夫的，謝清溪指了指自己，有些尷尬地說是她。

再過一會兒，廚房裡頭就將薑湯送了過來，而側室那邊已經準備好了熱水，只等著謝明嵐過去洗漱呢！

「沒想到我們清溪兒真的長大了，如今行事倒是面面俱到。」蕭氏見丫鬟井井有條地做了這些事情，一問才知道都是謝清溪吩咐的。這會兒，她的臉色總算是緩和了下來。

謝明嵐還是病倒了，謝樹元回來的時候，她渾身滾燙，臉頰更是紅得如同滴血。

就連生病中的老太太都得了消息，這會兒派了魏紫過來看望她。

謝樹元站在床頭，看著已經燒得昏昏迷迷的人，卻是一言不發。

魏紫跟蕭氏稟告之後，進來看了謝明嵐，結果走到床頭就看見臉頰通紅的謝明嵐，此時她嘴唇都起了皮，眉頭緊蹙著。

「母親那頭如何了？」謝樹元輕聲問道。

魏紫趕緊回道：「回大老爺，大夫人先前餵老太太吃了一帖藥後，老太太就睡著了。這會兒剛醒，聽說四姑娘病了，所以派奴婢過來瞧瞧。」

「好，我這會兒同妳一塊兒去看老太太。」謝樹元說話間，語氣有些疲倦。

蕭氏站在旁邊，輕聲道：「要不我同老爺再一塊兒去吧？母親這幾日總說嘴裡沒味道，我已讓廚房做了些吃食。」

「算了，妳在這邊照顧明嵐吧，母親那邊我去便是。」謝樹元朝她看了一眼，輕聲說道。

蕭氏神情一怔，卻沒說話。

而此時眾人都以為燒迷糊了的謝明嵐，嘴角卻悄悄揚起一抹詭異的輕笑。

謝清溪看著謝樹元這副模樣，便知道謝明嵐的表演成功地勾起了他的憐憫心。苦肉計算不得什麼高明的計謀，但是對於謝樹元這種自詡寬厚仁和的人來說，足夠了。

其實她爹這種男人在古代那也算是奇葩了，正值壯年的時候，身邊就剩下兩個姨娘，還是不受寵的，十幾年來房裡頭都沒再添過人，真是一心一意地守著蕭氏一個人過。你去京城裡頭問問，誰不說謝家家風清正，這些老爺、少爺們沒有一個房裡頭有污糟事的。

其實江姨娘這點事，要是擱在別人家，那就是一件小事。最起碼，謝清溪長到這麼大，家中還真沒出過一回人命官司，什麼正室給小老婆下藥的、小老婆為了得寵而相互陷害的，說實話，他們家真沒有。

可是這對母女時不時地蹦躂一下，真是讓人既厭煩又難受，就好像有一隻蒼蠅一直在妳耳邊嗡嗡嗡地叫，可是妳就只能眼睜睜地看著牠叫一樣。

有時候謝清溪還真希望謝樹元的心腸能再硬一些，別再心疼這個、捨不得那個的。可她爹一輩子就這麼順風順水地過來了，讓他弄死自己的親女兒，估計跟讓他去死一樣難。

謝清溪能怎麼辦？幸好這麼多孩子裡頭，謝樹元最疼的就是她了。她長這麼大了，還是想出府玩就出府玩，她喜歡紅寶石，她爹就三天兩頭地給她弄來，其他三個姑娘從她爹那兒得的東西加起來都沒她多。

「讓娘跟爹爹一起去照顧祖母吧，畢竟祖母那頭也重要，四姊姊這裡我來照顧。」謝清溪開口說道。

謝樹元聽了她的話，反倒是一愣。其實幾個姑娘之間的事情，他多少也是瞭解的，清溪從小到大只親近她大姊，對二姊和四姊向來都是面子情，所以他真沒想到謝清溪會主動提出。

「方才四姊姊跪在院子裡的時候，可是我讓丫鬟去廚房燒薑湯，又讓人去燒水沐浴，還讓人請了大夫過來呢！如今我長大了，可以幫爹爹和娘分擔事情了。」謝清溪認真地說道。

不過謝樹元這時卻注意到她說的第一句話。他有些詫異地問道：「明嵐為何跪在院子裡？」

其實呢，謝清溪有時候對她親娘也挺無奈的，蕭氏總是自持身分，覺得自己要是和這些姨娘、庶女計較，那就是降低了格調，降低了檔次。可是內宅不就是這樣？會告狀的有肉吃啊！她娘就是吃了不喜歡告狀的虧。

可是她沒關係啊，她可一點兒都不覺得告狀會掉塊肉，所以既然謝明嵐會使苦肉計，那還不讓她告狀啊？大家各憑本事吧！

「我也不知道，母親在祖母院子裡侍疾，我一人待在母親的院子裡頭，就見四姊姊衝了進來跪著，還說……」謝清溪突然咬住嘴唇，好像不敢往下說一般。

謝樹元知道小女兒性子疏朗，從不願在背後說別人壞話，這會兒見她吞吞吐吐的，便溫和地說道：「妳同爹爹還有什麼不能說的？」

「我覺得四姊姊對娘親說的話真是太過分了……」說到這裡，謝清溪輕輕抽泣了幾聲，微微低著頭，滿臉的委屈。

謝樹元最疼的就是謝清溪了，而人對於自己疼愛的人總是會百分之百地信任，所以謝清溪委屈地說出這番話時，他的第一反應就是——「究竟是怎麼回事？妳同爹爹好生說說。」

蕭氏在旁邊看了閨女一眼，不過卻什麼話都沒有說，只是靜靜地看著這父女兩人。

謝清溪咬著唇，好半晌才期期艾艾地說道：「四姊姊衝進院子裡後，就跪在大雨裡頭，說什麼江姨娘被送走了，讓太太不如弄死她算了……」

噗！躺在床上渾身發熱，但是卻努力讓自己保持清醒的謝明嵐聽到這話，險些要吐出血來，真昏過去了！要不是這會兒她還在裝昏迷，都要從床上跳起來了。

謝清溪還是垂著頭，輕聲道：「當時院子裡站了好些丫鬟、婆子，大家都不敢去拉四姊姊，我都快嚇死了……」

謝樹元聽完已是面色鐵青，卻是不好意思去看蕭氏，剛才心中對謝明嵐的那點憐愛都煙消雲散了。

謝清溪可沒去看她爹，只委委屈屈地繼續說道：「娘是什麼性子，爹爹最是瞭解了。從小到大，對三位姊姊，娘都是盡心盡力的，如今四姊姊說出這樣的話，要是被傳到外頭去，別人還以為是我娘這個嫡母要逼死庶女呢……」

謝樹元凝重地點了下頭。他素來驕傲的便是自己府裡沒那些污糟的事情，可是明嵐這般言行，真真是要毀了蕭氏的名聲，而蕭氏可是謝家的長房宗婦。一想到這裡，他對謝明嵐的失望簡直是無以言表。

謝清溪這時才抬頭看她爹的表情。她就說嘛，其實她爹還是挺明事理的，關鍵是要會告狀啊！要是像她娘這樣什麼都不說，她爹就會覺得謝明嵐發燒完全是她娘害的，這可真是冤枉了。

謝樹元這會兒溫柔地對蕭氏說道：「我看溪兒如今也能獨當一面了，要不，妳還是陪我一同去看看母親吧？」

不過蕭氏卻是淡然一笑。「我還是留在這裡照顧明嵐吧，就算母親知曉了，也不會怪罪我的。」

謝樹元被她不輕不重地頂了回來，滿臉的尷尬。

作為娘親的小棉襖，謝清溪這時是完全站在她娘親這邊的，於是笑著同謝樹元說道：

「娘親說的也對，四姊姊這會兒正燒著呢，就算娘過去了也還要擔心著，不如爹爹過去同祖母說一聲，這樣也好。」

謝樹元又看了蕭氏一眼。

蕭氏則是別過頭，輕聲對旁邊的秋水吩咐著，讓她再去給四姑娘換條熱帕子。

最後，謝樹元只得獨自走了。

謝清溪讓人盯著謝明嵐，派丫鬟餵她喝藥的時候，她總是顧左右而言他。謝清溪聽完回報越發覺得可笑，蕭氏要是真想毒死她，還會讓她們母女活這麼多年？謝明嵐未免也太小看了她娘的本事。

因謝明嵐不大配合喝藥這事，所以她這病是病病歪歪地拖了好些日子。好在謝樹元也覺得謝清湛和謝清溪天天都要來蕭氏的院子裡，兒子們身體好他不擔心，就是清溪從小就大災大病都有過，所以謝明嵐在蕭氏院子裡躺了沒幾日他就讓回了。

而這些日子，老太太身子也慢慢好轉起來。

謝明貞回來一趟，見家裡頭一下子竟是病倒了兩個人，就問了方姨娘究竟是怎麼回事。

方姨娘撇了撇嘴，說道：「還不是江家又出了事！江姨娘也不知怎麼想的，竟跑到老太太院子裡頭鬧，結果現在倒好了，被老爺送到了鄉下莊子裡，我看她是別想再回來了。」

「怎麼會這樣？」謝明貞詫異地說道。

說實話，以前在江南的時候，江姨娘比如今要張狂多了，可太太都只是出手略整治了她而已，也沒有將她送到莊子上，怎麼這回反倒這般雷厲風行？

方姨娘不願多說這事，反倒問道：「妳成親都這麼久了，到現在還沒消息嗎？」

謝明貞臉皮薄，被方姨娘這麼一問，反而是不好意思了。她低低地叫了一聲，輕聲道：「相公說慢慢來，我們年紀還小，不著急。」

「妳這傻孩子，姑爺這是心疼妳呢！」方姨娘自然是滿意蔣蘇杭的表現，不過還是說道：「但姑爺到底是蔣家的獨子，妳這麼久都沒消息，大姑奶奶可有說什麼？」

「沒有，大姊自己也是進門兩年後才生孩子的，所以她還安慰我，說不著急。」謝明貞臉上洋溢著幸福的笑。

方姨娘一聽，就更是放心了。

到了晚膳的時候，謝明貞是要去蕭氏院子裡用膳的，方姨娘也跟著她一塊兒去。

吃飯時，女眷坐在一桌，而男丁則坐在旁邊，中間隔了一道屏風。

蕭氏看著恭恭敬敬地站在身後的方姨娘，溫和地說道：「這會兒都是咱們一家子，沒外人在，妳也不用伺候我。」蕭氏淡淡地吩咐旁邊的大丫鬟。「秋燕，給方姨娘搬張凳子過來坐。」

方姨娘連忙道：「太太對奴婢寬厚，奴婢心中感激不盡，只是這規矩不敢廢。」

謝明貞朝蕭氏看了一眼。

蕭氏寬和地說道：「好了，這規矩不外乎人情，讓妳坐妳便坐，左右我這裡也有丫鬟伺候著。」

這會兒方姨娘才敢坐下，不過她也只是淺淺地坐了半邊凳子。

待菜都端了上來後，屏風另一邊的謝樹元頗有些興致地說道：「我前些日子剛得了幾罈好酒，要不是蘇杭你今日來，我可捨不得拿出來！」

「爹爹偏心大姊夫！我也要喝！」搶著開口的是謝清湛，他是男桌上年紀最小的。

謝樹元朝他看了一眼，笑呵呵地說道：「好、好，今兒個也讓你喝點！」

結果蕭氏一聽，當即咳嗽了兩聲。

謝樹元聽見了，連忙正經道：「算了，你年紀還小，沒到喝酒的年紀呢！待你長大了，再陪爹爹喝酒。」

謝清湛哀怨地看了一眼屏風。

待酒被拿上來後，謝清駿端起酒杯聞了一下，讚道：「果真是好酒，酒香濃郁，色澤清亮，難怪父親捨不得拿出來給咱們喝，到底是妹夫的面子大。」

蔣蘇杭一聽，立即舉杯，對著謝樹元說道：「小婿謝過岳父大人，這等好酒倒是不敢浪費了。」

這邊謝明貞知道蔣蘇杭酒量淺，不過因是陪著父親喝，她倒也沒阻止。

而方姨娘聽著蔣蘇杭頗受謝樹元重視的樣子，一張嘴咧開後就沒合攏過。

謝明貞給謝清溪挾了一隻大蝦，柔聲說道：「清溪兒不是最喜歡這個蝦的？」

「謝謝大姊姊！妳吃這個排骨啊，可好吃了！」謝清溪也給她挾了一筷子的排骨。

結果謝明貞剛挾到嘴邊要吃時，突然覺得這味道特別的怪異，然後她整個胃痙攣了一下，哇地就吐了出來，所幸她還來得及捂嘴，將頭撇向一邊去。緊接著，她整個胃便如同翻江倒海一般。

謝清溪看著她這麼劇烈的反應，連忙看著那碟糖醋小排，驚道：「這排骨餿了嗎？」

蕭氏看著謝清溪一臉呆愣的模樣，又見謝明貞吐得厲害，她也是生過孩子的，哪有不明白的？立即便吩咐丫鬟將謝明貞扶到旁邊的暖閣裡頭歇息去，又派人去請大夫。

旁邊的蔣蘇杭嚇得一下子站了起來，想要過去，可是又顧忌到那邊還有女眷，只能滿臉擔憂地看著屏風。好在丫鬟很快就扶著謝明貞過來了，他趕緊上前扶住妻子。

謝樹元等人也是一驚。

謝清湛有些迷惑地問。「大姊姊是不是吃壞什麼東西了？」

屏風另一邊的謝清溪很應景地捂臉哀嘆道：「嗯，是排骨！」

「好了、好了，你們大姊姊不是吃壞東西了。」蕭氏看著這兩個小迷糊蛋，也不說開。

謝清溪雖活了兩輩子，但都是黃花大閨女，所以她看見別人吐了，第一個反應就是吃壞東西了，以至於大夫來了，說謝明貞是懷孕一個月的時候，她還處於震驚之中。

所以說……她要當小姨母了？

她可憐兮兮地轉頭盯著謝清駿道：「大哥哥，小姨母聽起來好老啊！」

謝清駿深表同情地看著她說道：「妳相信大哥哥，我也不想當大舅舅。」

而坐在外間的謝樹元，則是愣怔了好一會兒，自己居然要當外公了？

這時，外頭開始下雪了，原本蕭氏想讓謝明貞在這裡住一晚的，但蔣蘇杭明日還要去衙門，朝服並沒帶來，所以最後便由謝清駿騎馬護送他們夫妻倆回家去。

外面大雪飄零，沒一會兒謝清駿的蓑衣上就沾滿了雪花。

謝清駿騎著馬，悠悠地走在街道上，但走到某一處時，他突然愣了一下。

那個姑娘已經離開了京城，不知她此時在何處雲遊行醫呢？

第三十八章

又是一年冬至，家家戶戶都要吃餃子。

不過宮裡頭卻有些安靜，實在是因為太后這幾個月身子都不大好……其實主要是心情不大好。所以就連文貴妃這等喜好鮮豔衣裳的人，如今去太后宮中請安都不敢穿得太鮮豔。

不過今日太后卻有些高興，皇上身邊的二總管長遠這會兒正弓著身子在她跟前回話。

太后臉上帶著喜色，問道：「許家人已經進宮了？」

「還沒呢，不過進城了，皇上也已經派人去接了。但總歸是要讓人先到驛站休息會兒，才能進宮給皇上和太后您請安。」長遠一臉笑意地回道。

太后點頭，想了想又吩咐道：「你回去便同皇上說一聲，今兒個就別讓進宮來了，在驛站裡頭好生休息一晚，明兒個再來。」說著，太后又想起別的事情，問道：「許家夫人也來了嗎？」

長遠仍弓著身子，垂著頭回道：「奴才聽說這回只有許家小姐進京受封，晉陽公和夫人都沒回京。」

「唉，晉陽公也未免太謹慎了些，當年皇后娘娘雖是如此吩咐，可到底沒有發了明旨，他們便是進京，也算不得違背了先祖的意思啊！」太后說道，不過她也只是自言自語罷了，並不是同長遠說話。

太后讓人給長遠拿了賞銀，長遠歡喜地收下後，太后又問道：「恪王爺可有請安摺子回來嗎？」

長遠心裡一咯噔，他就知道這差事若真是好事，懷濟那老傢伙就不會輕易地讓自己來了。太后娘娘這幾個月來為了皇上派恪王爺去邊關的事情，很是不高興，可是皇上這也是出於無奈啊！雖說太監不得干政，但是長遠這種級別的太監，對朝政還是有些瞭解的。

遼東邊關馬市要重開，皇上當然想派親信前去。不過朝中大臣明爭暗鬥了這麼久，最後卻落在了從來不顯山露水的恪王爺身上，很是讓人大跌眼鏡。

「奴才並不知。」長遠知道這種事情從來是說多錯多。

太后見他不願多說，也只是嘆了一口氣，揮揮手道：「回去吧，好生伺候皇上。」

「謝太后，奴才告退。」所幸他一句「不知」，太后也不多為難他。長遠趕緊弓著身子往後退，一直到門口才轉頭出去。

待長遠走了之後，太后又深深嘆了一口氣，而旁邊站著的宮女、嬤嬤們都不敢開口說話。

最後還是跟在太后身邊幾十年的康嬤嬤開口勸道：「王爺身邊有那麼多的侍衛保護，定然是無事的，您就不要太擔心了。」

陸庭舟是幼子，雖說皇上愛長子，百姓愛么兒，可先皇在世的時候，最喜歡的卻是這個小兒子，而太后在當皇后後期時也是依靠著這個兒子，才能讓先皇時常到宮中來。

如今他去了邊境，關外可都是虎視眈眈的慓悍牧民，怎麼能讓太后不擔憂？因為這事，她沒給皇上好臉色看，所以皇上這幾月也未敢太常來壽康宮給太后請安。

「晉陽許家？我怎麼沒聽說過？」謝清溪聽蕭熙問自己，過幾日的宮宴會不會去參加時，還有些吃驚。

謝家沒有女眷在宮中，就算老太太如今是個誥命，不過也就是逢年過節才會入宮領宴，從不曾有過體面單獨讓太后召見。

倒是謝清溪因在成王府受驚一事，曾經被太后和皇上召見過。那也是她第一次面聖，見到這個帝國最高的統治者。

蕭熙很是恨鐵不成鋼地道：「連晉陽許家妳都不知道?!」

於是，蕭熙立刻開始給她講述關於許家的傳奇。

許家乃是大齊朝開國許皇后的娘家，相傳當年太祖起兵時，許家就是最早一批跟隨太祖的家族，而許皇后則是太祖一生摯愛的女子，許家更是在太祖征戰四方之時，傾覆全族之力來幫助太祖。在立國之後，太祖封許家家主為晉陽公，世襲罔替，但是許皇后卻要求許家退守晉陽，永世不得再進入京城，雖太祖苦勸，但皇后依舊要如此做。待到了後來，太祖便頒布了一道命令——日後只要是許家嫡女，皆可封為郡主。

「許家嫡女都可以封為郡主？可郡主不是親王之女才能封的？」謝清溪吃驚不已。

蕭熙也點頭，嘆道：「這是開國皇上給許家的恩典，是無上的榮耀。」

謝清溪突然想認識那個驚才絕豔的開國皇后，雖然在大齊的史記之中，對於她的記載並不多，可是陸庭舟身為陸氏皇族之人，可以觀看皇室秘密流傳的傳記，這當中記載了很多世人所不知的事情，而許皇后就是他所提過的驚才絕豔之人。

一個能讓開國皇帝終其一生所愛的女子，必是光芒萬丈、讓人敬仰的吧？

「不過說來也奇怪，雖然有這個恩典，但是許家居然連著三代都沒出過一個嫡女，雖然也有女兒，不過都是庶出，直到這一輩才終於出了一個嫡女呢！」蕭熙搖頭說道。

謝清溪也覺得神奇，不過這會兒，她總算想起此次前來的主要目的了。「表姊，妳的及笄禮準備得如何了？」

蕭熙不在意地說道：「如今我娘正在煩著要請誰做正賓呢？」

謝清溪對於京城這些勛貴圈的瞭解並不多，基本上都是從蕭熙這處聽來的。不過她聽蕭熙說完後，也說道：「我覺得舅母的擔心是對的，畢竟表姊妳一輩子也才一回及笄禮。我娘說女子及笄了就是成年了，也該……是個大姑娘了。」

「也該嫁人了，是吧？」蕭熙聽她後頭頓了一下，就知道這姑娘什麼話沒說出口。

謝清溪驚嘆，笑道：「表姊，妳果真是我肚子裡的蛔蟲啊！」

「什麼蟲啊？說得這麼噁心！」蕭熙怒道。不過她罵完就安靜了下來，畢竟女子說到成親這事，總是會有些羞澀的。蕭熙平日雖然也大大咧咧的，但對於這些事情，在旁人跟前她也是羞於提及的。「妳知道嗎，我娘早就在外頭給我相看親事了，只是先前她一直沒鬆口，昨兒個她跟祖母在裡間說話的時候，我過去聽了兩耳朵，這才知道她竟是屬意梁國公王家二房的王渝煊。」

謝清溪一臉震驚地看著蕭熙，不都說古代貴族少女羞於提起自己的婚事嗎？怎麼她這個表姊這樣膽大啊？

結果這還沒完呢，蕭熙很是不耐煩地說道：「我知道那個王渝煊，和我二哥是一路貨色，自詡風流倜儻，可要論起真才實學來，便是一百個他都比不上懋表哥！」

謝清溪一聽她誇讚謝清懋，立即附和道：「可不就是？我覺得這些個勛貴子弟啊，老愛仗著自己的出身，一個個略學了兩首詩文就開始咬文嚼字的，真真是酸死人了！」

「聽我二哥說，這個王渝煊房中有個貌美的丫鬟，自小就跟在他身邊，他還教她讀書寫字呢！」蕭熙一臉鄙夷地說道。

謝清溪一聽蕭熙這麼說，就立即想起杜家那個杜同霽，原本一個好好的勛貴子弟，如今已被打發回老家去了，所以這會兒她趕緊將杜同霽作為反面教材拎出來提醒，不過她也安慰道：「好在舅母如今也只是想想而已，這個王渝煊如此行事，舅母若知曉定是不會幫妳定下的。」

「說妳傻還真是傻。」蕭熙看了她一眼，恨不能用手指頭將她點醒。「這個丫鬟如今也只是個丫鬟而已，並不是過了明路的通房。況且這事也只是我二哥和我私底下說的，我如何能和母親說？」

何況這婚姻大事乃是父母之命，媒妁之言，像蕭家這等重規矩的人家，又怎麼會事先露了消息讓女兒知道？所以最怕的就是游氏將此事定下後才告訴蕭熙，到時候就算是後悔也來不及了。

「那妳就讓二表哥透露給舅母嘛，反正他和王渝煊挺熟的啊！」謝清溪幫她出主意。

蕭熙一臉無奈。「妳以為我沒想過嗎？這事也是我偷偷聽來的呢，若我二哥跟我娘這麼一說，我娘肯定會問他是怎麼知道的，到時候我們要怎麼去圓這個謊呢？」

謝清溪這會兒是真的沒話說了，於是無奈地聳肩。「那我也沒法子了。」

蕭熙一臉痛心地看著她。

下午，謝清懋來接謝清溪回家，兩人上了馬車之後，謝清溪又想起剛才蕭熙所說的話，不禁嘆了一口氣，惹得謝清懋抬頭一直盯著她看。

「清溪是怎麼了？有什麼心事嗎？」謝清懋性子本就寡淡，如今能這樣主動關心，已是因為她是謝清溪了。

謝清溪一臉落寞地噘著嘴巴，說道：「大哥哥和二哥哥以後也會成親吧？」

謝清懋顯然沒想到她會問這個問題，在片刻尷尬之後，輕聲道：「小孩子家家的，怎麼想這些問題？」

謝清溪剛想說出她聽蕭熙所說的議親之事，突然又頓住，說道：「今兒個我在永安侯府的時候，聽見兩個小丫鬟在私下議論，說熙表姊正在和梁國公王家的公子議親呢！表姊以後若是嫁人了，就不能再和我一塊兒玩了。」

謝清懋見她一心只念著玩，也是覺得有些好笑。他摸著謝清溪的頭，輕笑著說道：「妳喜歡四表妹？」

「那當然了！我從小到大認識的姑娘當中，和表姊的關係最好了！」謝清溪點頭。

「那麼，那兩個丫鬟可有提到四表妹是要和王家的哪個公子議親嗎？」謝清懋又問道。

咦？這會兒謝清溪都忍不住抬頭看他了，按照她二哥哥的性格，聽到自己說這些，難道不是應該板著臉說「這些事情不是妳一個小孩能說的」嗎？謝清溪沒想到自己居然能進行得這麼順利，立即便說道：「我聽其中一個丫鬟說，好像是叫王……王渝煊的。」

謝清溪突然想起來，謝清湛蹴鞠隊友裡面好像有個叫王渝西的，按著這名字來看，要不是親兄弟，最起碼也得是本家兄弟吧？

「王渝煊啊……」謝清懋點了一下頭，卻沒再說話。

謝清溪一聽這話，直覺謝清懋認識這人，便趕緊問道：「二哥哥，你認識他嗎？他人怎麼樣啊？」

「我曾受他邀請去過一回梁國公府，當時我們幾人在他院子中品詩論道，他的丫鬟泡得一手好功夫茶，令眾人稱讚不已。」謝清懋淡淡地說道。

謝清溪聽了這話，只覺得失望。這算什麼話嘛？好歹你說說他人怎麼樣、性格怎麼樣，最起碼也說說他……他的丫鬟?!謝清溪這會兒才後知後覺地回憶起謝清懋方才說的話，又想起蕭熙和自己說的。

「功夫茶啊？我都沒怎麼喝過呢，看來他的丫鬟還挺心靈手巧的嘛！長得如何啊？模樣好看嗎？」謝清溪覷了謝清懋一眼，將話題扯到那丫鬟身上。

誰知一直侃侃而談的謝清懋，突然手指曲起，敲了一下謝清溪的腦袋，輕聲囑咐道：「雖說妳表姊在同梁國公家議親，到底還沒過了明路，妳同哥哥說自然是無妨的，但是可別和旁人說，不然會誤了妳表姊的名聲。」

「表姊也還沒同梁國公家議親，只是大舅母有些意思罷了。要是真誤了表姊的名聲，那就把二哥哥你賠給大舅舅嘛！」謝清溪捂著自己的頭，嘟著嘴說道

謝清懋嘴角揚起一抹寵溺的笑意，問。「真那麼喜歡妳表姊？」

謝清溪用力點點頭。

謝清懋但笑不語。

謝清懋帶著謝清溪回了家之後，她去換衣裳，他則陪著蕭氏在屋裡坐著。

蕭氏看了眼窗外，外頭還是白茫茫的一片。前兩日夜裡下了一場大雪，到了白日就停

了，誰知這兩日卻又斷斷續續地下著，這會兒外頭又飄起了鵝毛大雪。都說瑞雪兆豐年，也不知這樣的大雪，來年能不能給老百姓的日子帶來些盼頭？

屋子裡頭正燒著地龍，所以蕭氏只穿了一件墨綠色緙絲夾襖，她皮膚白細，這樣深的顏色不僅絲毫不顯老氣，反而越發襯得她的皮膚細膩白皙。

暖閣的角落裡擺著一個鎏金香爐，裡頭點的香據說是從西域來的，那麼一點點便價值千金。謝清溪喜歡待在蕭氏的院子，也是因為她的院子又典雅、又精緻，就連用的香都是頂頂上等的。

謝清懋先屏退了左右的丫鬟後，這才將方才馬車上的事情告訴了蕭氏。

蕭氏一聽，立即眉頭微皺，叱道：「永安侯府的丫鬟如今真是越發地沒規矩了，小姐的婚事也是能議論的嗎？沒得壞了姑娘的名聲！」

謝清懋輕笑。「母親真覺得這話是丫鬟們說的嗎？」

蕭氏一驚，隨後想了一下，便是搖頭，嘴裡還不忘輕罵道：「這丫頭如今真是越發地沒規矩了。」

「我想這原也不過是姑娘間說些私房話罷了，不過清溪素來有什麼事便會同我說。」謝清懋雖然說得不在意，不過眉宇間卻有一種「我妹妹真的很乖、很聽話，她真的什麼事情都要和我說」的得意表情。

蕭氏自然也看出了兒子的得意，因此笑著輕輕搖著頭，不過她還是頗不同意地道：「哪有姑娘家過問自己婚事的？熙姊兒的性子素來就跳脫，偏偏還投了你妹妹的性子。你瞧瞧她，如今要是三、五日不去一趟永安侯府，非得鬧翻天不可。」

「我倒是覺得表妹這性子不錯。」謝清懋接了一句。

結果蕭氏朝他看了一眼，那眼神意味深長的，當然，這其中還是訝異居多。

蕭氏對自己幾個孩子的性格自然是瞭若指掌，如今她四處為清駿和清懋議親，可是看來看去都沒找著合適的。

清駿是謝家的長子嫡孫，又是這樣靈慧的一個人，他找的媳婦必須秀外慧中，要不然兩人差距太大，就算是話都說不到一塊兒去。

至於清懋，蕭氏原以為他這樣的性子，找個嫻靜聰慧的便好，可是如今見謝清懋的態度，想來她這個二兒子已經是個木頭性子了，要是再找個嫻靜的媳婦，兩人豈不是相顧無言了？所以蕭氏這會兒反而覺得，找個活潑疏朗的，或許會更好一些。

「那王家那孩子呢？我瞧著你的意思，好似不大合意？」蕭氏有意試探他。

其實她也不知清懋的想法，這孩子平日都在書院裡讀書，閒暇在家也還是看書，就算偶有同窗請他去詩會，也是三回只應了一回而已。

謝清懋點點頭，道：「王渝煊為人倒是不錯，只是頗為風流。先前我去過他府中拜訪，裡面有個丫鬟不僅會讀書寫字，一手功夫茶更是讓同窗們都頗為驚嘆呢！」

蕭氏一聽，立即有些不悅。杜家的前車之鑑還在呢，怎麼又來了一個王家的？

「這如何了得？也不知大嫂知不知道此事？」蕭氏聽了，心裡瞬間對這門婚事不看好。其實蕭氏會這樣想，也全是因為自家兒子別說房裡沒有一個人了，就連貼身伺候的丫鬟都沒有。自己兒子這樣潔身自好，她自然也以同等期望要求別人，卻不知如今在京城中，未成親的少爺、公子哥兒房裡有個通房那也是人之常情。

倒是謝清懋頗為悠閒地補充道：「這事就算大舅母不知也是有可能的，畢竟那丫鬟如今也只是個丫鬟而已。」

如今只是個丫鬟？那也就是說，以後可就說不定了！蕭氏連忙搖頭。「那可不行，熙姊兒可是你大舅舅唯一的嫡女，從小到大被捧在手心裡長大，沒什麼心機。我聽你說這丫鬟，只覺得她是個七竅玲瓏心的，熙姊兒肯定不是她的對手！」

謝清懋臉上揚起一抹清淺的笑意，整個人越發的溫和清俊，淡淡地說道：「不過這到底是大舅母相中的。」

「我同你外祖母說一聲，到時候你外祖母定是不願意的。」蕭氏擺手說道。

謝清懋輕笑，不再言語。

大內宮闈，煌煌天威，只讓人連頭都不敢抬，生怕犯了忌諱。可是這個初入宮闈的少女，卻挺直脊背，目光平和而冷靜地直視著前方，讓身邊領著她往前的太監都不敢抬頭看她。

就在此時，對面也有兩人迎面而來。只見其中一人穿著官員補服，一身寬大的衣袍穿在身上卻越發顯得他如芝蘭玉樹，玉一般的面容此時只嘴角含笑。

就在兩方要遇到的時候，身邊的太監卻領著許繹心往轉角的宮道走。太監解釋道：「皇上此時正同內閣老臣們議事呢，請姑娘先去太后娘娘宮中請安。」

許繹心微微一轉頭，那個身影已自眼前飄然而過。

謝清駿也是沒想到，會在這處遇見她。他沒開口問，可是身邊的小太監顯然是個伶俐的，一張口便道——

「聽說晉陽許家的女眷前兩日到了京裡呢，這會兒晉陽許家好不容易出了一位嫡姑娘了！」宮中說話講究藝術，素來是說一半含一半的。

謝清駿倒是沒別的想法，只是在聽見「晉陽許家」這四個字的時候，微微愣了一下。她也姓許。

蕭熙及笄禮在即，就連游氏都不大允許她出門，不過這會兒是去城中珍寶閣中取回她及笄禮時所需要的髮簪。這支髮簪是游氏去年就讓珍寶閣製作的，聽說所用的珠寶材料便是價值不菲，更別提珍寶閣最頂級的師傅花了這麼長時間的心力和精神。

女子及笄禮，需要髮笄、髮簪、釵冠。蕭熙的髮笄乃是游氏及笄時所用的，如今重新清洗並再加工製作；而釵冠則是蕭老太太親自拿出的寶石和珍珠，舅父親自設計的樣子打造的。

游氏本意是想親自帶蕭熙過來的，不過蕭熙又撒嬌、又哀求的，說是馬上就是大姑娘了，再不好出門，因此想和表妹一塊兒去珍寶閣取了首飾回來。左右也只是在珍寶閣裡頭，萬不會讓旁人看見的。

游氏應了，一方面確實是苦於女兒的哀求，可另一方面卻是因為心中有所愧疚。

前日大姑奶奶回來，屏退了丫鬟，同婆婆在室內談了一會兒，待大姑奶奶走後，婆婆便立即叫了自己過去，她這才知道，那個梁國公府的王渝煊，房中竟有一個貌美又得寵的丫鬟。一個小小的丫鬟，連寫字竟都是少爺手把手教的！游氏一聽，原本一顆火熱的心就涼了。

她之前也託人打探過王渝煊，不過都說他不是那等不懂規矩的紈袴子弟，房中連一個通房都沒有。如今想來，人家也沒說錯，確實是沒有通房，只有沒過了明路的丫鬟！

蕭老太太當即便道，和王家的這門親事立即作罷，好在兩家也只是有意而已，都沒過了明路，如今反悔也不算遲。這女兒是親生的，游氏自然是百般點頭。她自己也出身大家族，自然明白箇中道理，她家中有個堂兄可不就是這般？身邊有個自小就伺候著的丫鬟，後來娶親之後，就把丫鬟過了明路成了姨娘，後頭只一心寵著那個姨娘，反倒是冷落了正頭夫人。

不過游氏也著急啊，女兒畢竟也大了。

蕭熙可不管她娘著不著急，帶著小表妹就直往珍寶閣去了，一上車就朝謝清溪眨了下眼睛。「清溪兒，妳有沒有什麼喜歡的？」

「當然有了！大哥哥、二哥哥、六哥哥、我娘——」謝清溪沒好意思把陸庭舟數出來，而且她掰著手指頭的時候突然想到，要是她把小船哥哥數出來的話，他是應該排在大哥哥前面呢，還是排在大哥哥後面啊？哎喲，突然覺得這題好難，算了，還是不要想了。

蕭熙立即打斷她。「我說的是能用銀子買的東西。」

「表姊，妳要給我買東西啊？」謝清溪這會兒才後知後覺，然後又想到，自己和蕭熙現在要去的可是珍寶閣啊！於是她立即問道：「表姊，妳是要在珍寶閣給我買東西嗎？那裡的首飾都挺貴的，還是別讓妳破費了，不過我上回看見他們家一支累絲紅寶石簪子真是好看……」

「買！」蕭熙豪氣地說道。

謝清溪上下打量了蕭熙一眼，她知道蕭家嫡女的例銀是每月八兩，謝清溪每月也就六兩銀子而已，儘管再加上逢年過節長輩給的賞賜，應該也不少。但是謝清溪也瞭解，長輩們一般給的都是金錁子、銀錁子，這些東西也不能直接拿出去用吧？

「表姊，妳有多少私房啊？」謝清溪本身就是個小土豪，如今蕭熙說給她買東西，她也就是圖個高興而已。

蕭熙早就注意到她那懷疑的表情了，發出一聲冷哼，就拿出一個兜兜，結果一打開，裡頭是一卷捆好的紙張模樣的東西。

謝清溪眼睛都有些發直了，這是銀票吧？

蕭熙在謝清溪震驚的眼神下，很是得意地將銀票拿了出來抖開，鋪成原本的模樣，只見最上頭那張是一百兩的。

「表姊，這得有幾十張吧？」謝清溪自己也是個土豪，不過她能動用的銀子還真不多，她最土豪的一回，就是在重元寺上香的時候，那會兒捐的香油錢有好幾把銀錁子和金錁子。

蕭熙很得瑟地將銀票拿在手上拍了拍，就要開始數錢。

結果蕭熙的丫鬟忍不住說道：「小姐，這銀票最是不乾淨了，您可不能沾了口水數啊！」

被自己的丫鬟拆臺，蕭熙只覺得丟臉，怒目瞪過去便道：「妳這丫頭，真是沒大沒小的！」

謝清溪也好奇啊，便問道：「表姊，妳哪來這麼多的銀票啊？」

「我爹給的！」蕭熙格外自豪地說道。她一直覺得她爹這人嚴肅又古板，不像姑丈那樣溫和儒雅，清溪兒可是時時能和姑丈撒嬌呢！誰知這回她也就是隨口說一聲自己想去珍寶閣看看，雖有表妹陪同，不過身上沒什麼銀子，她爹居然就從書房的櫃子裡頭拿了這麼一疊銀票出來，讓她給自己和表妹買些首飾！蕭熙瞬間熱淚盈眶，只覺得果真是親爹啊！

謝清溪差點也給跪了，沒想到大舅舅居然這麼土豪，虧得她覺得大舅舅很嚴肅，不大敢靠近，早知道就抱大舅舅的大腿去了！此時，她已經全然忘記，謝樹元那珠寶都是整匣子整匣子地給她了。

然後，一路上蕭熙就開始講述她爹是如何的嚴肅古板，可是在關鍵時刻卻有一顆拳拳愛女之心。

謝清溪簡直被她這個表姊逗得不行，看著她那副感激涕零的模樣，真該讓她大舅母看看，自家金尊玉貴養出來的姑娘，其實是個錢簍子！

待兩人到了珍寶閣後，掌櫃的親自過來接待，原先是要請她們上樓坐的，不過蕭熙是頭一回沒長輩帶著過來，自然想在下面看一看。樓下也擺著不少首飾，因擺在一處，相互照應生輝，看得人眼花撩亂。

「妳覺得這個好嗎？」蕭熙指著一支累絲鑲蜜蠟的銀簪問道。

謝清溪反而指著旁邊的一支金簪步搖說：「我覺得這個好看，而且上頭的樣子也挺新奇的，瞧著不是京城這邊的風格。」

「姑娘果真是好眼光，這是打南邊來的師傅做的，手藝同咱們京城的老師傅有些區別。」掌櫃立即說道。

蕭熙和謝清溪兩人都是小姑娘，自然喜歡這些精緻的首飾，簡直是看了這個也覺得好，看了那個好像也不錯。

不過最後兩人總算是沒忘了正事，旁邊的丫鬟拿出了文書來，說是來取在這兒訂的簪子。

掌櫃拿出來一瞧，臉色當即就變了變，立即恭敬地說道：「竟不知兩位是永安侯府的千金，實在是怠慢、怠慢！還請兩位樓上坐著，稍等片刻，我這便立即讓人去取了簪子過來。」

「無妨，掌櫃你只管去拿吧，我們待這裡再看看便是了。」蕭熙可不願讓人打擾自己的雅興，拉著謝清溪又轉到另一邊去看了。

直到她看見一支鳳釵，鳳嘴上銜了一串翡翠珠子，那通透的珠子每一顆都被打磨得渾圓瑩潤，看著都讓人挪不開眼睛。要說先前那些首飾其實也就是普通，只是兩姑娘一時圖個新鮮看看罷了，不過這鳳釵可著實是做工精巧，便是這上頭的翡翠珠子，只怕都是頂級的老坑玻璃種。

「喜歡嗎？」

蕭熙聽見旁邊有人問她，便點了點頭，眼睛還直盯著鳳釵上頭望呢。

「喜歡便買了。」

這會兒這聲音又響起來了，蕭熙才發覺，這竟是個男子的聲音！

她一轉頭就看見近在咫尺的一張俊臉，大約是靠得有些近，她被嚇了一跳，往後跳了一步。不過這張臉可真是好看，她就不明白了，怎麼姑姑生的幾個孩子都能好看成這樣？也不知姑姑當初是吃了什麼仙藥？

「二表哥，你怎麼來了？」蕭熙這會兒是真被這個二表哥給驚豔到，都不大好意思直視他了。

謝清溪這個迷糊蟲還盯著旁邊的首飾看呢，等蕭熙問出聲來，她才後知後覺地轉頭，結果一轉臉就看見她二哥哥正站在表姊旁邊呢！她也是驚訝地問。「二哥哥，你怎麼過來了？」

「我在旁邊不遠的書鋪裡買書，見永安侯府的馬車停在這處，便過來瞧瞧，果真是妳們兩人。」謝清懋一臉淺笑，說不出的溫和俊雅。

謝清溪立即答道：「過幾日便是表姊的及笄禮了，我陪表姊過來取及笄禮上要用的髮簪。」

「妳們在看什麼呢？」

謝清懋本身就是個和煦的人，這會兒嘴角又帶著一抹淺笑，直看得蕭熙面紅心跳的。她早就說過，二表哥這長相實在是好，不過她明白自己是不大配得上二表哥的，要不然以後兩人在一處談詩論道的，她若還去翻書，豈不是丟人丟到家了？這會兒蕭熙又開始悔不當初了，早知道那會兒先生教課的時候，她就該好生學著的，如今再想起，真真是後悔啊！

謝清懋和謝清溪可不知道她心裡頭有這樣多的彎彎道道。

謝清溪指著蕭熙方才看著的鳳釵，問道：「表姊方才盯著這個看了好久，二哥哥，你覺得這個好看嗎？」

「掌櫃的，麻煩你將這支鳳釵一併包好。」謝清懋沒回答她的問題，而是轉頭對站在跟前的掌櫃吩咐。

掌櫃一見這位公子竟連價錢都不問，開口就讓將東西包好，立即眉開眼笑的，趕緊讓店裡的夥計過來，將這支鳳釵好生地裝在錦盒之中。

蕭熙一聽，也是驚了一下，這會兒連話都說不利索了。「二表哥，不、不用了，這太貴重了！」

「妳也快及笄了，到底是人生大事，這是我的一片心意。」

謝清懋依舊是一臉淺笑，只是這會兒在蕭熙眼裡，他簡直是渾身都散發著光芒了！

謝清溪在旁邊看得是目瞪口呆，所以她二哥哥現在是什麼意思啊？虧得她以前還覺得自家二哥哥是個木訥的人呢，結果他竟是天生長了戀愛技能嗎？怎麼就能做得這麼理所當然、這麼渾然天成啊！

回家之後，謝清溪就開始給陸庭舟寫信，現在她每天都會寫一些，什麼亂七八糟的都寫，像是：明嵐又出么蛾子了；大哥哥最近看起來好像有點不對勁；六哥哥的蹴鞠隊越發的厲害，聽說馬上快要打遍四大書院無敵手了；大姊姊懷孕了，她馬上就要當小姨母了，不過她覺得自己年紀還小等等。今天的事情，她自然也寫了上去，不過她在描繪了她二哥哥是如何風輕雲淡地讓她表姊一臉嬌羞之後，又無限感慨地道，二哥哥居然還有這麼霸道的一面。

最後，她也照例問了一遍：小船哥哥你到底什麼時候才能回來呢？

但是這回她問得卻是格外哀怨，因為她白天真的被虐到了。

陸庭舟是在四天後接到這封信的，他看著紙上滿滿的簪花小楷，不由得笑了。清溪這一手字倒是不錯，不過他在看見謝清溪感慨著「二哥哥這樣霸道的一面，讓我認識了一個全新的二哥哥，從此二哥哥在我心中變得不一樣了」時，不禁搖了搖頭。

片刻之後，陸庭舟忍不住問了旁邊的齊心。「你說女子都喜歡霸道的男子嗎？」

齊心一臉欲哭無淚地看著主子。我怎會知道啊？就算是太監也是有尊嚴的，為何要這樣傷害我啊！

陸庭舟在過年的前五天回京了，他是輕車簡裝回來的，就連進城都是悄無聲息的。待回了王府之後，只略微休整了一會兒，他就換了一身王爺蟒服，進宮給皇上請安了。

皇帝這會兒正在接見濟慈大師，這位大師本是蜀川一帶的得道高僧，如今雲遊至京城，被皇上得知了，便時常請進宮中論道。

陸庭舟在乾清宮外頭等著，這會兒風頭正大，長遠一出來就看見這位王爺正在上風口站著，當即「哎喲」了一聲，趕緊走過去，擋在陸庭舟旁邊，朝旁邊的小太監罵道：「一個個都是瞎了眼的！竟讓王爺在這處站著，沒得讓風給吹壞了！」

長遠領著陸庭舟往裡頭站，結果瞧見腳邊的雪狐踱著步子，也跟著他們往裡頭走，他立即諂媚地笑了聲，低頭衝著雪狐便道：「湯圓老爺，你老人家也往裡頭站站吧！」

結果，湯圓也不知是冷了還是怎麼的，往裡面走了兩步後，輕輕一躍就越過了乾清宮高高的門檻。

長遠瞧著牠要往裡頭去，便苦著臉看了陸庭舟一眼。

陸庭舟開口喚道：「湯圓，回來。」

湯圓回頭看了陸庭舟一眼，就又乖乖地往回走，走到他跟前，乖乖地窩在他腳邊。

長遠一見，心底「哎喲」了一聲，這祖宗還真是聽得懂人話啊！

沒一會兒，裡頭的濟慈大師出來了，是懷濟親自送的他。路過陸庭舟身邊的時候，懷濟立即停住，給他請了安。

濟慈往這邊看了一眼，懷濟立即笑著說道：「大師，這位便是恪王爺。」

「見過王爺。」濟慈是個年紀很大的老和尚，一把鬍子又稀疏又白得透底。

「本王久仰大師之名，卻一直無緣得見。」陸庭舟淺笑著說道。

濟慈趁著這會兒工夫略看了這位王爺，雖說方外之人不該以貌取人，可是這麼打眼一看，這位王爺的風姿卻是誰都比不上的。

濟慈走後，長遠便領著陸庭舟進去給皇上請安了。

皇上雖不愛管事，可是卻喜歡在乾清宮的書房裡頭待著，而且這書房被收拾得那叫一個別致雅靜，牆上掛著的都是傳世大家的畫作。

「你若是再不回來，只怕母后便要派人去接你了！」皇帝一見他進來，便笑著拉他往旁邊的暖閣去。北方多是用炕，坐在上頭又暖和、又實在，皇帝坐在炕上後便讓他也到跟前坐下。

陸庭舟穿著一身親王蟒袍，腰繫玉帶，深色的衣裳襯得他越發面如冠玉。

「倒是讓皇兄和母后擔憂了。」陸庭舟立即拱手。

皇帝擺擺手衝他說道：「咱們兄弟之間還說這些？況且這回你也是為著朝中的事情而去的。遼東邊關馬市要是重開的話，對於朝廷大有益處，如今也就你能幫著朕了。」

陸庭舟立即低頭，一副受之有愧的模樣，可是心裡卻是百轉千回。他陪著皇上說了一會兒的話，結果剛提到邊關馬市的事情，皇帝就自個兒轉著圈，將話撩開了。

這時候宮人敬獻了茶點上來，他捏著茶盞的杯蓋兒，青花瓷茶盞自帶一股江南溫情小意的味道，讓這幾月來看慣了邊境遼闊粗獷事物的陸庭舟略怔了下。

皇上唸叨著。「剛好，這會兒晉陽許家的姑娘進京了，父皇在世的時候就時常唸著，說許家幾代都沒出過嫡姑娘了。如今好不容易出了位嫡女，一個郡主的位分是定要封的。」

陸庭舟手上動作不變，依舊是一下一下地撥弄著杯蓋，含笑道：「皇兄能這般顧念著許家，已是許氏之福氣。」

「你還沒見過那位許家姑娘吧？如今她正住在母后宮中，陪著母后說說話，朕每回過去，母后都要誇讚她一番呢！」皇帝打量了陸庭舟一眼，輕笑道。

陸庭舟搖搖頭說：「臣弟未曾見過，況且臣弟是外男，本就不該見未出閣的姑娘。日後她得封郡主，便算是子姪一輩了。」他眼瞼垂下，濃密又長的睫羽將眼睛遮得嚴實，只盯著乾清宮地上鋪著的金磚。這是內務府特製的，全天下獨一份，處處彰顯著煌煌天威。

「什麼子姪？許家姑娘也只比你小了五、六歲的模樣，沒得把人家的輩分說小了！」皇帝開口笑他。

陸庭舟心裡沒來由地感到不耐煩，不過仍勉強壓著，過了會兒便告退，說要去太后宮裡頭請安。

皇帝也不留他，只讓他在太后那處多待會兒，晚上在宮裡頭留膳。

陸庭舟一進了太后的壽康宮，宮人就往裡頭通報了。

許繹心這會兒正在陪太后說話，一聽恪王爺要過來，便起身告退。

誰知太后卻不在意地說道：「妳只管坐著，都是一家子。先前他不在京裡頭，所以你們沒見著，如今正好見見，沒得弄得這樣見外的。」

許繹心聽了這話，心裡就是一陣打鼓，開始揣度太后的意思。她入京之前，母親便已經跟她說過，太后總共有兩個兒子，今上是長子，而恪王爺則是小兒子。她入京進宮之後，便時常聽太后唸叨著，說恪王爺這會兒正在邊境幫皇上整治馬市一事。

「兒臣給母后請安。」陸庭舟進來後，就恭敬地給太后行禮。

太后瞧著他的模樣，依舊是一副鸞姿鳳態，只是人清減了許多，立即心疼地道：「去了邊關可是吃得不好？哀家瞧著怎麼消瘦成這樣了。」

「倒也不是吃得不好，只是邊關幅員遼闊，處處都要跑馬，所以才會略清減些。」陸庭舟一副不在意的模樣。

待他抬頭時，才看見太后身邊站著的少女。她一身宮裝，腰纏玉帶，臉蛋小得猶如瓜子般，一雙明眸格外的晶亮，鼻子長得也好看，鼻梁挺直，鼻頭卻又小巧玲瓏，如此看來，整張臉竟是無一絲瑕疵。

太后也瞧見他打量許繹心了，便立即說道：「這便是晉陽許家的姑娘，當年太祖留了聖旨下來，只是許家前頭三代都沒嫡出的姑娘，這會兒好不容易出了這麼一個，自然是要到京裡來受封的。」

「臣女見過王爺。」許繹心這會兒還沒正式受封，只能自稱臣女。

陸庭舟的態度依舊平淡，這會兒已經別過頭去，只淡淡地道了一聲。「起身吧，日後許姑娘受了郡主之封，便是一家人了。」

太后聽了這話本該高興的，可是仔細琢磨了他話裡頭的意思，卻又覺得好似不對。她正要說話呢，就見一隻雪狐踱步進來暖閣裡頭了。

外面看顧湯圓的宮女，這會兒見牠逕自進來了，險些要哭出來。

好在太后也知道這是兒子的寶貝，便輕笑著問。「遼關那般千里迢迢的，你也帶著牠？」

「帶著心裡踏實。」陸庭舟說道，這會兒湯圓已經走到他腳邊了。

許繹心沒見過這樣不怕人的狐狸，因此仔細瞧了兩眼，只見這狐狸渾身雪白，一絲雜毛都沒有。她正看著的時候，就見牠一轉頭，衝她一咧嘴巴，露出嘴裡尖尖的牙齒。

陸庭舟伸手將牠抱起來，只抓著牠的前腳掌，看著湯圓的眼睛，問道：「你可是餓了？」湯圓一雙滾圓的眼珠子盯著他看，他輕笑一聲，轉頭對太后說：「牠陪我奔波了一日，也該是餓了，母后讓廚裡頭給牠弄些吃食吧。儘量弄些肉，牠愛吃。」

太后便吩咐宮女帶牠下去，弄些吃食給牠。

幾人又說了一會兒話，太后讓許繹心坐著，她雖然尷尬，卻是擋不住太后的好意，不過她心裡也有些忐忑，聽說這位恪王爺二十幾歲了還沒成親，在皇室裡頭也是獨一份。她心裡思量著，太后不會是想將他們倆拉郎配（注）吧？

結果沒一會兒，就見壽康宮的總管閻良慌慌張張地進來，說道：「王爺，湯圓大人好像有些不好了。」

陸庭舟聽了這話，剛開始愣神了下，等回過神後，立即就往外頭衝。他找到湯圓的時

注：拉郎配，為民間俗語，專指那些思想守舊之人，在兒女的婚姻大事上大包大攬，硬把一對沒有感情基礎的男女撮合在一起的錯誤做法。現指將沒有感情的兩人湊在一起，又可引申為不顧客觀規律的人為干預。

候，就看見小宮女蹲在牠跟前哭，還抽抽泣泣地問旁邊的人「牠不會是死了吧？」。

「胡說八道！」陸庭舟三步併兩步地走到跟前，立即斥道。

旁邊的宮女趕緊拉起那個哭著的小宮女，給陸庭舟請安。

陸庭舟看著湯圓直直地躺在地上，嘴裡喘著粗氣，嚇得心都險些漏跳了一拍。

「妳給牠吃什麼了？」陸庭舟蹲下身子，摸了摸湯圓鼓鼓的肚子，立即就轉頭怒問。他也是急了，這會兒連眼珠子都微微泛著紅，嘴唇也抿得緊緊的。

那小宮女抽抽泣泣地說道：「奴婢只按著王爺的吩咐，餵牠吃了肉而已。」

「去宣太醫來！」陸庭舟不去看她，只冷冷吩咐道。

在場的宮女、太監不禁轉頭互相對看，這給狐狸宣太醫……

好在此時，有個溫柔的聲音響起——

「臣女略通些醫術，不如王爺讓臣女為牠看看吧？」

陸庭舟一轉頭就看見許繹心緩緩走過來，他因半蹲在湯圓身邊，因此還得抬頭看著她。她迎著光走過來，光線在她周身攏成一圈，讓人看不真切她的臉。

「那麻煩許姑娘了。」陸庭舟雖說得客氣，不過口吻中的急切和不耐卻還是沒藏住。

許繹心看了他一眼，沒想到只為了一隻狐狸，方才一直雲淡風輕的人竟會露出這般著急的神色。

許繹心依舊摸著湯圓的肚子，又伸手去掰牠的眼珠子，最後還將牠整個抱起，貼著牠的肚皮聽了好一會兒。

過了半晌，她才面色怪異地說道：「臣女覺得……牠好像是吃撐了。」

陸庭舟將湯圓抱在懷中，一下一下地給牠摸著肚皮。

這會兒鬧得太大，連太后都忍不住過來了。太后看見他一點都不嫌髒地將狐狸放在腿上，狐狸肉墊上沾染的灰塵也跟著蹭在了他的蟒袍上，深色的錦袍上沾著淺淺的塵土。那狐狸這時沒了往日的精神，有氣無力地趴著。太后一臉複雜地看著陸庭舟，突然想起那個關於狐狸精的說法。她雖是不信的，可瞧著兒子這副模樣，禁不住想莫非這個湯圓晚上真會變成絕世美女不成？

這時許繹心拿了藥箱過來，她見太后也在，微微吃了一驚，趕緊蹲身行禮，只是她肩膀上還揹著藥箱，因此身子略有些往左邊歪過去。

「這是怎麼了？」太后又問道。

陸庭舟低頭看著湯圓，卻不說話；許繹心則是不好意思多話。

於是一直跟在陸庭舟身邊的齊心，這會兒只得低頭回道：「湯圓有些病症，王爺正麻煩許姑娘給牠治治呢！」

太后一聽，立刻「喔」了一聲，感興趣地轉頭看了一眼許繹心，問道：「先前哀家便聽妳說過，妳略通些醫術，如今看來只怕還是謙虛了。」

「不過是家傳的醫術罷了，因哥哥對這方面不大感興趣，父親便讓臣女學了。」許繹心垂眸，一副大家閨秀的嫻靜模樣。

太后聽了點頭，晉陽許家的醫術是打開國皇后那輩就傳下來的，據說皇后當年的醫術很是了得，因此許繹心會醫術，她倒也是不奇怪了。

「那妳趕緊給湯圓治治吧，免得讓小六擔心。」太后順口說道，在看見許繹心抿嘴一笑後，才後知後覺自己方才叫了陸庭舟「小六」。

陸庭舟剛出生那時，身子一直不好，太醫院裡誰都不敢保證這孩子能活下來，後來皇上聽說民間有「起賤名好養活」的說法，就叫他「小六」，那會兒伺候的奴才都得跟著一塊兒叫，不過奴才也不敢太過造次，叫的都是「小六主子」，真正能叫他「小六」的，也就帝后兩人還有他的親哥哥，而如今這世上，也只有太后和皇帝才會這般叫他了。

也不知為何，這一個簡單的稱呼卻勾出陸庭舟滿肚子的心事。

許繹心走過來，垂頭看著坐在圈椅上的人，輕聲道：「王爺，麻煩你把牠抱下來，方便臣女醫治牠。」

陸庭舟抬頭看了她一眼，這才小心地抱著湯圓，將牠放在地上。

許繹心見他這般小心翼翼的模樣，心裡有些詫異。像他這樣的上位者竟會珍重對待一隻小狐狸，倒也是稀奇了。

許繹心拿出藥箱中的東西，仔細地給牠檢查了一遍，這會兒才確定，是真的沒事，只是吃多了。

陸庭舟聽到這個結論，才終於輕吐一口氣，衝著許繹心不輕不重地說：「謝謝。」

許繹心又開了一味藥，說是健胃消食的，不過她也說了，因著是給狐狸吃的，不用煎成藥汁，直接給牠藥草就行。

「王爺平日都給牠吃些什麼？」許繹心問道。

陸庭舟略想了一下，便一樣一樣地說了出來。

他說完之後，許繹心臉上的表情就更加怪異了。見陸庭舟探究地看了她一眼，許繹心這才解釋道：「只是覺得奇怪而已，臣女一直以為像王爺這樣身分的，不會親自照顧牠。」

「倒也不是親自照顧，只是牠吃的東西本王都要問一問的。」陸庭舟的語氣依舊輕淡，這會兒卸了心頭的擔憂後，又重回了方才冷靜的玉人模樣。

太后在一旁瞧著他們這一答一問的，心裡頭只樂開懷了。

待過了一會後，許繹心問完了湯圓平日的習慣，這才輕笑著說道：「依臣女看，再沒人比王爺還會照料狐狸了。」

太后原本還聽得挺高興的，結果聽完這話，突然有一種不知該說什麼的感覺。光會照料狐狸有什麼用啊？狐狸是能替他生孩子還是能陪他聊天說話到老啊？

結果陸庭舟也輕笑地恭維了一句。「本王看許姑娘的醫術倒是比太醫院的太醫都不遑多讓，若姑娘是男子，這院判之位便是易主也未可知。」

「多謝王爺誇獎。」許繹心也是一臉客氣地笑。

太后還是頭一回見陸庭舟同女子說這樣多的話，當即便有些歡天喜地，立即吩咐道：「哀家看繹心來京城也有些時日了，先前只讓妳在宮中住著，如今小六回來了，正好讓他帶妳到京城四處逛逛。」

許繹心還沒說話呢，陸庭舟倒是先開口了。

「許姑娘是姑娘家，豈有和外男一處的道理？」

太后見他又拿出這話說事，立即道：「繹心同旁的女子不同，許家的姑娘可不是那等閨閣小女兒。況且她是客，你是主，便是陪著一塊兒逛逛又何妨？」

「王爺有公務在身，臣女豈能麻煩王爺。」許繹心在心底嘆了一口氣，看來太后還真是想要拉郎配。

太后笑道：「這都到了年關了，還有什麼公務可忙？況且他也剛從邊境回來，歇息幾日又何妨？若是你皇兄還要派勞什子公務給你，哀家便替你找他去！」見陸庭舟還是有些推阻，太后便又說道：「況且繹心方才幫你替湯圓治病，你也該答謝人家以作回報。」太后也算是病急亂投醫了，連這等答謝的理由都找了出來。

最後陸庭舟見她實在堅持，也只得點頭。不過陸庭舟也說了，今日太晚，明日再來邀許繹心同行。

待離開的時候，太后見他要自己抱著湯圓，心疼地道：「牠便是再精貴，又哪用你親自抱著？何不讓旁邊的奴才給你擔著？」

見陸庭舟不肯放下牠，太后最後便下令，讓人弄了小轎過來，送他和湯圓一併出去。齊心跟在轎子旁邊，朝裡面望了好幾眼。

紫禁城的宮殿用的都是明黃琉璃瓦，陽光斜射而下，便是金光燦燦的一片，生出一種寶相莊嚴之感。

但陸庭舟並沒瞧見外頭的景致，他坐在轎中，垂頭看著膝蓋上趴著的湯圓。大抵是這幾月在邊境的吃食牠都不喜歡，如今乍然到了宮裡，那小宮女也不知該餵牠多少肉類，只讓牠自己一個勁兒地吃，這才會生出這等事端。

「你這個貪吃鬼！」陸庭舟用手指替牠按摩，只見牠雙眼無力地朝他看了一下，竟是連凌厲的眼神都翻不出來了。

第三十九章

第二日，許繹心同太后辭別的時候，就見太后滿臉的歡喜，竟是比任何時候都要高興。不過她一想到自己是萬不能讓太后如願的，不由得生出一種對不起太后的感覺。

待坐上了馬車之後，因陸庭舟並不是熱絡的人，只端坐在一旁。連著許繹心身邊的丫鬟相思也噤若寒蟬，大氣都不敢喘一聲。

「京城坊市不少，許姑娘可有想逛的地方？」待外頭漸漸有了人聲的時候，陸庭舟這才轉頭問她。

許繹心抿嘴沈思，有些不好意思地道：「不瞞王爺說，此番進京乃是臣女族中之人護送，只是臣女入宮之後，便再未見過他們，所以臣女想先回驛站看看他們。」

陸庭舟點頭，表示諒解。他抬頭看了一眼齊心，齊心趕緊掀了簾子，向著外頭的車夫說了一聲，沒過一會兒，坐在馬車上的眾人便感覺車子拐了一個彎。

在京城之中的驛站並不是他處能比得上的，若是有屬國前來朝貢，這處就是要給那些使臣居住的，所以京城驛站建造得格外富麗堂皇，是典型的北方宅院，高闊大氣，連亭臺樓閣都帶著不同於江南的粗獷。

「許姑娘只管前去便是，本王就不一道走了。」陸庭舟有些疏離地看著她說道。

許繹心還正想著如何讓他不一道跟著呢，這會兒見他主動說，臉上也露出一抹笑意。

「那便麻煩王爺稍待片刻，臣女去去就回。」

待許繹心主僕下車後，身邊的丫鬟相思忍不住說道：「小姐，這位可是恪王爺，咱們讓他等不好吧？」

「難道妳還沒看出來？」許繹心有些無奈，這丫頭實在是有些沒眼色。

相思迷惑地問道：「怎麼了？」

許繹心瞧這丫鬟一臉「快告訴我」的表情，突然一轉臉，沈沈地說道：「……算了，說了也只是徒添煩惱。」

相思原本還等著自家姑娘解惑呢，誰知小姐居然只丟下這說了一半的話，再沒下文了，逕自進了驛站。

待過了一會兒，齊心看見一個面容略清秀的女子從驛站裡出來，而相思還跟在她身後。

許繹心看見他一副驚詫的表情，忙道：「公公莫怕，這只是一些江湖小花招罷了。我想著自己如今入京，若是以真面目在外面閒逛，難免會惹人非議，只怕對恪王爺的名聲也有礙。」

也確實是，雖說是太后吩咐陸庭舟帶著許繹心好生逛逛京城的，可到底是孤男寡女。如今許繹心變了一種面容，到時候就算被熟人撞見了，別人也不會將她同晉陽許家的姑娘聯想在一起。

陸庭舟點頭，便吩咐讓馬車去東市。

待馬車停下後，就見放眼之處，皆是人流。如今正值年關了，每戶每家都要買些東西回去備著，好過個豐盛年。

許繹心在晉陽的時候也時常上街，只是年末的時候，母親從不許她出門的。後頭她出外遊歷，倒是見過不少熱鬧，但是像年關時候這樣的熱鬧，光是瞧著都覺得整個人喜氣洋洋的。

「咱們往前頭逛逛吧。」陸庭舟說道。

人群裡頭有好幾人暗暗地往這邊打量，他們瞧著與普通人無異，可是眼神卻警惕地盯著四周。雖說是微服出巡，但是這位王爺精貴，也不能真讓他毫無保護地在這大街上亂逛吧？所以這會兒街上好些侍衛也是微服在暗處保護著。

齊心小心翼翼地看著周圍，跟在陸庭舟身邊。

相思因著是在大宅內院長大的，何曾見過這樣的熱鬧？這會兒比許繹心還要興奮呢，拉著她瞧了這個，又看著那個。

陸庭舟走了幾步，看見不遠處的浩瀚書鋪，正抬腳要過去的時候，就見對面過來一群人，領頭的是個身高頎長的公子，穿著藏青色錦袍，腰間繫著玉帶，很是瀟灑倜儻；而他身邊站著的小公子，穿著天青色的錦袍，個子只到那公子的胸口處，濃密的頭髮用白玉冠束起，以卷葉艾草銀簪貫其髮髻。

小公子顯然也是個活潑的，見著這樣人流如織的場景，便顧著四處張望，沒一會兒，他們就在距自己不遠處的攤位上停下來，瞧著好像是個賣金魚的小攤子。

許繹心主僕則被這邊畫糖人的攤子絆住了腳，相思看著師傅撩亂的手勢，嘴巴張得大大的，眼巴巴地看著許繹心。

「要不，咱們買一個吧？」許繹心倒是沒那麼稀奇，因為她以前擺藥攤的時候，旁邊就有在賣畫糖人。

陸庭舟正站在另一側，聽了她的話後，便對齊心道：「給許姑娘買一個。」

齊心趕緊掏銀子。

結果許繹心反倒不好意思了，連連擺手。「算了、算了，我還是不吃了。」

見主子拒絕，相思也不敢再說話了，許繹心趕緊拉著她往旁邊的攤子去看。

陸庭舟轉頭又看了一眼這個畫糖人的攤子，他玩過一回轉糖人，倒是挺有意思的。

相思是個瞧什麼都有意思的，這會兒又看見賣金魚的攤子，拉著許繹心便過去瞧熱鬧，結果剛到攤子旁邊，就見原本站在前面的小公子一撇嘴，轉身要離開的樣子。

旁邊年長的公子拉著小公子便哄道：「我不是不願買，是這小金魚甚難養活，若到時候死了，可不許哭鼻子。」

相思轉頭就看見這對兄弟模樣的公子，心底立即有驚為天人的感覺，只拉著許繹心也看。

本來在瞧著攤位最邊上小魚的許繹心突然被她這麼一拉，手掌一帶，竟是把一個瓷器撥了下來，只聽啪嗒一聲，裡面的小魚就落在地上彈跳著。

「哎喲！姑娘，妳怎麼這麼不小心啊！」攤主一見便立即驚呼。

許繹心連忙蹲在地上，一手捏起小魚，當她要再去撿掉得最遠的小紅魚時，卻有一隻手先她一步將紅魚撿起，放在她的手心中。

「謝謝。」許繹心一抬頭就不期然地看見一張俊雅到極致的臉，這張臉曾多次闖入她的夢中，這也是她願意入京受封的原因，因為只有這樣，才能離他更近一步……

「老闆，這幾條金魚我們買下了。」謝清駿轉頭便對老闆說道。

老闆一見有人願意買，便再不抱怨，歡天喜地地又拿了個裝水的瓷器過來。

許繹心趕緊將小魚放進去，好在方才只是離水了一會兒，如今進了這新的容器之中，牠們便又游得歡快起來了。

謝清駿親自拿了銀子出來，又要了幾條方才謝清溪看上的魚。

許繹心捧著瓷器，略有些羞赧，只道：「這怎麼好意思？」

此時，站在不遠處的陸庭舟，將這一幕全看在眼底，特別是許繹心在看見謝清駿後，臉上那掩藏不住的嬌羞……原來是這樣啊！

「齊心，你去糖畫攤上買支糖人過來。」陸庭舟淡淡地吩咐。

齊心就奇怪了，自家主子不是素來不喜歡吃這些小玩意兒的？不過他還是過去買了，待一拿過來，竟一下子就被陸庭舟接了過去。

齊心目瞪口呆地看著自家主子拿著一支小猴子模樣的糖人，閒庭信步地往前走。

「方才妳不是想要畫糖人的？我讓人去給妳買了。」陸庭舟突然上前，還頗為溫柔地將畫糖人遞給許繹心。

許繹心一下子變得有些慌張，急忙看了對面的謝清駿，又轉頭看著陸庭舟，心中驚慌地想著：這位王爺莫不是瘋了？先前不是還對我愛搭不理的嗎？

比起她來，受到更大衝擊的卻是對面的謝清溪，她抬頭看著面前光風霽月的男子，又看著他手上的畫糖人，大大的眼睛一下子蒙上了水霧。

許繹心一見這小公子死死盯著畫糖人看，還以為他喜歡呢，趕緊伸手接過，又遞給了小公子，柔聲說道：「你可是喜歡？那這個便給你吧！」

陸庭舟見對面的小丫頭氣成這樣，瞬間也慌了一下，他不過是想戲弄謝清駿一番的，未料竟連著她也一併捉弄了。但作為一個成熟幹練又心懷國家大事的王爺，他可不會承認自己是這麼無聊幼稚的人。

謝清溪死死看著畫糖人，幾乎是咬牙切齒地說道：「我、最、討、厭、畫、糖、人、了！」

聽小公子一字一頓地說完後，許繹心臉上盡是尷尬，這下真是收也不是，不收也不是了。

謝清駿看謝清溪一臉快要哭出來的表情，心裡有些訝異，不過到底是心疼得多，因此便伸手攬著她的肩膀，溫柔地說道：「妳剛才不是說想去買書的？」

「我不想買了。」謝清溪可憐巴巴地轉頭看了她哥哥一眼，又委屈、又心酸地說：「我想回家……」

謝清駿一聽這話，是真心疼了。這孩子每回上街就跟脫韁的小馬駒一樣，恨不能每家都能逛，要不是實在天晚了，她是絕對不會自己主動要求回家的。

對面的陸庭舟見她這副模樣，也是心有不忍，只覺得自己怎麼就能這麼對她呢？不過堂堂恪王爺也是臉皮薄，不好意思當面認錯。

唯一被蒙在鼓裡又很無辜的許繹心，見小公子精緻到極點的小臉蛋這會兒可憐兮兮的，她見不得漂亮的小人兒傷心，因此心疼地哄道：「你是不是不喜歡這個小猴子圖案啊？要不我再給你買一個別的圖案的？」

謝清溪突然就有點不喜歡這個姊姊了，因此有些彆扭地說道：「無功不受祿，我為什麼要讓妳買啊？我自己有哥哥的！」說著，她就看著旁邊的謝清駿。

平日裡她只要略一皺眉頭，謝清駿都捨不得，今兒個看這模樣更是憐惜，若不是還在這大街上，只怕她就要哭出來了，因此他抬頭冷眼看了對面的陸庭舟，心中冷哼一聲，出聲哄道：「妳不是最喜歡轉糖人了？哥哥帶妳去轉好嗎？」

「好。」謝清溪心裡頭雖然難受，但還是很給大哥哥面子的，果然這世界上最疼她的還是哥哥！她伸手拉住謝清駿的手臂，抬頭怨恨地看了陸庭舟一眼，虧得她昨天還給他寫信呢！

居然回來了也不告訴我一聲！

居然陪別的姑娘逛街，你還一次都沒陪過我呢！

居然還敢給別的姑娘買畫糖人！

身為被寵愛的人總是有恃無恐的，她拽著哥哥的手臂，很高傲地不看他們一眼就離開了，但心底卻很篤定那個人一定不會走開的。

這會兒，畫糖人的小攤子上擠滿了小孩子，謝清駿也不好硬擠進去。

謝清溪眼睛眨了眨，清了清嗓子說道：「你們誰要是給我讓個位置轉的話，待會兒我轉到的東西可以送給他喔！」

圍在攤子邊的小孩子也不全都是有錢轉糖人的，這時就有個小娃娃一臉期待地看著她。

「哥哥，你來我這裡轉吧！」

「好的，謝謝你，小弟弟。」謝清溪很不客氣地站了過去。

謝清溪問了攤老闆幾文錢轉一回，得到的答案是三文錢一轉。

「老闆，我上次來的時候還是兩文錢呢！」謝清溪有些不服氣地說道。

老闆抬頭看了幾眼面前這個錦衣玉冠的小公子，又瞧著周圍站著的幾人，各個都是長相出眾、氣度不凡的，便說道：「公子，您這樣的還跟我計較這一文錢？咱們是小本生意，趁著這過年時略漲了一文，也是為了過個好年啊！」

謝清溪呵呵一笑，她好像確實是吹毛求疵了。「那行！」謝清溪轉頭看著謝清駿。

不過謝清駿還真沒有三文錢。

好在他身後的觀言立即說道：「老闆，咱們也不是只轉這一回，要不先轉了再給錢吧？」

老闆又看了他們一眼，估摸著這會兒說話的應該是個小廝，料想這等富貴人應該不會不給錢，便爽快地同意了。

結果謝清溪低頭一看，發現這轉盤竟是重新做過的，上面的龍鳳都沒有了，她心裡不由得暗罵了一聲，這個老闆可真是奸商啊！

於是她轉的時候，只能轉到普通的桃子、小雞什麼的，就連剛才那個猴子都沒能轉到。謝清溪抬頭恨恨地看了一眼上頭的猴子，又是一陣悲從中來。

小船哥哥真真是太討厭、太討厭了！

許繹心實在是滿頭霧水，不知是不是自己說錯話了？她見謝清駿只顧著自己的弟弟，也不好跟過去。

倒是旁邊的陸庭舟閒閒地問道：「許姑娘，不上前看看？」

「不、不用了！」許繹心忙推辭。她到底是姑娘，最初對人家沒感覺的時候，還能維持落落大方的姿態，可如今別人只隨便說一句話，都能引得她面紅耳赤的。

陸庭舟雙手揹在身後，頗為淡然地說道：「那本王就過去看看了。」

於是許繹心眼睜睜地看著他走近畫糖人的攤子，瞬間無言以對。

其實，有時候人吧，總是有一時的衝動，然後做下事情、看見後果之後，才後知後覺地想著，我為什麼要這樣？

如今陸庭舟的心情，大抵便是如此吧。

謝清溪其實也不是非要轉糖人，只是心裡頭憋了一口氣，所以不轉出糖人誓不甘休。

謝清駿瞧了她一眼，輕笑著說道：「看來咱們清溪兒今兒個手氣不大好。」

謝清溪哼了一聲，不大高興地說道：「因為看見不討人喜歡的人了！」

不討人喜歡的人？陸庭舟正好站到了她旁邊，不禁摸了摸鼻子，想著，難不成是說他？

謝清溪正要再轉一個，卻感覺自己的左手觸碰到一個溫熱的東西，沒一會兒，自己的手就被包裹住了。她一驚，霍地轉頭，卻看見一張含笑的面容在旁邊看著她。

興許是這張面孔太過英俊，以至於她在恍惚之間，竟忘記了剛才的氣憤，連空氣都在這一瞬間凝滯，變得曖昧不清。

謝清駿見她手指搭在針上卻許久沒撥弄，便轉頭看她，結果就看見陸庭舟站在她身邊，兩人的視線交會在一處，他立即咳嗽了兩聲。

謝清溪聽見咳嗽的聲音，這才慌亂地轉過頭去，看著面前的轉盤。

旁邊有些孩子顯然是等不及了，噘著嘴巴抱怨道：「哥哥，你快點給我們轉啊！」

如今謝清溪年紀大了，也不愛吃這些小孩子才喜歡的東西，就算是轉了也多是分給小孩子，這時有些小孩子已經拿到了，剩下還沒拿到的顯然是等不及了，眼巴巴地看著她。

謝清溪正在撥弄籤子的時候，就聽見旁邊的人又輕又柔地喊道——

「清溪兒。」

謝清溪滿腹的怨氣差點被他這一聲給喊化，不過卻還是強撐不去看他。

結果這回只轉到一個桃子，旁邊的小孩子發出一陣嘆氣聲，弄得謝清溪心煩意亂的，偏偏陸庭舟又在旁邊輕笑了一聲，惹得她立即轉頭凶道：「你笑什麼呀！」

不過原本應該凶巴巴的話，卻因為她甜糯的聲音，瞬間降低了威脅力，反倒惹得陸庭舟笑意越發濃厚。

這時，旁邊一直沒開口說話的謝清駿慢悠悠地說道：「清溪兒，不要這麼無禮。」

不要這麼無禮。是呀，對家裡人這麼說話是親近，可對「外人」，那就是無禮了。這其中的親疏遠近，謝清駿和陸庭舟都很能分得清。

誰知謝清溪這個傻乎乎的丫頭，竟還真的乖乖地應了一句。「是，哥哥。」

謝清駿滿意地點點頭，又摸了摸她的腦袋問。「還想玩嗎？」

「不玩了。」謝清溪說道。

此時謝清駿突然朝後面看了一眼，瞧著站在不遠處的許繹心。

許繹心正朝糖畫攤那邊看去，正好就看見謝清駿忽地轉頭瞧來，兩人四目相對，謝清駿衝著她微微一笑，方才心中的擔憂就猶如被一陣清風捲過般，她的心瞬間輕鬆了起來。

「那咱們去旁邊的酒樓坐坐？我看妳也累了。」謝清駿沒提回家，反倒是說去旁邊的酒樓。

謝清溪立即眉開眼笑，問道：「大哥哥，我們能去聽說書嗎？」

「好，咱們就聽清溪兒的，去聽說書。」謝清駿又摸了一下她的頭，微笑著說道。

「我就知道大哥哥對我最好了！」謝清溪抓著謝清駿的手，開心地說道。

陸庭舟的視線落在兩人疊在一起的手掌上，清溪的手小巧又玲瓏，手背上因有些肉，看著軟乎乎的；而謝清駿的手則修長又瘦削。就在他的視線還落在上面時，就見大手一下子翻轉，將那隻小手抓握在手心。陸庭舟的眼神又深了些許。

雖說是謝家兩兄妹要去，不過這酒樓是迎來送往之地，恪王爺自然也去得。所以在謝家兩兄妹剛落座之後，陸庭舟便帶著許繹心堂而皇之地進來，笑著問道：「不介意我們一起併個桌吧？」

謝清駿剛要開口，就聽對面的許繹心道——

「若是不便，咱們就回去吧，左右我也逛累了。」

「齊心，送許姑娘回去。我昨兒個剛從邊境回來，倒是有些許日子沒聽京城的說書了，也不知如今有個什麼新鮮的段子？」陸庭舟也不用別人請，就在謝清溪旁邊的位子坐了下來。

許繹心目瞪口呆地看著陸庭舟，雖說他也是為了敷衍太后才帶自己出來的，可是中途這麼撂挑子，未免也太……

這會兒連謝清溪都有些同情這位姑娘了，她看了此時神情無辜的陸庭舟一眼。

最後還是謝清駿開口道：「若許姑娘無事，也坐下來聽聽吧。這位說書人乃是京城最好的，尋常想來，連位子都是要等的。」

其實許繹心以前也聽過，不過那回是在樓下，跟一群人坐在一塊兒，她點了一壺茶和點心，聽了一下午關於謝清駿的故事。也正是那時候她才知道，這個人比她想像中還要出色。

許繹心幾乎是有些感激地看著謝清駿，道了一聲謝之後，就在謝清駿旁邊的位子上坐了下來。

沒一會兒，樓下的說書人就開始說書了。

謝清駿點了茶點，店小二送上來之後，他指著紅棗糕便問道：「清溪，妳是不是最喜歡這個？」

「嗯嗯！大哥哥最知道我了！」謝清溪對於謝清駿素來都是無原則地讚美和頌揚。

許繹心聽著這嬌滴滴的聲音，這才驚悟過來，原來這位不是小公子，而是小姑娘呀！她又仔細看了一眼，眉眼確實是太過精緻了。先前她還以為謝清駿他們家的孩子都長得這般好看，所以才會有些男生女相呢。

謝清駿給她挾了一塊紅棗糕，又親手給她倒茶，謝清溪則忙著聽樓下的說書。

「清溪——」陸庭舟開口叫她，誰知旁邊的謝清駿突然打斷他。

謝清駿盯著謝清溪問。「妳之前是不是說想買一本書的？」

「也沒有啦！」謝清溪生怕謝清駿不讓她看這些雜書，便脫口說道。

誰知謝清駿卻一臉溫柔加寵溺的表情說道：「妳若是喜歡同哥哥說就是了，難不成哥哥還會為難妳？」

謝清溪油然生出「這果真是我親哥哥」的感動。

接下來，只要陸庭舟一開口，謝清駿就會立刻跟謝清溪說話，從過完年之後帶她去打獵，到明年夏天帶她去莊子上避暑這等事情，他都一一承諾。

此刻謝清溪滿腦子都是「我親愛的大哥哥居然對我這麼好」的幸福感，完全顧不得身邊的陸庭舟了。

搬石頭砸自己的腳。一直到說書的都結束了，陸庭舟都沒能插上一句話，他有些不自在地看了謝清溪一眼。

誰知謝清溪這會兒還認真地問道：「大哥哥，你剛才答應我的都算數嗎？」

「那是自然，妳見哥哥什麼時候哄騙過妳？」謝清駿堅定地回道。

謝清溪點頭，很是贊同地說：「我也覺得大哥哥最是說話算話了，可不像某些人，明明說不回來，卻突然又回來了。」

某些人？陸庭舟不自覺地用手摸了摸鼻尖，所以……這某些人是在說自己嗎？

謝清溪瞄了一眼還不自覺的某人，越發地氣忿。「逛街應該挺開心的吧？我也挺喜歡逛街的，逛街多好玩啊，還有佳人在身側，唉，看著都羨慕呢！」她自言自語地說著。

此時坐著的其他三人，一時間是各種不同的心境。

特別是許繹心，她有些詫異地看了恪王爺，又看了一眼對面唸唸叨叨的小姑娘。小姑娘話裡話外都是抱怨，可這抱怨的對象，她怎麼瞧著像是恪王爺呢？許繹心不敢胡亂猜測，偏偏她一轉頭看向旁邊的謝清駿的無奈神色時，卻發現事情好像還真是她想的那樣。

所以說，坊間傳聞不近女色的恪王爺，其實是因為有喜歡的人，還一直在等她長大？

對於這個近乎驚悚的認知，饒是自認見多識廣的許繹心都有些詫異了。不過她微搖頭，又在心底輕笑了。情不知所起，一往而深。

不過，在察覺出恪王爺和對面那個小姑娘之間可能存在的問題後，許繹心便敏銳地想到一事——方才恪王爺為何要給自己買畫糖人？

許繹心是個心思細膩的人，方才是因突然偶遇謝清駿，才會慌亂了心神。如今冷靜下來之後，反倒是能抽絲剝繭起來。她也不說話，只安靜地觀察著其他三人。

很顯然，這位小姑娘對謝清駿而言定是極其重要的，從她坐下來開始，就見他一直在哄她，就連她偶然瞥過去的眼神，都能看見他認真地回視。

他是個好哥哥。許繹心在心底微微讚嘆。

至於小姑娘呢，這會兒還在自言自語地唸唸叨叨，不過旁邊恪王爺的表情卻是有些怪了。

「妳羨慕什麼？」最後還是謝清駿伸手敲了她的頭，輕聲道：「沒大沒小的，怎麼能這麼和王爺說話？妳這是大不敬。」

謝清溪很乖巧地點頭，衝著陸庭舟就抱拳道：「小民言語無狀，還請王爺恕小民無罪！」

陸庭舟聽著兄妹倆唱雙簧，真是有些哭笑不得了。他溫和地看著她，問道：「妳這又是從哪個話本上看回來的？《博物志怪》？」

謝清溪倒抽了一口氣，心中一萬個乞求，只盼著她大哥哥的耳朵突然有些小問題，沒聽到陸庭舟這句話。

可惜，謝清駿的耳朵好著呢，只見他略皺著眉頭，看著謝清溪問。「什麼《博物志怪》？妳不是同我說，妳看的是《大齊遊歷記》嗎？」

「怎麼跟我說的不一樣？」陸庭舟訝然開口，隨後又不以為意地說：「那看來是我記錯了。」

謝清溪哀怨地瞪了陸庭舟一眼。

結果，還沒虐到陸庭舟，謝清溪就被她大哥哥提溜回家裡了。

謝清駿直奔她的院子，只看了幾眼，就迅速將藏在她閨房角落裡的話本子都掏了出來，他看著《博物志怪》、《黃河鬼道》、《鬼故事》，半晌都沒說出話來。

謝清溪一著急就說道：「大哥哥，你別生氣，我就是好奇，借了六哥哥的書看看而已！」

謝清駿拎著書，問道：「這些都是從清湛那裡借來的？」

「也不全是，《博物志怪》是我自己買的……」謝清溪小心翼翼地伸出手指，指著最上面的書說道。

「那別的都是清湛的？」謝清駿又問。

謝清溪不敢點頭，只在心裡哀嚎：六哥哥，我真的對不起你啊！

謝清湛從書院回來時，就感覺到自己院子裡頭安靜得過分。待他進了院子後，看見自己的小廝竟都站在院子中央，一個個拱手站立。

「你們怎麼都站在外頭？這大冬天的，多冷啊！」謝清湛笑呵呵地問道。

他的性子和上頭兩個哥哥都不一樣，跳脫得很，對於下面的小廝也很寬厚，從不會隨意處罰他們，特別是這大冷天的站在外頭，沒得凍壞人了。

結果他剛問完話，就見正堂走出一人，溫和地衝著他招手。

謝清駿溫柔地道：「清湛回來了。」

謝清湛沒想到大哥會在自己院子中，當即歡快地問道：「大哥，你怎麼來了啊？」

正在屋子裡坐著的謝清溪聽見聲音，只能一臉苦笑地望著外頭的謝清湛。你真的好傻好單純啊……

接著，在謝清駿迅速地翻出謝清湛的雜書後，謝清溪驚愕得嘴巴都張大了，居然有五十幾本！

每次她跟六哥哥借書的時候，他都哭嚎著說什麼自己也沒幾本書，讓她看完盡快還給他。

騙子、騙子！都是騙子！謝清溪只覺得她受到了深深的欺騙。

不過謝清湛此刻沒空理她，他嚇得不敢抬頭了。

謝清駿看著旁邊一摞一摞的書，突然有些頭疼。孩子們大了，果然都不好管了。

謝樹元只管兒子們讀書的事情，況且謝清湛的學業從未有退步的跡象，所以他壓根兒就沒想到這孩子會有這麼多的閒書。

而謝清駿要不是從謝清溪這個小叛徒身上查封到了幾本閒書，還不知道他們家六少爺這裡的書都夠開一間話本鋪子了。

謝清湛一看謝清溪也被帶來，以為是她被大哥抓到，然後就把自己供出來脫罪，於是他惡狠狠地衝著謝清溪瞪了一眼，誰知這一眼不僅被謝清溪看見了，謝清駿也看個正著。

「大哥哥……」謝清溪委屈地叫了一聲。

謝清駿立即看著謝清湛，不贊同地教訓道：「清湛，你怎麼能這麼對妹妹！」

接著，謝清駿就開始教育起謝清湛，作為一個哥哥應該要有包容和愛護妹妹的責任。

謝清湛無辜地看著他大哥。我到底怎麼了？我不就是被出賣了，然後瞪了小叛徒一眼而已嗎？謝清湛突然覺得，這個世界對自己有一種惡意。

謝清駿教育完謝清湛後，便道：「好了，你們兩個人串謀一氣，將這種書帶回府裡，還藏在各自的院子裡，你們說吧，是想告訴母親還是父親？」

「爹爹！」謝清溪喊。

「娘親！」謝清湛叫。

謝清駿輕笑著看著兩人，倒是都會找靠山。他的手搭在書上，環視了兩人一眼，最後不緊不慢地說道：「要不這樣吧，如今也要過年了，爹娘都挺忙的，大哥哥就先幫你們把這件事壓下來。」

「謝謝大哥哥！」謝清溪立即歡快地道謝。

「等過完年再說吧！」謝清駿聽完她這一聲謝謝，才將最後一句話說出來。

謝清溪苦著臉看他，這跟頭上懸著一把刀有什麼兩樣嘛！

結果陸庭舟的一句話，就讓謝家的六少爺和六姑娘兩人過了個不大舒坦的年。

謝清溪挺喜歡過年的，因為過年就意味著收禮、收禮、收禮！

大年三十的時候，謝樹元派人將謝明貞和蔣蘇杭接回來了，說家裡只有他們兩人在，謝明貞又懷孕，勞動不得，今年乾脆就在謝府過了。

蔣蘇杭倒是沒什麼意見，收拾收拾包袱就帶著妻子住進來了。

年夜飯，一大家子不管老小都全來齊了，老太爺望著這濟濟一堂的兒孫，很是暢快，就連酒都多喝了兩杯。

守歲是過年的俗例，不過謝清溪每年都守不到最後就昏昏睡過去，然後一醒來就到了新年。今年也不例外，但她卻是在蕭氏的床上醒來的。

精緻的拔步床被她睡得橫七豎八的，滿床錦繡印入眼簾。她輕輕喊道：「朱砂、丹墨。」

「六姑娘，可是醒了？」

外頭有人應聲，不過卻不是朱砂她們，只聽外頭的人隔著簾幔輕聲道——

「奴婢是秋燕，姑娘是不是想起身了？」

「是呀，妳把朱砂她們叫來。」秋燕雖是蕭氏身邊的大丫鬟，不過謝清溪還是習慣了自己身邊的兩個丫鬟。

一會兒後，朱砂和丹墨就過來了，丹墨和秋燕一左一右地拉開簾幔。

朱砂上前服侍她起身，歡快地說道：「小姐，妳總算是起床了呢！今兒個一大早，老太太院子裡就開始發紅封呢！」

「所以妳也去了？」謝清溪斜了她一眼。

朱砂立即正經道：「那哪裡能！小姐還沒起床呢，奴婢怎麼去拿？我是給妳拿衣裳去了，妳起床後總得換一身是吧？」

謝清溪看了一眼她手裡精緻的衣裳，這是臘月就開始讓針線上做的，前日才拿到手裡。謝清溪看著上面滾三邊的金線，還有袖口、衣襟上頭時隱時現的紋路。說實話，她這輩子還真的是錦繡堆裡養起來的，奈何蕭氏雖想把她往頂級貴女打扮，結果卻架不住謝清溪這天生疏朗的性子。

朱砂一邊和她說著話，一邊伺候著她穿衣裳。

旁邊的丹墨也早把今日要戴的首飾拿了過來，這套衣裳正好配了謝清溪的這頂花冠。這頂花冠在江南的時候就有了，是謝樹元親自拿來的紅寶石做的，光是這些寶石、黃金的用料就得有千金，更別提這做工了。

以前謝清溪不常戴，覺得這冠冕太過精緻堂皇，如今年紀大了，倒也壓得住。

蕭氏屋子裡的鏡子也是水銀的，將人臉照得清清楚楚的。謝清溪看著裡面那張精緻的小臉蛋，忍不住感慨道：「我十三歲了。」

昨兒個是除夕團圓夜，吃的就是團圓飯，就連皇家也不能免了這樣的習俗。陸庭舟自然也要出席的，不過他不去還好，這一去，更是看得太后抓心撓肺的。

這滿眼瞧過去，他這一輩的誰不是拖家帶口的？孤家寡人的也就是皇上的這些皇子們了，可是大皇子、二皇子都已經大婚了，就連五皇子都被賜婚了，他這個做叔叔的反倒是拖到後面去了。

太后本有心撮合他和許繹心，可是他回來後就只進宮那一趟，再然後就是昨兒個除夕夜的時候了，但這樣多的人在，太后也不好逮著他單獨說話。

今兒個一大清早，文武百官齊聚太和殿廣場，向皇上齊賀新年。謝舫回來的時候，還帶了一幅字，說是皇上賞賜給身邊重臣的。

當然，這幅字是不能被貼上的，謝舫一拿回來便吩咐了趕緊裱起來，而且還得好生對待，可不能刮傷、弄壞了。

謝清溪倒是想去看看，不過她娘不讓她去搗亂。

畢竟大年初一也是要在家中吃飯的，一直到初二才能回娘家、四處拜訪親戚。謝家是大戶人家，上頭有著蕭氏這樣一尊大佛坐鎮，裡裡外外都有下人在操辦，因此謝清溪壓根兒沒什麼事情。她收完了紅包，就等著明日去外祖母家拿銀子了。

一想到數不盡的紅包要飛進來，她晚上吃飯的時候都多吃了半碗呢！

到了第二日，這頭給老太太請安後，蕭氏便帶著孩子準備回娘家去了。不過老太太卻發話，說明嵐昨日有些傷風，今日就不便去永安侯府拜訪了，留在家中休養。

蕭氏也沒說話，只應了一聲。

謝清溪反倒是高興謝明嵐不去，要不然她得多尷尬，去的五個孩子當中，就她是個庶出的。雖說禮法上永安侯府才是她正宗的舅家，可人家是真和蕭家一點血緣關係都沒有。

待蕭氏他們到了之後，游氏早派人在門口接他們了。

按著謝清溪的想法，她確實是能收到一筆壓歲錢，可是她真沒想到能收到這麼多！一開始她小心地捏了捏紅包，只捏到一層薄薄的，竟連個銀錁子都沒有，結果她跟著蕭熙去了她的院子後，打開紅包一看，卻發現裡頭居然是六張百兩銀票！

「六六大順，倒是好彩頭。」蕭熙在旁邊不甚在意地說道。

謝清溪睜大眼睛，吃驚地說：「表姊，你們家可真闊綽啊！」

蕭熙對準她的額頭就敲了一下，道：「什麼闊綽？我娘也就給妳才這麼大方的！」

「都是一家人，大舅母這麼客氣幹麼啊？」謝清溪抱著銀票，笑呵呵地說道。

蕭熙看著她這小傻樣，伸手又敲了一下。「我娘這是賄賂妳呢，讓妳以後對我好點兒！」

「我對妳怎麼就不好了？」謝清溪立即反駁，結果她瞧見蕭熙臉上羞澀的表情，才後知後覺地道：「大舅母的意思，是不是讓妳日後嫁到我家去，讓我看顧著點啊？可依著表姊妳這性子，大舅母最起碼得給我六千兩銀子才夠啊！」謝清溪也真是敢張嘴。

蕭熙又是伸手要敲她腦袋，怒道：「妳個財迷，還真是敢獅子大開口啊！」

「妳再打我，我就告訴我二哥哥去！」謝清溪立即威脅道。

蕭熙手都已經伸到半空了，只得悻悻地又縮了回去。

雖說皇上年節時是要封印的，但那只是不處理國家大事而已。大年初三的時候，一道聖旨就從乾清宮頒到了壽康宮，許繹心正式被冊封為郡主，封號長寧。

長寧郡主跪旨謝恩之後，雙手接過明黃榜文。

這是開國太祖皇帝給許家的尊榮，世世代代的尊榮，讓全天下都側目的尊榮。可是此時許繹心捧在手中，卻猶如千斤重一般。

許家雖退於晉陽，可是三代未出過嫡女了，這一世卻出了她。許繹心輕嘆一聲，其實這些不過都是許家欺騙世人罷了。

大齊開國至今不過傳了三位皇帝，先前許家之所以未有嫡女出來受封，那是因為先皇是許皇后的兒子，與許家的關係尚屬親密。可到了如今這位皇上，先不論是不是盛世明君，單單是待許家的這份恩寵，就比先皇淡薄了許多。所以，開國皇帝給許家的這份恩寵，是時候拿出來了。

許繹心不知是該慶幸自己的幸，還是哀悼自己的不幸。她是許家女，享受了遠勝於這世間的尊寵和自由；可是如今，她是長寧郡主，晉陽的過往就像是一場夢般，再也回不去了。

許繹心給太后磕頭謝恩，太后拉著她的手便笑道：「這本就是應該的，妳是個好孩子，哀家很是喜歡。」

太后的這句「哀家很是喜歡」，讓許繹心聽完只能一陣苦笑。

這皇宮之中，皇上的一舉一動受到所有人的關注，況且許繹心冊封為郡主，本就是所有人意料之中的事情，因此沒多久，以文貴妃為首的妃子，便紛紛派人送了賀禮來壽康宮。文貴妃更是特意準備了宴席，要替許繹心慶祝。

不過，席面上卻發生了喬美人落胎一事，令許繹心真真後悔應允了那場宴席。

「好好一個皇嗣，居然就這麼沒了！」太后此時一臉寒霜，森冷地看著下首的幾位宮妃。她冷著臉瞧著坐在左手邊首位的人一眼，問道：「貴妃，妳是執掌宮闈之人，妳和哀家說說，這究竟是怎麼回事？」

文貴妃立即起身，輕聲道：「回太后，臣妾已經著人全力調查此事，一定會給皇上和太后一個交代的。」

「很好，妳辦事素來仔細認真，這也是皇上會將後宮交給妳掌管的原因，如今妳可不要讓哀家和皇上失望。」太后平日雖是一派慈眉善目的樣子，可她畢竟是在皇宮裡浸淫了快五十年的人了，絕不會是一個心思柔軟的女子。心軟的人，在這裡活不了多久的。

喬美人落胎之事，很快就傳到了宮外。

陸庭舟正在給湯圓餵肉，牠因上次吃撐了，最近被迫吃素，所以很是委屈。如今大夫說了，可以餵些肉，不過陸庭舟怕別人餵太多，就親自餵牠吃。

「喬美人是昨天晚上滑胎的，聽說是在宴會上摔倒了。」衛卯站在身後說道。他也是長庚衛的一員，皇宮之中傳遞出來的消息是送到他手上的。

陸庭舟捏著肉塊的手頓了一下，隨後又緩緩地放到地上的瓷盤之中。

湯圓迅速咬起，歡快地嚼了起來。

「沖虛道長呢？」陸庭舟問道。

衛卯立即說：「屬下這些日子一直派人盯著道觀，只是如今皇上寵幸濟慈大師，並不頻繁召喚沖虛了。」

沖虛道長假公濟私，向皇上進言以少女為引煉製丹藥，皇上應了，如今卻遲遲煉製不出皇上想要的丹藥，皇上對他的寵幸自然是不如往常了。所以這些日子他一心閉關煉丹，連道觀都不出。

就在此時，好些日子未出現的裴方由齊心領著進來了，他依舊是簡單的侍衛打扮，但這回的臉色卻有些難看。

「王爺，沖虛道長死了。」

此時湯圓正眼巴巴地看著陸庭舟拿在手裡的碗，裡面都是肉，牠伸出舌頭舔了一下，顯得期待極了，可陸庭舟卻久久不放肉到瓷盤之中，湯圓瞧了他一眼，見他沒反應，很是無奈地趴下了。

沖虛道長死了，而且是死在自己的煉丹房中。皇上聽了這事之後，很是唏噓了一陣子。其實皇上也知道，自己的身子虧空得厲害，可是太醫院一天到晚只會說些似是而非的話，所以皇帝這才將心思放在那虛無縹緲的煉丹上。

「沖虛的死是怎麼回事？」陸庭舟看著裴方問道。

喬美人原本不過是他順手救下的人，命她獲了帝寵，可沒想到皇上如今就喜歡這樣的小家碧玉，那姿態很是有一番成為寵妃的意思。

不料，沖虛道長這個道貌岸然的，居然假借煉丹之故，姦污了喬雲兒。若不是她透了消息出來，就連陸庭舟都險些被蒙蔽了，竟不知他這樣膽大妄為。

裴方輕聲回道：「據回報說，是吃了自己煉製的丹藥才死了的。」

「呵！」陸庭舟冷笑一聲，虧得皇上那麼信任他，結果他最後居然死在了自己煉製的丹藥上。

其實沖虛道長這手棋還挺好用的，若不是他在皇帝跟前進言，說恪王爺主利北方，陸庭舟也不會那麼順利地接下了邊境馬市一事。

他當初留著喬美人腹中孩子一命，就是為了控制沖虛。結果呢，這小老兒倒是死得俐落，而喬美人的孩子也在這會兒沒了。要說這事背後沒人圖謀，他還真是不相信呢！

由於文貴妃這幾日正在宮中嚴查喬美人滑胎一事，喬美人宮裡的宮人都已經換了一撥，就連陸庭舟安插在她身邊、讓她傳遞消息的人都被換了。

看來，這位喬美人是找到新的靠山了。這就好像自己原本握在手中的一把刀，如今卻有了自己的意願，想要掙脫控制。

不過陸庭舟倒是不怕她會將自己說出來，畢竟這可是牽扯到她混淆皇家血脈。如今沖虛死了，她是不是就覺得自己高枕無憂了？

「貴妃查出是誰下的手了嗎？」陸庭舟問。

旁邊的衛卯素來負責同宮裡頭通氣，他趕緊回道：「回王爺，如今還沒有。不過已經有些眉目了，聽說是喬美人平日佩戴的香囊裡頭有麝香，由於那日邀月樓之中眾人齊聚一堂，空氣滯悶不通，這才會引發她滑胎的。」

「早不落胎晚不落胎，偏偏就到了貴妃遍邀後宮的時候出事……」陸庭舟抿嘴看著前方，待許久後才道：「你們都給本王仔細盯著宮裡，只怕這幾日還有熱鬧瞧呢！」

許繹心瞧著這些宮妃每天歡言笑語地過來陪著太后，又見皇上也不時過來給太后請安，無論是神情還是語氣，都絲毫沒有剛剛失去一個孩子的痛苦。

想來喬美人不過是個不入流的妃嬪罷了，況且皇上又有這樣多的兒子，所以就算她滑胎了，宮裡頭該過節的照樣還是過節吧。

過兩日便是元宵節了，聽聞今年元宵，幾大商會為了招攬客人，聯合舉辦了猜燈謎的活動，不說獎勵豐盛，就連花燈都比往常要精緻。

蘇州商會是最豪氣的商會，聽說這回元宵節中，他們將推出一盞天女散花燈，從年前就開始製作了。這會兒他們早早地放出消息，就是為了引起大家的關注。

許繹心一早便稟告了太后，想要在元宵節的時候出宮去，一來是去看看還在驛站的許家人，二來也是想瞧瞧京城的花燈究竟是怎麼個繁華法。

太后自是同意的，不過也說她如今身分不同了，出入需多帶些侍衛。原本太后還想讓陸庭舟陪著一塊兒去的，不過許繹心光是聽到「恪王爺」這三個字，就敬謝不敏了。

只怕人家恪王爺早已另有安排了吧？

謝清溪早早就預定了和謝清駿出門看花燈，誰要是敢和她搶大哥哥，她就敢和人拚命！她老早就聽說蘇州商會要推出的那個天女散花燈，也不知道那個燈能不能作為猜燈謎的獎品呢？謝清湛說她這是白日作夢，但謝清溪一點兒也不在意，反倒想得挺開心的。

上元節是一年之中，閨閣難得能正大光明出門的日子，就連謝清溪這樣時不時就要出門的人都興奮得很，從用晚膳開始就在討論上元節的事情。

蕭氏原本是想拘著她的，不過一聽說她今晚是跟著謝清駿，也就沒再說話了。

倒是謝清湛，鬧著說約了同窗一塊兒去猜燈謎了。

「六哥哥，要不你還是同我們一塊兒去吧？沒你的話，我總覺得少了什麼。」謝清溪這會兒正在哄著謝清湛和他們一塊兒去玩。

謝家長房和別家不一樣，兄妹之間的感情都特別好。謝清駿一早便答應陪著謝清溪了，至於謝清懋，這些活動他從來沒有什麼參與的熱情，只管跟著大哥和妹妹就是。

其實謝清湛也挺想答應她的，因此便說道：「要不我叫了我的同窗跟咱們一處猜燈謎？」

「胡鬧！你那些同窗可都是外男，怎麼能讓你妹妹跟著？」蕭氏一聽就立即駁斥道。

謝清湛被說了也不生氣，只好轉頭對謝清溪說：「我早先已經答應了他們，所以只能先同他們一塊兒去。要不，我先去陪他們猜一會兒，再回來找你們？」

謝清駿最後開口說道：「我看你和同窗一處就是了，這邊有我和你二哥哥陪著清溪。今晚全京城的人只怕都會出來看花燈，這樣多的人流，稍不注意就會出事，到時候你可得帶好身邊的小廝。」

於是，謝府除了老太太和老太爺這樣年紀大的，不方便出去外，就連謝樹元都親自陪著蕭氏出來看花燈了。

前頭謝樹元和三個兒子一起坐馬車，蕭氏則帶著清溪一塊兒坐，後來明嵐也上了蕭氏的馬車，只是這氣氛實在是有些尷尬啊！

因著謝清溪嫌帷幔太麻煩，上車前便拿了一個蝴蝶面具，上頭還灑著金粉，這會兒拿在手上都金光燦燦的。她拿著面具往臉上戴，笑呵呵地問道：「娘，妳看我戴這個面具好看嗎？」

「面具倒是挺好看的。」蕭氏挺不客氣地開口。

謝清溪一聽就立即撒嬌了。「難道不應該是我戴了這個面具，才讓它更好看的？」

「妳趕緊少說兩句吧，免得讓人笑話！」蕭氏斜了她一眼，戲弄地說道。

謝清溪嘴巴一撇，戴著蝴蝶面具便歪向一邊。

為了防止發生意外，到了最外頭的時候，馬車就不讓進了。所以不管你是什麼富貴人家，都請下來走一趟吧。

不過這倒是如了謝清溪的意，她下來之後，放眼望過去，滿滿的都是燈，將原本的夜幕都照得透亮。其實這上元節，不只商戶會紮燈吸引客人，就連一些富貴人家都會紮上好些花燈放在門口，爭奇鬥豔一番。

而且官府在這一夜也不管攤販的問題，所以這些富貴人家的門口也都擠滿了小攤子。

謝家大小主子們一下了馬車，旁邊的小廝們就上前圍住了，生怕有人衝撞了這些貴人。

謝樹元早早地站在蕭氏旁邊，謝清溪則站在謝清駿和謝清懋身邊。

謝清駿瞧了一眼這人流如織的場景後，便對清湛說道：「你只帶兩個小廝怕是不夠，觀言，你也跟著去保護六少爺。」

謝清溪一眼瞧見南邊人多，便問道：「那處為何那麼多人啊？」

「聽說今晚皇上會帶著皇子們在城樓之上觀燈，那邊是通往城樓的地方，內務府早早地在那裡放了花燈。」謝清駿說道。

謝清溪看了謝樹元一眼，便見她爹也點頭。

「確實是，今年皇上將親自觀燈，以示與民同樂。」

古代皇室歷來都神秘，畢竟萬歲爺一輩子就住在紫禁城裡頭，這些老百姓尋常誰能得見天顏？所以一聽皇上要來觀燈，個個都往那邊擠，生怕落在了別人後頭，沒能找到個好位置，到時候要是皇上真出來了，自己就見不著了。

謝清溪對皇家沒什麼好奇的，不願去湊那個熱鬧，她可是要去看天女散花燈的，得先去占個位置才行，所以她立即說道：「娘，我想去看天女散花燈。」

「那妳可要跟緊妳大哥哥，千萬不要一個人往前面擠，知道嗎？」蕭氏嚴肅地看著她，生怕她當耳旁風，聽了就算，因此又加重語氣道：「若是出了事，以後就別想能在上元節的時候出來了。」

謝清溪聽了這話，哪還敢不老實啊？趕緊就點了點頭。

蕭氏到底是年紀大了，不願往熱鬧的地方擠著，謝樹元便領著她要前去人少的地方看看燈。他看著形單影隻的謝明嵐，問道：「明嵐，妳是想同大哥他們一塊兒去，還是和爹娘一起看燈？」

謝明嵐知道自己若是想單獨行動，肯定是不被允許的，她瞧了一眼早已經四處張望的謝清溪，輕聲道：「我還是同大哥他們一處吧。」

謝清溪雖然不喜歡這個加進來的電燈泡，不過也不好說不帶著她一塊兒，因此只能無視她。

煙袋斜街這時已經擠滿了人，謝清駿讓兩個小廝在前頭開路，他拉著謝清溪走在後面，而謝清懋和謝明嵐走在他們身後，最後面則是幾個墊後的小廝。

後來謝清溪實在是擠得煩了，便在旁邊停了一會兒。街道兩旁早已經擺滿了攤子，有賣彩燈的、賣面具的，也有賣胭脂水粉這些的。

謝清溪一心撲在面具攤上看，一會兒拿了虎皮面具試了試，一會兒又戴了美人臉的面具。

謝清駿自然是不戴的，但謝清溪非鬧著給他們買，連謝清懋都得了一個。

「四姊，妳要嗎？」謝清溪手裡頭拎著一個錦雞面具，笑呵呵地問。

謝明嵐看著謝清駿手上拿的，然後在面具攤上指了一下，說道：「我要那個蝴蝶的。」

謝清溪本來就是跟她客氣一下的，沒想到人家還真要，而且要的也是蝴蝶面具。

謝清駿讓小廝給了錢後，一行人又往前頭走。本來走到前頭街口的時候，也不知是人被分流了還是怎麼的，人潮慢慢地少了些。結果，他們才剛進了櫻花斜街，人潮又漸漸多了起來，不過比起剛才已算少了。

這會兒滿目璀璨，遍地火樹銀花。他們繼續往前走著，總算是看見了天女散花燈，那是一座很高的燈，最上頭是一個穿著寬袖錦袍、衣帶飄飄的美人兒，下頭則是掛著上百盞的蓮花燈，最神奇的是，蓮花燈轉動的時候，蓮瓣也是不停動著的，就跟蓮花盛開的場景一般。

「大哥哥，你看，你快看！」若是在現代看見這燈，謝清溪倒是不覺得奇怪，左右不過都是機動的，可是在古代能讓這些蓮瓣不斷地合攏打開，那可真是太神奇了！

就在這時，好幾個手裡頭提著燈的孩子突然從小廝及謝清懋那邊插了進來，鑽到謝清駿和謝清溪中間，一下子竟是將兩人分開了。

謝清溪趕緊要往回擠，不料這時人群一直在動，她不僅沒擠回謝清駿身邊，反倒是被越擠越遠了。

謝清駿連忙伸手要去拽她，旁邊的謝清懋也一併擠了過來，誰知就在此時，天女散花燈的花架子下因為站了太多的人，整個架子竟是晃動了一下，接著，其中一盞蓮花燈啪嗒地從空中跌落下來，裡頭的蠟燭砸到底下人的身上，一下子燒著了那人的衣服。

這如同捅了馬蜂窩一般，人群中立即有人高聲喊道：「燈倒了、燈倒了！」

謝清駿這時已經擠開了人群，眼看著就要抓到謝清溪的手了，卻突然從後側聽到一聲驚呼——

「大哥哥，救我！」

原來是謝明嵐被身後的人擠得差點失去平衡，她伸手就抓住謝清駿的肩膀，將他整個人都帶歪了一下。

於是，謝清溪沒能抓住謝清駿，反倒是被人流越帶越往前走。

這會兒謝清駿跟瘋了一樣，身後的謝清懋只能先抓住謝明嵐，並讓小廝一併跟著大少爺去找六小姐。

謝清溪不敢站在原地，怕被人擠得摔倒，要是這會兒摔倒的話，只怕連命都沒有了。

結果，還真是怕什麼來什麼。

前頭不遠處，有人驚慌地喊道：「不要踩！不要踩了——」

謝清溪看了一下，試圖一點點地挪動到街邊去。就在她漸漸擠到街邊的時候，臉上的面具卻啪地一聲掉了下去！她根本不敢低頭去撿，只拚命伸出一隻手想抓住旁邊大戶人家門前的石獅子，可是那石獅子實在是太滑了，她一隻手根本抓不住。就在她絕望地想著又要被人群帶著往前走的時候，突然，一隻冰冷的手從獅子背上伸出，一把拉住了她。

謝清溪努力往邊上擠，那隻手也一直拽著她不放，待一會兒後她終於擠到石獅子旁時，就看見那人整個人趴在石獅子上，而石獅子周圍則是圍了好幾個人，不讓人靠近。

「抓緊我的手！」石獅子上的少年笑著說。

謝清溪一抬頭，一張眉眼如畫的臉瞬間映入眼簾，她呆了一下，想著，這人是誰呢？

第四十章

「上來吧，妳要是站在下頭，只怕還會被人擠走的。」陸允珩伸手想要拉她上來。

這石獅子下頭是一個方形的石墩，不過石獅子蹲在上頭後，就沒多少站人的地方了，這也是為什麼這少年會趴在石獅子上面的原因。

「妳不想上來？」陸允珩見她不說話，不以為意地說道：「那好吧，妳就站在下面等著讓人擠走吧。」

結果，他話音剛落，謝清溪就被旁邊的人抓了一把，她嚇了一跳，趕緊伸手抓住他再次伸出來的手，有些著急地看了他一眼，道：「上面地方太小，待不了我們兩人。」

「那妳上來，我下去站著。」陸允珩一張豔如桃花的臉此時微微一笑，瞬間燦若星空。

「主子！」底下為首的一名身著玄色束腰窄袖袍子的男子，立即緊張地喊道。

雖說這姑娘看著也是大戶人家的閨閣小姐，可她畢竟不歸他們保護，要是上面這位小爺出了問題，只怕才是殺頭的大事呢！

謝清溪一聽真是頗為驚訝，這位少爺的桃花眼看著不大靠譜，沒想到心地竟是這般善良，她立即就生出了一種「我以臉看人實在是大錯特錯」的自我反省。

不過她也並非那種得寸進尺之人，人家能在這等危急的情況之下出手救了自己，可見就是個心地善良的，那她就更加不能利用人家的這種善良。她正色道：「你在上面吧，我靠在獅子邊上就行。」說著，她就兩手抓上去巴住。

周遭的幾個侍衛聞言，立即放心了。

先前開口的那名玄衣男子又說道：「姑娘，您還是站在這臺階上吧，要不然那邊靠近路邊，只怕隨時會有人擠過來撞到您。」

這時，前面已是一片鬼哭神嚎了，可是人潮依舊往前進，有些身子弱的女子被人擠倒在地後，只發出了幾聲慘呼，後頭便再沒了聲音。

可是人群此時已經不受控制，謝清溪看見後面的人好像不知前頭發生了踩踏一般，還是繼續往前走。她此時站在臺階之上，可以發現後面遠處的街口其實人流並不多，只是這會兒全部聚集到了此處。

因此，謝清溪立即衝著後面的人喊道：「往後退！不要再往前面走了，前面已經踩死人了，快往後退！」但混亂之中，她的聲音根本沒有幾人聽到，只被掩沒在眾人的呼喊聲中，可她到底還是沒辦法坐視不理。「往後退、往後退——」這樣的踩踏真的會死很多人的！明明是這樣歡樂的節日，卻因為這樣的意外，有多少家庭將面臨破碎。

有些人見狀，也想往臺階上擠來，不過卻被陸允珩的侍衛們擋開了。

陸允珩見她扯著嗓子朝路邊的人喊，勸道：「這樣多的人，根本沒人聽得見妳在喊什麼？」

「可是不喊，那裡就會有更多的人受傷，甚至沒了性命！」謝清溪霍地轉頭看他，手指著不遠處。那兒就像一個黑洞般，不斷有人被推倒、被無數的腳印踩在身上，剛開始那些倒地之人還有些知覺，可是後來卻連聲音都發不出來了。

說完，她再不顧他，繼續扯著嗓子喊。

陸允珩看著眼前的女子，不是說閨閣女子應該貞靜的嗎？她這樣扯著嗓子大喊，回家該被罰抄《女誡》吧？

「往後退、往後退！」結果，上一刻臉上還留著無奈表情的陸允珩，也扯開嗓子跟著她一塊兒喊。

在很多時候，人們總覺得自己的力量太過渺小，無法改變眼前的困境，可若不試一試，又怎麼知道就真的不行呢？是，一個人的力量確實很小，那麼十人、百人甚至是千人呢？

在陸允珩加入她的喊聲後，身後幾個侍衛也跟著開始不停地喊著「往後退」，而在他們幾人的感染之下，那些原本站在臺階之上、還驚魂未定的人們，也開始振臂高呼。

初始只是小小的一滴水，可漸漸地，越來越多的水滴加入這滴水之中。很多的人一齊在喊著「往後退」，這三個原本普通的字，瞬間凝聚成巨大的力量，不斷地提醒著後面的人。

後面的人雖不知道前頭究竟發生了什麼事，可是在漸漸響起的「往後退」的呼喊聲中，人潮的方向真的慢慢開始改變了，後面的人不再一味地往前面擠，而前面的人沒了後面的推力，也開始慢慢地往後面退去。

謝清溪看著慢慢、慢慢，卻真的在往後退的人感到欣慰。

石墩上的少年一手攀著石獅子，另一隻手一直做著「往後退」的動作。他的聲音因聲嘶力竭地喊叫，沒了先前的透亮。

謝清溪也是，在這樣連續的高聲喊叫中，慢慢地變得筋疲力盡，待她剛停住時一陣力竭，險些一頭栽倒在地上，幸虧及時抓住了旁邊的石墩角。

「妳沒事吧？」陸允珩立即發現她的異常。

謝清溪苦笑一聲，如今她這身子真是被自己養成了嬌小姐，不過才這麼叫了一回，竟是這般天旋地轉。她朝上擺了擺手，深吸了幾口氣之後，又開始繼續大喊著。

「往後退——」

「往後退！」

「往後退……」

也許一開始只有她一個人喊，可是陸允珩加入了，侍衛們加入了，臺階上避難的人們加入了，然後是越來越多的人加入了……

這世上確實有太多我們無法改變的苦難，可要是我們連伸手試一試的勇氣都沒有，那麼善心就會漸漸消失。

逐漸地，街口處的人不再擠過來，而前面的人也一直往後退散，人潮終於被疏散開了。

可是，在疏散之後，這滿地的慘烈就露了出來。好些人橫七豎八地躺在地上，滿地都是鞋子、帽子還有破碎的面具。

謝清溪往前走了兩步，就看見一個男人抱著一個女人躺在地上，那男人一直到死都是維持著將女子護在懷中的姿勢。越是往中間去，就看見越多的人躺著，在最底下的人們早已經沒了氣息。這會兒，邊上的人們已經開始自發地去救那些還能呻吟的人。

當謝清溪在看見一處鮮血的時候，還是沒能忍住，眼睛一下子蒙上了一層水霧，漸漸地，淚珠在眼眶中聚集。她睜大眼睛、摀著嘴，不想哭出聲來。

「京兆尹的人呢？五城兵馬司的人呢？」陸允珩看到這滿地的慘烈，都不由得暴怒起來。官府的人到現在都還沒趕到！若不是方才他們一直大聲呼叫，讓後面的人退散了，只怕這會兒踩死更多的人！

「別，別動他！」謝清溪別過頭想偷偷地把眼淚擦了時，就看見幾個人正想抬起一個躺在地上的男子，謝清溪立即過去阻止。「不要隨便移動他，他是被人踩傷的，這會兒就算是傷到肺腑也看不出來，所以只能讓他先平躺在地上，等大夫過來。」

那幾人見這姑娘衣著華貴，又很是有一番見地的模樣，便立即停手，不敢再去移動傷患。

「你去看看京兆尹的人究竟到哪裡了？為何這裡這麼多的傷患，卻到現在都還沒人過來！」陸允珩等得不耐煩了，便吩咐身邊的一個侍衛。

謝清駿已經快要發瘋了，他活到這樣的年歲，還是頭一回這般失態！

謝清懋的情況也沒比他好到哪裡去，他們兩人帶上一群小廝看著一個人，居然還能把人給弄丟了！

「前面踩死了好多人啊，咱們還是趕緊回去吧！」

小廝們早已經分散開來去找人了，就在他們往前走的時候，聽見了旁邊不停地有人大聲議論著。

「就是！好好地來看花燈，最後竟是送了性命，唉，明兒個還不知道有多少人家要掛白燈籠呢……」另外一人也是不停地搖頭。

謝清駿的臉色幾乎是慘白的了，他看謝明嵐的眼神簡直恨不能殺了她。

雖然謝清懋不知方才究竟怎麼了，但看大哥這表情，估計不是好事，可他們也不能將人直接丟開，所以只能是謝清懋帶著謝明嵐。

謝清駿的腳步跨得極其大，後面的謝清懋只能勉強跟著，謝明嵐更是一言都不敢發。

這會兒人群都是往回走的，只有他們還不停地往街裡面走去，所以無法走得太快。

結果，剛到了這邊，就看見滿地都是橫七豎八的屍體，有不少人還躺在地上呻吟。

謝清駿見狀，臉色幾乎都快白成一張紙了，眼眶邊緣也泛著紅。

他一具具屍體地找過去，好些人被踩得連臉都變形了……

謝明嵐跟在後面，瞧見臉都快被踩爛的人，一下子就反胃得要嘔吐出來。

可不管是謝清駿還是謝清懋，都還是一個個仔細地查找著。

謝清溪對著桃花少年說道：「你能告訴我你的名字嗎？我會讓我爹爹上門親自道謝的。這會兒我該去找我大哥他們了，我不見了，他們肯定很著急。」

「我送妳過去吧，妳一個姑娘家，身邊也沒個人伺候著，如今這裡這麼亂，若是有宵小盯上妳，那就糟糕了。」陸允珩認真地說道。

謝清溪想了一下，知道他說的確實有可能發生。在這種混亂的時候，她這樣的姑娘確實是不適合孤身在路上，於是便點了點頭。

陸允珩見她答應了，不禁一臉喜色，叫著幾個侍衛便準備送她去尋她哥哥們。臨走之前，他將一直拿在手上的面具遞給了她，說道：「給妳，把臉遮上。」

「王爺，前面人實在是太多了，咱們還是先離開吧？」今天跟在陸庭舟身邊的錢寅，是王府的侍衛統領，見這裡一片混亂，便想勸自家主子趕緊離開。

陸庭舟哪裡敢離開？方才一直跟著謝清溪的侍衛回報，她去看天女散花燈了，可意外就是發生在那附近，他如何能不擔憂？結果他一路找過來，看見這處竟是死了這樣多的人。

這會兒京兆尹的人終於來了，只見領頭穿公服的人大喊道：「此處發生意外，無干人等趕緊回去，趕緊回去！」

原本這裡的人已經散了不少，此時再被京兆尹的人一趕，餘的就更加匆匆地離開了。

就在陸庭舟想前去看看那邊的傷者時，就見有一行人站在京兆尹的人身邊，而那個窈窕的身影，可不就是他找了好久的人！

陸允珩好不容易出宮一趟，竟是遇見這樣的事情，又見發生這樣的意外後，京兆尹的人居然到現在才出現，不由得上前怒罵。「從發生意外到現在多久了，你們這才來人？你們怎麼不乾脆等到明兒個再來？我看你們府尹是嫌烏紗帽戴得太穩妥了！」

謝清溪沒想到這人竟然這樣厲害，衝著京兆尹的人就是一頓罵。她剛想勸他不要惹禍，就見京兆尹的人嘿了一聲，怒道——

「我看你是活膩歪了吧？」

結果，那人剛往前踏了一步，陸允珩身後的侍衛就上前一腳將人踹出了半米遠！

旁邊的京兆府衙役都被這行人的蠻橫給震住了，一時竟沒了動靜。

那被踹了半米遠的人不停地呻吟著，還不忘喊道：「你們還不趕緊給我抓住這幫目無王法的人！」

衙役們還沒上前呢，就見踹人的男子從懷中掏出一塊牌子，眾人定睛一看，就瞧見上頭的「大內」兩個字。此時再看這貴氣的一男一女，還以為是微服出宮的皇子和公主呢，當即嚇得腿都軟了。

陸允珩這會兒沒工夫搭理他們，只怒道：「趕緊派個人回去告訴你們府尹，說這處死了不少人，還有極多的傷者，讓他趕緊加派人手過來，要不然，我定會在皇上面前參他一本的！」其實陸允珩也就是說說狠話罷了，他如今還只是個皇子，要參政還早呢！

但京兆尹的人聽了可不一般啊！

這邊的動靜不僅是陸庭舟看見了，站在他們不遠處的謝清駿等人也注意到了。

謝清駿定睛一瞧，就覺得那少年旁邊的女孩像是謝清溪，趕緊便上前。

謝清溪正急著要去找她哥哥們，突然聽見身後有人喊了自己一聲，她一回頭就看見謝清駿，立刻撒腿跑了過去，一抓住他的手後，眼淚就撲簌簌地直往下掉，帶著哭腔問道：「大哥哥，你沒事吧？」

謝清駿本來擔心她擔心得魂都險些掉了一半，這會兒聽她一見面竟就先問自己有沒有事，眼淚險些便要落下了！這是他長大之後，頭一回這麼想哭。

上元節當晚發生了踩踏事件，聽說死了不少百姓。

次日，許繹心進宮見太后，就被她拉著手問。

「妳昨兒個可有受傷？哀家一聽說看個花燈竟還能踩死那樣多的人，這心裡頭就跟滾油一樣煎了一邊。」

「當時人確實是太多了，擠著了些，但我倒是沒有受傷。」許繹心看著太后關切的神色，突然說道：「……是有人救了我。」

「竟是還有這等事情？妳可知救妳的人是誰啊？」太后關切地問道。

許繹心微低著頭，微微顫抖的睫毛覆蓋在眼瞼之上，讓人看不清她的眼神。「我也並不知他是哪位公子，只知道他姓謝，後來又聽旁人叫他清駿。」

「謝清駿？」太后默唸著這名字，隨後才驚訝地說道：「救妳的人竟是他？」

「怎麼，太后娘娘認識這人？」許繹心突然抬頭，臉上帶著驚訝，只是眼眸中的那一抹驚喜卻沒掩蓋住。

太后瞧著她臉上好奇的表情，便笑道：「妳來京城的時日還短，不知道他自然是不奇怪的。救妳這人乃是一名狀元，還是本朝第一位連中三元的，在京城也算是了不得的青年才俊。」

雖說太后在宮裡頭出不去，不過這京城的消息，她多多少少也知道些。更何況，這位狀元的頭銜實在是太響亮了，就算是太監逗悶子都會說一說外頭關於他的新鮮事情。

許繹心此時再垂頭，雖臉上還掛著笑，不過心裡頭卻又澀又酸。

「我沒有，我根本就不是故意的！當時所有人都看見了，我也差點被人流沖走，我只是太害怕了才會抓住大哥哥，我無心害六妹！」謝明嵐站在眾人中間，一臉無措，拚命搖頭。

謝清駿一臉冷凝地看著她的表情。「二弟明明站在離妳更近的地方，為何妳不去抓他的手，偏偏上前來抓我的？」

坐在一旁的謝清溪一言不發地看著這一幕，謝明嵐的表情顯得既痛苦又絕望，一直拚命地搖頭。

謝樹元坐在上首，一臉驚訝，他沒想到元宵節當晚竟是發生了這樣的事情，明嵐居然會害清溪，險些讓清溪死於踩踏之中！

「明嵐，妳和清溪本是親姊妹，就算做不到親密無間，但妳也不該存了害她的心！」若不是謝明嵐做得太過分，謝清駿真的不會降低身分和一個庶出的妹妹在這裡說這些話。

原以為江家離開京城，江姨娘被送到莊子上後，謝明嵐就會老實一些，不料她就像一直蟄伏的毒蛇，平日裡一臉無害地蜷縮在角落裡，可一旦有了機會，她就會毫不猶豫地一口咬下去！

「爹爹，真的不是像大哥哥說的這樣，我真的不是故意的！我當時也被一群人擠著，要是不抓住大哥哥，我也會被擠走啊！」謝明嵐突然跪下來，膝行了幾步，到了謝樹元的跟前。她抬頭望著謝樹元，滿臉都是淚水。「爹爹，我也是大哥哥的妹妹，我知道這會兒六妹妹險些出了意外是我的錯，可我真的不是故意的！我當時太害怕了，就像是溺水的人想抓住一個救命的人，所以才會去抓大哥哥的手啊！」

謝清溪一開始見謝明嵐這副絕望的模樣，還以為她那晚真是無意的，畢竟當時的情況確實是太突然了，她自己就被人流裹住過，所以知道在那樣的環境下，若是不抓住別人，只憑自己的力量根本擠不出來。然而，在聽見謝明嵐形容自己像一個溺水的人時，她的嘴角突然勾起一抹冷笑。看來這番話，她四姊姊是斟酌地想了許久了，要不然怎麼連這種比喻的修辭手法都能用上？要知道，人在情急之下，說話可不會這麼有條理。

「爹爹，你信我，我真的沒有害人的心！雖然我同六妹妹關係不親密，可就像大哥哥說的那樣，我們到底是親姊妹，我不會想著去害她的！我當時真的是情急之下才會抓住大哥哥，我真的不是故意的……」謝明嵐一邊哭、一邊說，嗓子都啞了。

「你們這是想幹什麼？搞三堂會審還是嚴刑逼供？」就在此時，老太太扶著魏紫的手，帶著一群丫鬟、婆子，浩浩蕩蕩地進來了。她看了眼跪在地上的謝明嵐，又皺眉看著坐在那裡的蕭氏。

謝樹元和蕭氏立即起身。

謝樹元趕緊過來，扶著老太太的手。「母親如何來了？」

「我若是不來，你們這是打算把人逼死了嗎？」老太太在上首的紅漆雕花黃花梨椅子上坐下後，看著還跪在地上、哭得一臉眼淚的謝明嵐，極其憤怒地罵道。

「瞧母親說的，兒子豈敢做出這等事情？」謝樹元連忙告罪。

「好了，嵐丫頭，妳也別哭了。洛紅，去扶著四姑娘起來。」老太太環視了在場的眾人一眼後，就說道：「其實這事，第二日明嵐就同我說了，當時她就哭著說，那會兒人實在是太多了，她也被人擠得往前，所以才會在情急之下抓住清駿。若是她心中有鬼或是執意想害清溪，又怎麼會主動和我說呢？」老太太甚是痛心疾首，彷彿在場的人都是逼迫謝明嵐的凶手。

其實吧，老太太倒也不是想針對謝樹元和謝清駿，實在是經過江家和江姨娘的事情後，她就覺得蕭氏這是要造反啊！蕭氏一心把江家弄出去，就是要架空她這個婆婆，是要拿捏住她啊！再看看清駿，如今只聽蕭氏的話，是一點都不感念自己這個祖母的養育之恩，所以她也甚為寒心。

相反地，明嵐卻時時待在自己身邊，陪她說話、哄她開心，甚至親自下廚給她做吃食，老太太這心自然而然地就慢慢偏向這個孫女了。再加上這謝府中，除了自己，就只有明嵐同江家有關係了，所以她不禁生出了一絲同病相憐的感情來，只覺得這府裡只有明嵐才是跟自己貼心的。

蕭氏沒回來之前，老太太在後宅那就是手握著每個人的生殺大權，這性子也慢慢地變得唯我獨尊，結果，長房回來之後，一個個都像是長了反骨，都不將她這個謝府的老太太放在眼裡，所以老太太現在看長房這嫡系的一行人，真是越看越不順眼了。

謝樹元也在懷疑明嵐因江姨娘被送走一事，對蕭氏有了怨恨，所以才會出手害清溪。他雖不願將明嵐想成那等惡毒之人，可如今這情勢卻由不得他不想。

老太太這會兒顯然就是來給明嵐撐腰的，要不然她也不會大張旗鼓地上門。

「清駿啊，我知道清溪是你的親妹妹，可是你要想想，明嵐也是你的親妹妹啊！當時你只管著看顧清溪，卻絲毫不顧慮明嵐也有危險，如今竟還說她是故意陷害清溪的。」老太太搖著頭說：「要是咱們家出了一個想謀害自己親妹妹的姑娘，你說讓咱們家的這些姑娘日後還嫁不嫁人啊？」

其實今日之事，還真不關謝清駿的事情。他本想私底下回了謝樹元的，誰知謝明嵐為了洗脫嫌疑，居然自己跑過來哭訴，說那日她是無心之過。

「那依祖母之見，此事如何解決為好？」謝清駿輕笑一聲，問道。

「這也不過是場意外罷了，依我看便算了，日後誰都不要提，畢竟這關係到咱們謝家姑娘的名聲。」老太太理所當然地說道。

謝清溪真是嘔個半死，如今這老太太算是拿捏住蕭氏和謝清駿的命門了。謝明嵐的年紀要比謝清溪大，怎麼都得在她之前嫁人，要是謝明嵐的名聲壞了，謝家餘下的這些姑娘們都得倒楣，所以最好就是大家都守口如瓶，大被一掩，且相安無事著吧！

可就在此時，謝明嵐卻突然開口說：「既然大哥哥一心覺得我是存心要害六妹妹，那我願意去莊子上住，左右家裡也沒人相信我……」

原以為謝樹元會開口反對的，誰知最後他竟是答應了謝明嵐的要求，畢竟她這一次可是涉嫌謀害親妹妹，當真是犯了謝樹元的忌諱啊！

出了正月後，游氏就開始著急了。蕭氏是年前回來說了兩個孩子的婚事的，可這都過了正月了，怎麼一點動靜都沒有啊？

幸好過了幾天，蕭氏就派人回來了，說是要先請人上門提親。

謝家和蕭家都是富貴人家，請來上門提親的人自然也得有體面了，結果謝樹元想來想去，請的是國子監祭酒閔大人，這位乃是謝家二太太閔氏的親爹，同謝家也是正經的姻親。

謝家這邊選了個吉日，閔祭酒就代表謝家上永安侯府提親去了。自然，這姑娘的庚帖也拿了過來。蕭氏特地上香禱告了一番，並請人測一測兩人的八字是否合適，這結果自然是好的。

很快地，謝家二公子和永安侯府嫡小姐要訂婚的消息就傳了出來，當初盯著謝清懋看的夫人們都很是扼腕了一番。

不過這二公子雖然有主了，那大公子可不是還沒動靜嗎？更何況，二公子如今才只是個解元，大公子那可是實打實的狀元，現在翰林院還有官職呢！

如今內閣越發繁忙，當然這權柄也是越發大了，畢竟這國家大事都要先經過內閣審看，內閣再拿出個具體解決的章程來，報給皇上後，再請皇上拿定個主意。

這不，這又是某處雪災等著要撥款呢！

皇上瞧見後就一皺眉頭說：「這都二月了，怎麼還有雪災啊？」

旁邊年輕些的閣臣沒敢回話，謝舫只得出面解釋。畢竟這天下之大，各地氣候都是不同的，況且雪是在正月裡頭下的，只是這會兒摺子才送到了京城而已。

好在內閣早已經擬定了救災章程，只要皇上大致看一下，批個紅就行了。

這頭事情沒了，皇上就單獨把謝舫留下來了，一開始還閒聊著「謝卿如今身子怎麼樣啊？」的話，後頭皇上大概也覺得扯遠了，乾脆就開門見山地問。「你家大孫子如今可有婚約了？」

「並不曾有。」謝舫頭皮一麻，心頭想著：真是怕什麼來什麼！

「不知謝修撰年庚幾許？」皇上一副「咱們就隨便聊聊天」的模樣。

謝舫低頭道：「今年二十有一。」

「都二十一了？年紀不小了，該成親了。」皇上一搖頭，便道：「說來，咱們家倒也有個跟你家這般情況的。」

「老臣惶恐，老臣的孫子不過是微末之人，如何敢和皇室宗親相比。」謝舫立即要跪下。

皇帝見他這樣惶恐，只哈哈一笑，道：「都這樣，家家有本難唸的經啊！」

這話謝舫是更不敢接了。

接著，皇上又說了會兒話，便讓他回了。

謝舫一回去，就把謝樹元拉過去臭罵了一頓，讓他立刻、馬上把謝清駿的婚事定下來！

謝樹元回院子後當然不敢罵自己妻子，只是很鄭重地表達了——皇上好像是看上咱們家清駿啦，趕緊把清駿的婚事定下吧！

蕭氏一想，不對啊，如今宮中還沒出嫁的公主裡頭，年紀最大的也就是十四歲，都還沒到出嫁的年紀呢！

結果，第二天宮裡就來人了，而且來的還是皇上跟前的大總管懷濟。

謝家全家都出來接旨了，呼拉拉地跪了一片。前頭都是些歌功頌德的話，一直聽到後面，眾人才聽明白了，這是一道賜婚聖旨——長寧郡主賜婚於謝清駿！

這一道聖旨，簡直是石破天驚啊！

京城多少貴女覬覦的謝清駿，就這麼被皇上賜婚給長寧郡主了。後來宮裡頭隱隱傳了風聲出來，說原來這是太后娘娘保的媒。長寧郡主自從進宮之後，就長伴太后左右，如今封了郡主，太后又見她今年都十八歲了，這才請皇上賜婚的。

一時間，多少貴婦欲哭無淚，早知道就不去和謝家接觸，直接進宮求太后了！

而謝家長輩全都一頭霧水，這位長寧郡主，他們自然知道是誰，可不就是大名鼎鼎的晉陽許家的嫡長女嘛！可誰能告訴他們，為什麼這份殊榮會落在他們謝家頭上啊？

蕭氏這兩天都在思索著，要不要去廟裡頭上個香？按理說，謝清駿成婚是件喜事，可是蕭氏這心裡頭說不上高興啊！畢竟這位許姑娘的品性她是一點都不瞭解，就連樣子都沒瞧過。所以，她是真不知道這門婚事究竟是好還是……

好在接了聖旨，也該進宮謝恩的。謝樹元已上了摺子謝恩，估摸著太后娘娘怎麼都會宣召謝家的女眷入宮，結果謝樹元的摺子剛遞上去沒兩天，宮裡頭這就來人宣旨了，還真是皇太后宣召謝家女眷進宮。

老太太和蕭氏身上都是有誥命的，自然是要按品大妝的。

至於謝清溪原本以為這事沒她的分呢，沒想到太后娘娘點名了，讓她一塊兒進宮，說是讓郡主也和未來婆家的人都見見面。

謝清溪很是激動了一把，她來京城這麼久了，皇上和太后雖然都見過，可卻一次都沒進過皇宮，如今有了這樣的機會，她怎麼能不興奮呢？連帶著就開始選起衣裳和首飾了。

當然，她也不敢專挑華貴的首飾，要不然一頭珠翠的，別人還以為是哪個暴發戶的女兒呢！所以她還特別請教了蕭氏，好在她的品味也算是被蕭氏薰陶出來的，穿出去倒也是清貴端方得很。

「禮儀乃是咱們平常一言一行中體現的，娘今兒個只教妳入宮請安的禮儀，妳要牢牢記住了，到時可是要給皇太后請安的。」蕭氏也知謝清溪從未進宮過，雖之前見過太后，可那到底是在宮外，就算規矩沒那麼規整也不妨事，這回是要入宮，自然要好生學規矩的。

謝清溪這幾日深諳行如蓮步、笑不露齒的深刻含義，一言一行之間皆帶著大家閨秀的秀麗端莊。

這會兒就連謝清駿看見了，都嘖嘖稱奇，誇道：「清溪兒這般，倒是十足的大家閨秀架勢呢！」

誰知這話就跟戳中了蕭氏心裡頭的炸藥包一般，她立刻便道：「如今她也就只剩下個花架子蒙蒙人了，但凡多說了兩句話，立刻就能露餡了，這日後喲……」其實蕭氏是想說「這日後可怎麼找婆家」，只是謝清溪如今年紀也大了，怎好在她跟前說這等事情？所以她到了嘴邊的數落還是嚥了回去。唉，自己生的女兒，再怎麼著也得繼續寵下去啊！

朱紅的牆壁，明黃琉璃瓦在陽光折射下散發出耀眼的金光，將整座宮殿都照耀得格外富麗堂皇。

都說宮裡規矩重，謝清溪跟在轎子周圍，並不敢抬頭四處亂望。

「前頭不遠處就是壽康宮了，這轎子也只能到這裡，還請老封君下轎。」閻良將手伸到跟前，恭敬地說道。

老太太一邊下轎一邊道：「公公客氣了，有勞公公了。」

說是前頭就到了，可這會兒不過是到了臨溪亭而已，前頭還有一大段的路要走呢！

這是謝清溪頭一回進宮，所以壓根兒就不知道情況，見老太太都下轎了，還歡天喜地地以為是真的要到了呢！

結果又走了一刻鐘，才瞧見一處花園。謝清溪抬頭看著前面的老太太，那腰桿筆直的，雖說腳下沒生風，不過走路都一點不帶喘的。

等瞧見壽康宮的時候，謝清溪都覺得自己的腿快要斷了！

內宮之中，娘娘們都是有肩輿可坐的，就是苦了這些命婦，逢年過節的進宮，那都是要憑著自己的一雙腿走到最後的。

「請幾位貴人在此稍等片刻，奴才這就進去通傳一聲。」閻良輕笑一聲，便轉身進去通傳了。

這會兒太后剛用了早膳，也在花園裡頭轉悠了一圈。

許繹心過來給太后請安，剛坐下沒多久，就聽見閻良進來回稟。

「稟太后娘娘，謝家女眷已經在門口候著了。」

「她們來得倒是早。」太后笑著說道。旁邊的許繹心聽了依舊是落落大方地笑，讓太后見了心生好感。這樣的好孩子，唉，可惜了。她對於自己湊對兒沒有成功很是失望，不過如今這賜婚旨意都下了，多說倒也是無益。

「讓她們進來吧。」太后淡淡地道。

謝清溪被領著進去的時候，頭微微垂著。蕭氏早就對她耳提面命過，宮裡頭貴人有忌諱，若是沒讓抬頭，就不能盯著貴人的臉看。

她自然不敢用餘光四處打量，此時只聞到一股淡淡的清香，地上鋪著猩紅繡金線的地毯，走在上頭一點兒聲音都沒有。

「臣婦給太后娘娘請安，娘娘萬福金安。」

謝老太太領頭給太后磕頭請安，謝清溪也跟著跪下。

上頭好一會兒都沒叫起，可跪在地上的眾人皆不敢抬頭直視太后。

倒是許繹心因坐著，這會能瞧見太后正盯著跪在下面的人看，可那眼光好似落在後面一排上頭。謝老太太跪在最前頭，蕭氏跪在她的左後方，而謝清溪則是跪在她的右後方，許繹心只覺得太后的視線好似盯著謝清溪在瞧。她面上雖是尋常，可心裡卻已是驚濤駭浪，難不成太后也知道些什麼？

「都起吧。」太后淡淡的聲音總算是響起了。

可是這略有些長的沈默，卻讓謝家三個人心頭都蒙上了一層陰影。

蕭氏是心思最重的，原本對於這門婚事她就是忐忑不安的，如今再受了太后這有些下馬威般的舉動，就更加惴惴不安了。難不成太后對於這門婚事並不贊同？

「這是長寧郡主。」太后指著坐在左手邊的許繹心。

本朝有過明文規定，只有親王之女才可受封郡主之銜，所以郡主的尊貴僅次於公主，就算是謝老太太見了郡主都是要行半禮的，因此這會兒謝家人自然是要給許繹心行禮的。

待雙方相互行禮還禮之後，太后才給賜座。

「妳們倒是來得早，早膳可有用過？」太后客氣地拉著家常。

老太太是入宮最多次的，她身上有誥命在，每年年節都是要入宮領宴的，不過像這樣單獨和太后說話，倒是沒有過的，因此她恭敬地回道：「謝娘娘關心，來之前已略用了一些。」

謝清溪剛坐下，並不敢四處張望，不過目視前方倒是不礙的。許繹心就坐在她的對面，結果她在瞧見許繹心的臉時，立即便震驚了。不對啊，怎麼不是那日見過的女子？

其實謝清溪在聽到賜婚時，覺得那位許姑娘性子大方，倒也是不錯的，可惜就可惜在她的長相頂多是清秀罷了，比起謝清駿的長相和風姿，那許姑娘在相貌上還是略不搭的。

不過謝清溪雖可惜，但這到底是御賜的婚事，謝家只有接下的分。

可是，說好的清秀佳人，怎麼就成了傾國傾城的美人了？一身大紅織錦纏枝牡丹宮裝的少女，此刻就安靜地坐在她對面，眉如黛、鼻如山、唇如櫻，一眼瞧過去就覺得臉上是一絲瑕疵都沒有，再仔細看就得在心裡頭感慨，乖乖，人家這是怎麼長的啊？多一分則濃，少一分則淡，怎麼就能長得這般恰到好處？

都說這世上，醜人醜得那是千奇百怪，而美人卻總是各有相似，但謝清溪卻覺得，對面這人美得極有辨識度，就是那種你瞧了一眼就再也看不見旁人的美。

別的先不說，光是這相貌上頭，這位長寧郡主就能配得上她大哥哥。

唉，這世上總是看臉的人多一些。似謝清溪這樣想法的人，卻是一點都不少，旁邊的蕭氏也是這般想法。

雖說娶妻娶賢，可到底是自己的兒子，她也是希望能娶個漂亮的媳婦回去，也好收攏住兒子的心。因此，蕭氏一看見長寧郡主，心裡就滿意得不行，再看人家端坐在那裡，氣度悠然，氣質嫻雅，瞧著也是個落落大方之人，她這一顆心就已經安定了一半。剩下的一半，便是看看這位郡主的性子了。

「如今皇上的賜婚聖旨已是頒下，這幾日欽天監也得了皇命，正在測算今年的吉日，準備擇一日讓他們早些完婚。」太后這會兒已經是喜氣洋洋地在說許繹心的婚事。

老太太立即感恩戴德道：「臣婦孫兒不過是微末之人，如今能有郡主下嫁，實在是他三生修來的福氣。」

「便是哀家在宮中，都不時能聽見狀元郎的名諱，都說謝家專養好兒郎呢！」太后輕笑，待許久之後，目光又落在謝清溪的身上，笑看著她問道：「這便是妳家的嫡孫女吧？」

「正是。」老太太回道。

「今年多大了？」太后看著謝清溪問。

太后一臉溫和的模樣，可是謝清溪看著她就是緊張。她揚起唇，露出一個恰到好處的笑容，聲音甜美可人地說：「回太后，臣女今年十三。」

「十三啊……」太后略瞇了下眼睛，輕笑一聲後又說：「哀家記得前年觀龍舟的時候，還曾經傳喚妳到御帳之中，沒想到妳如今倒也出落成大姑娘了。」

謝清溪一驚，沒想到太后居然還記得她。

旁邊的蕭氏也被太后這話給嚇了一跳，京城貴女何其之多，太后不過是前年見了謝清溪一面，怎麼今兒個就能這麼準確地提出來呢？

就在此時，門口有小太監進來，走到跟前跪下稟道：「啟稟太后，恪王爺進宮給您請安了。只這會兒正在乾清宮同皇上議事，讓奴才先過來同您通報一聲。」

太后不鹹不淡地笑了下，意味深長地說道：「他今兒個倒是勤快。」

謝家兩位長輩想著，這恪王爺來了，是不是她們就該告退了？

誰知太后卻看著謝清溪道：「妳是頭一回入宮吧？」

「回太后娘娘，臣女是頭一次入宮。」謝清溪低頭回道。

「既是這般，我便讓長寧郡主帶妳去御花園轉轉，左右妳們小姑娘之間較有話說。」太后寬和地說道。

謝清溪自然是站起來謝恩，長寧郡主也起身，兩人攜手告退。

待出門之後，兩人走在前頭，身後跟著一幫壽康宮的奴才。謝清溪想了好一會兒，才開口道：「郡主，尋常在宮裡都做些什麼？」

好尷尬，好沒話找話。謝清溪說完後，自己都這麼覺得。

「養花、刺繡。」長寧郡主瞧了她一眼，看著她想問又不敢問的表情。

「不知謝姑娘閨名是什麼？咱們以後也是一家人了，總是這般郡主來、姑娘去的，倒顯得疏遠了。」長寧郡主輕笑。

謝清溪沒想到郡主居然這麼善解人意，便立即笑著回道：「我閨名清溪。」

「我姓許，閨名繹心。」
謝清溪霍地轉頭。妳還真叫許繹心啊？不過這會兒聽了許繹心的名字，她反倒是慢慢明白過來了，畢竟這事她以前也不是沒遇過，林君玄不就一下子變成了陸庭舟？
謝清溪沒想到，她大哥哥居然也有著和自己一樣的遭遇。不過一想到大哥哥發現這明明是同一個名字，卻不是同一張臉的時候……她真的很想看她大哥哥的表情啊！
「《楚辭》有云，有美一人兮心不繹，想來郡主的閨名便是取自其中吧？」
語畢就見許繹心驀地轉頭看她，謝清溪被她盯得有些頭皮發麻，怎麼？難不成她說錯話了？
「妳還真是妳大哥的親妹妹。」
謝清溪聽到這句話後，也盯著許繹心，還在奇怪，為什麼她會問出這句話？
結果許繹心下一秒就溫和一笑，用一種甜蜜又溫柔的語氣說道：「妳大哥哥第一次聽到我名字的時候，也是說了這句話呢！」
謝清溪：「……」所以她現在是遇到了秀恩愛嗎？
謝清溪又突然想起來，二哥哥上回在珍寶閣也是在她面前秀恩愛。所以她就說嘛，這些能訂親的人都好討厭啊！她還是和六哥哥一塊兒玩吧，反正他幾年之內是不會訂親的。
「咱們就去前頭的御景園逛逛吧，如今才二月，便是御花園之中也沒有什麼景致。倒是御景園的迴廊下頭掛著各種鳥，吱吱喳喳的倒也有趣。」許繹心輕笑著說道。

謝清溪原先還不在意，只想著鳥有什麼好看的？

進了園子後，一條鵝卵石小路蜿蜒曲折地通往前方的廊廡，而旁邊則是錯落地擺著一些太湖石，有些是堆砌成假山的模樣，有的上面打磨得極光滑，能讓人坐在上頭歇息。

她們還沒走到跟前呢，就聽見迴廊處一陣嘰嘰喳喳的叫聲。待走近後，就看見一個個鳥籠掛在廊廡下面，裡頭是五顏六色的小鳥。

謝清溪一眼瞧過去，竟是沒一隻認識的。不過就算她對鳥沒研究，都明白這處的鳥隻隻都是名貴的品種。

「這裡是專門養鳥的地方嗎？」謝清溪是真高興，連聲音都變得歡快起來了。

壽康宮確實是富麗堂皇，可是她一在太后跟前就覺得緊張，總覺得太后在拿眼神打量自個兒。當然，她也知道，這極有可能是自己的錯覺。

「我入宮時間也並不長，只是偶有一次路過這裡，聽到鳥叫聲，這才知道此處竟是養著如此多的鳥。」許繹心見她是真喜歡，也不由得有些高興。

女子嫁人之後，上要伺候公婆，下要照顧弟妹，就算她貴為郡主，也是要好生伺候婆婆的。太后心疼她，便招了謝家的長輩入宮來。

其實許繹心倒是一點都不擔心，畢竟能教養出謝清駿的家族，如何都不會是不知禮數的。倒是謝清駿是長子，底下有三個弟妹，她日後作為嫂子，自然有責任照顧好弟妹。

「這裡的鳥品類都好多啊！」謝清溪此時走到一隻上體幾乎純藍色，而兩翅和尾近黑色、下體前藍後栗紅色的鳥旁，仔細地看了半天。此時旁邊一隻鳥卻是叫得格外歡快，她轉頭一瞧，看見那是隻渾身幾乎都是鮮豔銅藍色的鳥，只有尾下覆蓋羽處長著白色端斑。她自言自語道：「羽毛可真鮮豔，你是翠鳥嗎？」

「奴才給郡主請安，給姑娘請安。」這會兒正好有個小太監提著個小桶過來，裡頭裝著的都是清水。

「這些鳥都是你在伺候的嗎？」謝清溪雖沒養過寵物，不過也知道像皇宮這樣的地方，就算主子有養寵物，那也是有專門伺候寵物的人。

小太監這會兒已經站起身，兩手恭敬地放在身前，笑道：「姑娘真是說笑了，小的不過是打下手的小雜役而已，伺候這些小祖宗的精細活兒，那是奴才的師傅做的。」

旁邊的許繹心盯著面前的銅藍鶲，笑著問。「也不知這些鳥都是宮中哪位娘娘養的？能收集這樣多的名貴鳥種，倒也難得。」

「這些鳥並不是宮中娘娘們所養的，」小太監說道，抬頭瞧了對面的兩人，又道：「這些都是恪王爺的。」

「恪王爺養的鳥？那為何不放在恪王府，反倒是養在宮裡頭？」連許繹心都覺得奇了。

小太監立即面色古怪地說道：「因為王爺身邊的湯圓老爺實在是愛抓這些鳥，養在王府裡頭，容易被牠抓著。」

噗！謝清溪差點沒忍住地笑出來，湯圓還真是霸道啊！

謝清溪又看著一排排掛著的鳥籠子，裡頭的鳥嘰嘰喳喳地叫著，要是真掛到陸庭舟的院子裡頭，指不定得多吵呢！也不知他那樣冷清的人，怎麼會喜歡的？

謝清溪正一隻鳥一隻鳥地看過去，突然就發現陸庭舟養鳥的特點了——顏色鮮豔。是的，在這邊的鳥都是顏色格外鮮豔的，要嘛是滿身銅藍，要嘛是藍綠交叉，要不就是朱紅和綠色都有的，反正打眼看過去，就是漂亮就行了。

「郡主，太后娘娘請您帶著謝姑娘一塊兒回去呢！」

結果謝清溪還沒看完呢，就有個太監過來傳話，說是太后讓她們回去了。

許繹心見她有些失落的模樣，便輕笑道：「妳若是喜歡，日後我送妳一隻銅藍鷂如何？」

「這麼名貴，那怎麼好。」謝清溪搖頭道。

「不過是隻鳥罷了，便是再精貴，也都還是一隻鳥。」許繹心伸手去拉她。

謝清溪這才不好意思地將真實原因說出來。「其實我是覺得自己肯定會把牠養死了，但凡到我手裡頭的活物，就沒有能活過一個月的。」

許繹心一聽便笑。「那便找個會養的照料就是了，家裡頭那樣多的人，難不成還找不到一個人會伺候這些鳥？」

「我們家最心靈手巧的就是我大哥哥了，不過我怕他沒時間幫我伺候了。」謝清溪順口就說道。

結果許繹心一下子便沈默了。如今兩人雖訂了婚，不過提起來也挺害羞的。

謝清溪這才後知後覺地想起來，喲，這位可不就是將害得她大哥哥沒時間的未來大嫂嘛！她捂著嘴笑，方才許繹心秀恩愛的時候，不是還挺大方的嗎？

待許久之後，太后都讓人給自己換了身輕便的衣裳了，陸庭舟這才姍姍來遲。

「先前不是說了一會兒就過來，怎麼這麼久？」太后哪會不知他去了哪裡？這會兒也不過是故意問的罷了。

陸庭舟倒是很大方地回道：「後頭又想起來，許久未去御景園看看鳥，便中途又折了過去。」

「只怕你是故意折過去的吧？」太后想了想，還是沒忍住地說道。

陸庭舟低頭輕笑一聲，接過宮女遞上的茶盞。「兒子的心思，到底瞞不過母后。」

太后這會兒是真錯愕了，沒想到他會回得這麼直白，如今便是她想裝不知道都不行了。

待屏退了宮女之後，陸庭舟又問道：「母后覺得如何？」

「什麼如何？」太后還想裝傻。

結果人家今兒個過來就是打算明刀明槍的！

陸庭舟一點都不避諱地說：「兒臣是問，您覺得謝家六姑娘如何？」

太后直勾勾地衝著他望。

陸庭舟用修長的手指撥弄了一下杯蓋，揚唇淡淡一笑。「您覺得，謝家六姑娘給您當兒媳婦如何？」

太后抬頭瞧著他，臉上是一片震驚。雖說她心裡隱隱有猜測，可到底不能確認，結果人家倒是大大方方地承認了！她看著兒子，臉上的表情那叫一個複雜糾結的。

「你、你……」太后一個「你」字在嘴邊繞了好幾回，都沒能把一句話說出來。

倒是陸庭舟頗為貼心的模樣，淡淡一笑道：「母后有什麼想問的，只管問便是了。」

太后覺得吧，自己也算得上很是見過世面的人了，可是在陸庭舟這麼坦蕩蕩的不要臉之下，她還真不知自己該問什麼了。半晌之後，她才微嘆了一口氣說：「小六啊，她未免也太小了些，才十三歲。」

「所以，我打算再等兩年，待她及笄之後再成親。」

陸庭舟說得太理所當然了，以至於讓太后都有一種「喔，確實應該這樣」的錯覺。待太后回過神之後，這才努力平復自己的心情，道：「再等兩年？小六，咱們家可從來沒有這樣的規矩。」

陸庭舟這會兒又輕輕啟唇一笑，問。「咱們家沒什麼規矩？」

哪有讓堂堂王爺等媳婦的規矩？還是不能娶小媳婦的規矩？

太后覺得嘛，陸庭舟這簡直是胡攪蠻纏，可是人家就這麼好端端地坐在這邊，一臉溫和的笑，一副「咱們有商有量地來」的表情。可太后豈會不知，他這根本就不是和她打商量來的，他就只是前來通知自個兒一聲而已！要不然這麼多年來，自己讓他成親，他也不會這麼無動於衷了。

但是讓太后拒絕他……以太后對陸庭舟的瞭解，他還真能做出一輩子不娶這事來。所以貴如太后，這會兒都被逼得有一種不上不下的憋悶感。

「成親這等大事，豈能胡來？就算你願意——」太后說到這裡的時候，頓了一下，結果她正要開口再說的時候，就被陸庭舟打斷了。

「只要母后答應，還有何可擔憂的？左右我的婚事也都是要請皇兄賜婚的。」

太后看了他一眼，半晌才沒好氣地說道：「哀家瞧你倒是頗為胸有成竹的模樣，如今倒也不必來求著哀家了！」

「這世上也只有母后最疼我了，我如何能不求著母后呢？」陸庭舟輕輕一聲嘆息，抬頭朝著太后看去。

太后瞧見他眼神裡頭微微帶著的乞求，驀地就想起那會兒他年紀還小的時候，想要騎馬，可太監們卻怕他受傷，不敢讓他上馬，後來他也是這麼看著自己，還跟她保證說「母后，我一定不會受傷的」……

過了一會兒，太后終究還是讓步了。「你既是喜歡，母后哪有攔著的道理？」

陸庭舟依舊是一副淡淡的表情，左右他是吃定太后不會反對了。畢竟都二十三歲了還沒成親，如今好不容易開口指定了姑娘，親娘哪還有反對的餘地？

「過幾日，我還要啟程去邊境。遼關馬市重啟之事已經準備到最後了，如今只需要簽定協議，所以我必須再去一趟。」陸庭舟說道。

太后一聽他居然還要去邊境，立即便不願意了。「咱們大齊朝人才濟濟，何須你一個王爺這般跑來跑去的？是你皇兄派你去的嗎？你若是不願，讓母后去同他說。」

「母后，此事本就是由我一手經辦的，我自有責任將它進行到最後。而且我是皇室宗親，為大齊效力本就是我的職責所在。」陸庭舟說著，突然低頭輕笑一聲。「況且，我大婚之後，也將前往葉城就藩。」

就藩?!這兩個字猶如一道雷劈頭而過，讓太后登時有些錯愕。是啊，就算陸庭舟是她的嫡子，可他大婚之後，勢必就將前往藩地……太后驀地搖搖頭，堅定地說道：「不會的，成王不也還好好地待在京城裡？你也可以留在京城的，到時候母后一定會和你皇兄說的！」

「親王就藩乃是祖制，皇兄便是讓我就藩，也是合乎祖制的。」陸庭舟淡淡地道。

誰知太后卻突然有些激動地看著陸庭舟。「不會的！你放心，就藩之事肯定有周旋的餘地，便是沒有，有母后在，誰也不能讓你離京！」

陸庭舟看著太后，臉上雖還是掛著輕笑，可是眼底卻漸漸變冷。

母后，我真的不願意相信，妳也是幫凶……

——未完，待續，請看文創風376《龍鳳呈祥》5

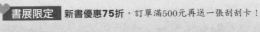

2016 線上書展
狗屋CASINO

精彩連三元 文創風 猴年不孤單

步步為營 字字藏情／清茶一盞

2/23 陸續出版

文創風 381-385 《醫諾千金》

前世她是個孑然一身的女殺手，為了生存，只能讓雙手沾滿血腥，
不料穿越後，她竟成了夏家醫堂的三房千金夏衿，
不但祖上三代懸壺濟世，還多了雙親疼愛，享盡不曾有的天倫之樂，
怎奈日子雖與過去天差地別，卻不代表從此和樂美滿，
皆因原先的夏衿雖體弱多病，但不至於喝了碗雞湯就香消玉殞，
如今平白無故死了，在曾為殺手的她看來，其中必有蹊蹺！
偏偏這大門不出、二門不邁的小嫡女能惹上什麼仇家？
最可疑的，便是那鎮日與三房為難作對的大房了，
這不，她才剛釐清真相，又一堆烏煙瘴氣的糟心事接踵而來，
不巧他們這回的對手，不再是過去的軟弱小姑娘，
她要讓大房知道——既然有膽招惹，就別怪她不客氣！

書展限定 **新書優惠75折**，訂單滿500元再送一張刮刮卡！

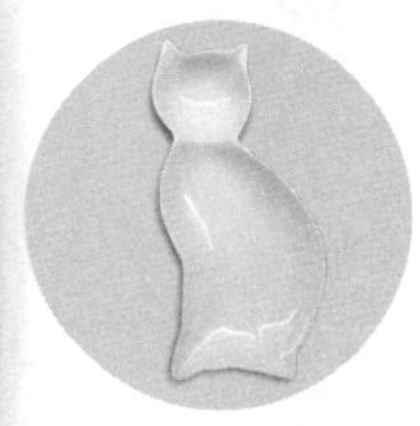

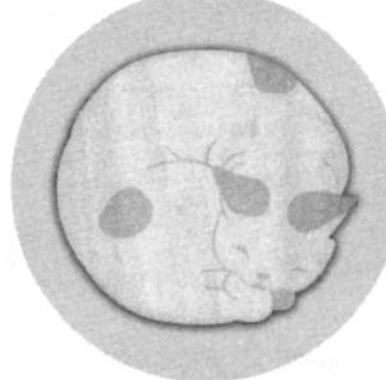

♥幸福大樂透

猴年猴賽雷，快來試手氣！買一本就能抽獎，
只要上網訂購且付款完成，系統會發e-mail給您，附上抽獎專用之流水編號，一本就送一組，買10本書就能抽10次，不須拆單，買愈多中獎機率愈大！**2016/3/10**在狗屋官網公布得獎名單，公布完即開始寄送，祝您幸運中大獎！！

把最珍貴的回憶
都印出來
貼在牆上吧！
10:08
htc
Canon
好想要啊！

★頭獎 HTC Desire 526G+ dual sim(1G/16G) 共**1**名

可選擇喜愛的內容當作首頁，隨時更新，
800萬像素主相機及內置200萬像素鏡頭為妳捕捉精采時刻！

★二獎 Canon PIXMA MG2170多功能相片複合機 共**1**名

日本製噴頭/墨水合一設計，外觀俐落，方便收納，
創意濾鏡特效列印將平凡照片變得超有趣～～

★三獎 SONY 5000mAh CP-V5 行動電源 共**5**名

色彩繽紛，纖薄時尚，隨身攜帶超輕巧，
5000mAh電池容量可讓手機完全充電兩次！

★肆獎 狗屋紅利金200元 共**10**名

粉絲必備狗屋紅利金，搬書回家還能省荷包，一舉兩得～～

★小叮嚀

(1) 請於訂購後兩日內完成付款，最後訂購於2016/3/3前完成付款才算有效訂單喔！
(2) 寄送時間：2/3前完成付款之訂單，會於2/5前依序寄出，
2/4之後的訂單將會在2/15上班日依序寄出。
(3) 如訂單上有尚未出版之書籍，會等到書出版後一併寄送。
活動期間親自至本社購買亦享有相同折扣，請先電話聯絡確認欲購書籍，以方便備書。
(4) 購書滿千元(含)以上免郵資，未滿千元郵資65元。
(5) 書展活動結束後，Q版鑰匙圈將恢復定價49元在官網上單獨販售。
(6) 特賣書籍因出書時間較久，雖經擦拭、整理，仍有褪色或整飾痕跡，故難免不如新書亮麗。
除缺頁、倒裝外無法換書，因實在無書可換，但一定會優先提供書況較良好的書給大家。
若有個人原因需要換書，需自付來回郵資。
(7) 各書籍庫存不一，若遇缺書情形可選擇換書或退款。
(8) 歡迎海外讀者參與(郵資另計)，請上網訂購或是mail至love小姐信箱
(love@doghouse.com.tw)詢問相關訊息。

狗屋．果樹有權修改優惠活動的實施權益及辦法。

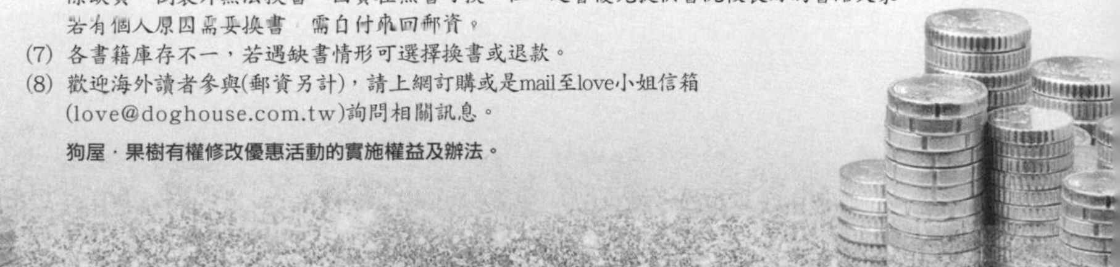

小清新·好幽默／夕南

2015年11月出版

吃貨嬌娘

聽說他的名字小兒聽了都能止啼……
聽說李姑娘與他訂親，在看見他的畫像不久就抑鬱而終了……
聽說他一有不順就殺人解氣……
嫁給這麼個男人，她倒覺得——百聞還不如一見呢！

文創風 346 1

聽著關於永甯伯楚修明的各種可怕傳言，
沈錦怎麼也想不到，自己竟被賜婚給這麼可怕的男人，
但她就算再怕也不濟事，
誰教她是庶女，親娘是不得王爺寵愛的側妃，
她成了皇上手上的棋子，被嫁去邊疆牽制這天煞孤星一樣的男人。
才嫁去，她人還沒見到，就要先豁出生命去抗敵守城，
等終於見到他了，她萬分驚嚇，他怎麼跟聽説的那些完全不一樣啊……

文創風 347 2

有沒有這麼尷尬啊，當她正説給婢女聽自己當初對夫君的想像及傳言時，
竟然全被夫君聽了去，她的眉飛色舞對比他的冷靜自若，簡直讓她無地自容，
哎呀！都只是傳説嘛，她現在可知道自己嫁得有多好！
當初沒人想嫁她的夫君，京裡的姑娘們光聽聞他的名聲就像見鬼一樣，
現在見了他的人，英姿颯爽，長相斯文俊逸，
姊姊妹妹們竟爭先恐後想給他留個好印象，反倒是酸她撿了便宜高攀了……

文創風 348 3

幫他挺身守城門、幫他打理內跟外、幫他忍痛生兒子……
全是因為夫君對自己真的好，疼她、寵她，
只要她想吃的都送到面前來，有好吃的，她怎能對他不上心？
當然，美食當前，她還是忍不住把夫君先擺一旁的，
相信這麼愛她的他，不會怪她的！

文創風 349 4 完

並非不怕死、並非不怕夫離子散、生死兩別，
但她清楚夫君的能耐，更信任他絕不會棄她不顧，
所以她要幫他一臂之力，懷著一個秘密，等著跟他相聚……
他們夫妻一條心，
既然他能為她不納妾，她便願意拿命守候他、成為他堅實的後靠，
就算昏君當道，她也信他能殺出一條平安坦道，
終能接她一家團圓，過起神仙般的好日子……
真的，清苦的日子她都能忍，忍著等他來，
只是她真的好想吃吃他為她張羅的好飯好菜啊……

嗔癡愛恨　化作一聲嘆／微漫

2015年10月出版

吸金妙神醫

妙手回春已經讓她很忙了，偏偏她還長得傾國傾城，
這一個個國之棟樑紛紛被她迷倒，令她好生困擾，
畢竟古人三妻四妾是慣例，可她有潔癖，無法與人共享一個男人啊！
而且她這個人懶散慣了，加之沒啥上進心，完全就是個生平無大志的人，
真要說她畢生有何願望的話，那就是賺大錢、過上舒爽日子而已呀……

文創風 340　1

前世她拖著病重的身子，年紀輕輕就蒙主寵召，
幸好上天垂憐，給了她重生，但……重生就好了，為啥還得穿越啊？
她是不奢求穿成大富大貴啦，可穿成個窮得快死的小姐是哪招呀？
據忠心丫鬟小翠的說法，這碗棕色又帶一點黑的碎米糊是很珍貴的飯，
唉，她就納悶了，她沈素年家是有多窮，小姐居然得吃這種東西？

文創風 341　2

這樣下去不行，她難得中大獎獲得重生，豈能活活餓死？那簡直太虧了啊！
伙食問題無論如何都得先改善才行，家裡沒錢，那就賺唄！
前世受病痛所苦，故她略通醫術，若上山採藥販賣應該能賺不少錢吧？
不料她押錯寶，採的是沒啥賺頭的藥草，簡直就是白做工啊！
唉唉，看來得重新想想其他能賺錢的活路才成啊～～

文創風 342　3

她沈素年繪畫之技頗佳，畫出來的花樣子又很不一般，
由繡功不錯的丫鬟小翠繡成帕子、荷包等繡品拿去賣，著實進帳了不少，
可她覺得不應該把人生浪費在女紅這種極耗時間又費眼力的事情上，
她想買大宅，養批奴僕伺候，整天舒服過日，所以趕緊賺大錢才是正經的，
雖說她真的沒啥生存技能，可她不還有一手針灸好本事嗎？

文創風 343　4

醫娘的身分卑微，還有男女之防的禮教大帽子在那兒，
但她是誰？她沈素年骨子裡那就是個現代到不行的現代人啊！
這些不過是雞毛蒜皮大的小事罷了，壓根兒都難不倒她的，
在她這個大夫面前沒有男女之分，亦無性別之異，看到的就是一團肉啊！
看著有錢人那隨隨便便就是百兩起跳的診金，她開心得嘴都合不攏啦～～

文創風 344　5

針灸治人已成為沈素年吸金生財的主要來源，
連醫聖柳老都驚喜於她的一手好針灸，自此纏著她、硬要她拜師習藝，
自從拜師後，師父一心傳授她醫術及如何周旋於達官貴人間，
但不是她自誇，她這個人就是懶了點罷了，
真要論起這周旋之道，她可是比師父還厲害啊……

文創風 345　6　完

她希望一天當中最大的煩惱就是苦惱下一頓要吃啥，成親不在她的煩惱內呀！
不料她那個廚藝極佳的忠心丫鬟小翠竟撂話說啥「小姐不嫁我就不嫁」！
開玩笑的吧？想娶她家俏丫鬟的那可是皇帝的兄弟，堂堂的王爺啊！
這種等級的人物，她一個小小小小的醫娘能惹得起嗎？
要不……她乾脆從愛慕她的那堆男人裡隨便挑一個嫁一嫁算了？

龍鳳呈祥 4

國家圖書館出版品預行編目資料

龍鳳呈祥 / 慕童著. --
初版. -- 臺北市 : 狗屋, 2016.01-
冊 ; 公分. --（文創風）
ISBN 978-986-328-548-9（第4冊：平裝）. --

857.7　　104024774

著作者	慕童
編輯	黃淑珍
校對	林俐君　蔡佾岑
發行所	狗屋出版社有限公司
地址	台北市104中山區龍江路71巷15號1樓
電話	02-2776-5889～0
發行字號	局版台業字845號
法律顧問	蕭雄淋律師
總經銷	知遠文化事業有限公司
電話	02-2664-8800
初版	2016年2月
國際書碼	ISBN-13　978-986-328-548-9
原著書名	**《如意书》**，由北京晉江原創網絡科技有限公司授權出版

定價250元

狗屋劃撥帳號：19001626

網址：love.doghouse.com.tw　E-mail：love@doghouse.com.tw